Mindfuck

Wer bin ich?

Von David Brimmers

Bibliografische Information der Deutschen Nationalbibliothek:

Die Deutsche Nationalbibliothek verzeichnet diese Publikation

in der Deutschen Nationalbibliografie, detaillierte bibliografische

Daten sind im Internet über http://dnb.dnb.de abrufbar.

© 2017 David Brimmers

Herstellung und Verlag

BoD – Books on Demand Norderstedt

ISBN: 9783752896459

Prolog

Alles war schwarz. Ein pulsierender Schmerz breitete sich von meinem Kopf über den Rücken bis zu den Gliedmaßen aus. Zuerst bemerkte ich gar nicht meine geschlossenen Augen. Kein Wunder diese Dunkelheit. Doch als ich meine verquollenen Augen ein Stück weit öffnete wurde es kaum merklich heller. Meine Umgebung war nur durch ein paar grau-schwarze Schemen zu erahnen. Anscheinend befand ich mich in einem recht geräumigen Kellergeschoss. Oder es war schon Nacht draußen, jegliches Zeitgefühl hatte ich verloren. Ich trug auch keine Uhr um nachzuschauen. Es war sowieso alles sehr irritierend, ich wusste weder wo ich war, noch was ich hier wollte. Mit einem Mal kroch Panik in mir hoch. Ich wusste gar nichts mehr, nicht die Uhrzeit, nicht die Stadt in der ich war, noch nicht einmal mein Name wollte mir einfallen. Mein Herz pochte wie wild, der Schmerz wurde belanglos. Ich stand vor dem Nichts. Wer war ich? Was habe ich hier unten gemacht? Und wo zur Hölle bin ich verdammt nochmal hier? Beruhigung war angesagt, gar nicht so leicht, wenn man keine Erinnerungen hat.

Womit sollte ich mich beruhigen. Einatmen, ausatmen, einatmen, ausatmen… Anscheinend hatte ich nicht alles vergessen. Ich versuchte, mir meine Umgebung bewusst zu machen. Die kühle Wand, an der ich mich anlehnte. Der weiche Teppich, auf dem ich mit ausgestreckten Beinen saß. Die leicht feuchte Luft, die in meine Lungen strömte. Keine Ahnung wie lange ich in der Stille verharrte und nur meinen Atem und Herzschlag hörte. Irgendwie schaffte ich es, mich auf die Situation einzulassen. Als erstes brauchte ich Licht oder einen

Ausgang. Aufstehen war kein Problem, die Schmerzen waren aufgrund meiner mentalen Situation in den Hintergrund getreten. Ich tastete mich langsam an der Wand entlang. Stieß dabei gegen einen Stuhl, ertastete ein Bücherregal und gelangte schließlich zu einem Lichtschalter. Es keimte so etwas wie Hoffnung auf. Ohne lange zu überlegen knipste ich das Licht an. Das Blut gefror mir in den Adern. Und ich hatte gedacht, meine Situation wäre schon beschissen genug. Aber nein, etwa drei Meter in der Richtung, aus der ich gekommen war, lag ein Mann. Kein Zweifel, er war tot. Sein Hemd war mit Blut durchtränkt und sein Gesicht hatte diesen Namen nicht mehr verdient.

Jetzt erst sah ich an mir herab. Es bot sich ein abscheuliches Bild. Die Hände waren komplett mit Blut verschmiert, dem entsprechend gab es auch ein paar Kratzer, aber das war definitiv nicht nur mein Blut. Sowohl der Pullover als auch die Hose waren blutdurchtränkt. Versteinert stand ich beim Lichtschalter, alles war so skurril. „Es muss ein Traum sein, es muss ein Traum sein. Komm wach endlich auf. Wach auf! WACH AUF!!!" Es veränderte sich nichts an der Szenerie. Eine Ewigkeit verging, bis ich wieder klare Gedanken fassen konnte. „Das kann doch nicht sein, meine Hände sehen aus als hätte ich auf eine Wand eingeprügelt. Ich hab doch nicht? Nein das kann nicht sein. Ich wollte dem Mann dort bestimmt helfen, habe es leider nicht geschafft. Und was wenn doch? Niemals!"

Mein nächster Gedanke war, die Polizei zu verständigen. Das war jedoch kurzsichtig gedacht. Ich hatte weder ein Handy, noch war ich mir sicher, dass ich nicht der Täter war. Ich müsste einen verdammt guten Grund gehabt haben, diesen Kerl umzubringen. Müsste ich? Wer weiß, wer ich bin. Vielleicht ist es mein Beruf Leute zu killen. Ein grausiger Gedanke. Für den Bruchteil einer Sekunde musste ich schmunzeln bei dem Gedanken, der Auftragskiller ruft die Bullen zu seiner Arbeit. Aber das konnte nicht sein. Ich war doch kein Mörder. Leider sah es verdammt danach aus. Der Ausweg Polizei wurde also schnell verworfen.

In diesem ganzen Durcheinander, seit ich wieder zu mir gekommen war, hatte ich noch nicht einmal mich selbst nach irgendwelchen Hinweisen durchsucht. Das tat ich nun. Der Ekel wurde nicht kleiner während ich in meinen blutverschmierten Klamotten herumwühlte. Alle Taschen und Falten wurden nach Hinweisen durchsucht. Nichts. Als ob mich jemand beklaut hätte. Kein Portemonnaie, kein Handy, gar nichts. Endlich fiel mein Blick auf ein Waschbecken in der hinteren Ecke des Raumes. Ohne zu überlegen wusch ich meine Hände und mein Gesicht. Selbst das Spiegelbild gab keinen Aha Effekt. Ich kam mir fremd und heruntergekommen vor. War ich vielleicht ein Penner und hatte mich mit einem Kollegen um diese muffige Unterkunft gestritten? Es war sinnlos, alles war weg.

Nachdem ich mich gründlich gewaschen hatte, suchte ich nach sauberer Kleidung. Leider fand ich nichts zum Wechseln, nur einen ziemlich vergammelten Trench Coat. Mittlerweile war das gesamte Zimmer von mir durchstöbert worden. Nichts Nützliches, kein Hinweis zu meiner Identität oder der des Toten. Jetzt gab es nur noch eine Stelle, die meine Hoffnung nährte, einen Anhaltspunkt zu finden. Bis zuletzt hoffte ich, den Leichnam nicht durchsuchen zu müssen, doch blieb mir nichts anderes übrig. Ganz vorsichtig tastete ich seine Hosentaschen ab, auch hier war alles leer. Dann entdeckte ich unterhalb der linken Achselhöhle ein Kuvert. Angewidert streckte ich meine Hand aus und griff zwischen Arm und Rippe hindurch bis ich den Umschlag zu fassen bekam. Unbeschädigt zog ich ihn hervor. Ich konnte es kaum noch abwarten und riss ihn auf. Es war nur ein Foto enthalten. Es starrte mich derselbe verwahrloste Mann an, den ich kurz zuvor im Spiegel erblickt hatte. Die Fragezeichen schossen mir durch den Kopf. Ich drehte das Foto um. Zu meiner Überraschung und Erleichterung standen dort zwei Adressen. Zwei Bremer Adressen. Das war der erste Anhaltspunkt, anscheinend war ich in Bremen. Ich steckte das Foto ein und warf mir den Mantel über. Meine blutverschmierte Kleidung konnte ich so vor den Blicken anderer schützen und endlich diesen gottverdammten Ort verlassen. Langsam ging ich zur einzigen Tür des Raumes. Sie war unverschlossen und führte direkt zu einer Außentreppe, die emporstieg. Ganz leise schlich ich die Stufen herauf. Oben angekommen stand ich schon fast auf der Straße. Ich erspähte keine Menschenseele. In sehr spärlichem Licht huschte ich in der Dunkelheit davon.

Kapitel 1

Gemütlich radelte Polizeihauptkommissar Hans-Joachim Sensbruck, von allen Hajo genannt, die Vahrer Straße entlang Richtung Polizeipräsidium. Der Morgen des 4.Juli war sonnig und eine angenehme Brise streichelte sein Gesicht. „Was für ein perfekter Morgen. Und ich habe sogar noch Zeit für eine Tasse Kaffee", dachte sich Hajo. Ihn störte es keineswegs sonntags zu arbeiten. Oft genoss er die ruhige Atmosphäre im Präsidium. Die knapp fünf Minuten Radfahren hatten sich über die Jahrzehnte zu einem Ritual entwickelt. Egal ob es stürmte oder regnete, Hajo fuhr mit dem Fahrrad. Ein letztes Überbleibsel seiner recht sportlichen Vergangenheit. Nach einer 30 jährigen Karriere im unterklassigen Handball Verein hatte er nur noch dem Tennis weiter gefrönt. Jetzt, mit fast 60 Jahren, waren es nur noch eine Hand voll Matches pro Jahr. Er hatte etwas erhöhten Blutdruck und seine Frau Merle kaufte deswegen nur noch entkoffeinierten Kaffee. Manchmal fieberte er regelrecht einem ruhigen Schluck des Originals entgegen. Also stellte er, in seinem Büro angekommen, erst einmal die Maschine an. Nur das Geräusch der blubbernden Kaffeemaschine zu hören brachte ihn in einen Zen-artigen Zustand.

Mit einem mal wurde die Tür aufgerissen. Hektisch betrat Knut Willemsen das Büro. Knut war der ca. 15 Jahre jüngere Partner von Hajo. Trotz ihrer kollegialen Freundschaft brachte es Knut immer wieder fertig, Hajo bis an den Rand der Verzweiflung zu treiben. Von außen betrachtet waren sie ein ziemlich gut funktionierendes Team. Hajo war der Fels in der Brandung, ein Logikmonster mit außerordentlicher Kombinationsgabe. Ihn konnte nichts so schnell aus der Fassung bringen und er hatte immer das große Ganze im Blick. Knut hingegen war sehr impulsiv und dranggesteuert. Manche Kollegen scherzten, er habe ADHS. Ein äußerst ehrgeiziger und fleißiger Beamter. Er machte eine etwas längere Leitung mit Überstunden und Enthusiasmus wett. Hajo sah sich am Ende seiner Karriere und wollte einfach noch ein paar böse Jungs hinter Gitter bringen. Knut hingegen wollte ganz hoch hinaus, die 6 Jahre als Polizeikommissar, beziehungsweise Polizeioberkommissar, dauerten ihm schon zu lange. Er wollte weiter in der Polizeihierarchie aufsteigen oder in die Politik wechseln, was ihm als langjähriges CDU Mitglied noch nicht gelungen war. Die beiden hatten sich schon vor Jahren darauf verständigt das Thema Politik zu umschiffen. Es gab zu viel Sprengstoff wenn Hajo als SPDler des linken Spektrums seine Meinung kundtat. Zusätzlich machte Merle Sensbruck als aktives Mitglied der Grünen die Situation komplizierter.

„Moin, moin!" schallte es von der Tür her. Hajo konnte nur ein leicht seufzendes „Moin" herausbringen. Mit der Ruhe war es vorbei, wenigstens hatte er noch seinen Kaffee, der mittlerweile fertig war. Also schenkte er sich und auch Knut eine große Tasse ein. „Hier bitte, dein Kaffee ist schon fertig. Was für eine Mappe hast du da mitgebracht?" Knut warf die Mappe auf Hajos Schreibtisch „Neuer Fall, Sense!" Knut war der einzige, der ihn Sense nannte. Zuerst hatte es ihn gestört, doch nachdem er durch andere Kollegen erfuhr, wieso er ihn so nannte, schmeichelte es ihm sogar. Knut meinte Sense von Sensenmann und Hajo würde sich die Gesetzesbrecher genauso holen wie der Sensenmann die Lebenden, deren Zeit gekommen war. Sehr oft schmunzelte Hajo in sich hinein, wie leicht es doch war einem 59 jährigen Polizeihauptkommissar sein Leben ein wenig zu versüßen.

„So, so, was haben wir denn hier?" doch Hajo kam gar nicht zum Aufklappen des Ordners, da polterte Knut schon los: „Osternburger Straße 23; Gröpeling; nahe beim Waller Friedhof; männliche Leiche; mutmaßlich erschlagen; Spurensicherung ist schon vor Ort, wir sollten uns auch sputen." Nichts war es mit einem ruhigen Sonntagmorgen. Wider den üblichen Meinungen der meisten Bürger war es doch etwas Besonderes, wenn es einen bestätigten Mordfall gab. In seinen 23 Jahren bei der Mordkommission waren es ca. 5 Mordfälle pro Jahr in Bremen. Ein ständiges Lösen von Mordfällen, wie es Krimi-Serien darstellen, ist in Bremen jedenfalls keine Realität. Wenn man einen New Yorker Kollegen von Hajo fragt, sieht das natürlich ganz anders aus. Mit einer Aufklärungsquote von mehr als 90% war Hajo im ganzen Präsidium als Chef-Ermittler bekannt.

Hajo wusste, Knut hatte recht, sie sollten so schnell wie möglich zum Tatort fahren. Als eingespieltes Team brauchten sie sich nicht weiter zu unterhalten. Hajo schlürfte seinen Kaffee schnell zur Hälfte leer und zog sich sein Jackett über. Knut hatte schon den Raum verlassen und war auf dem Weg zum Fuhrpark. Er wartete im Auto auf Hajo, der schon leicht ins Schwitzen kam bei diesen Temperaturen. Normalerweise fuhr Knut den Wagen, Hajo wollte sich lieber in Ruhe den wenigen Fakten widmen, die der Akte zu entnehmen waren. Anscheinend handelte es sich um einen Mann mittleren Alters. Das Gesicht bis zur Unkenntlichkeit malträtiert. Er wurde in einem Kellergeschoss von einer Maklerin gefunden. Eigentlich sollte sie sich die Einzimmerwohnung anschauen um einen Mietpreis zu vereinbaren. Der Hausbesitzer war bis dato noch nicht auszumachen. Viel war das nicht, er machte sich eine Notiz bezüglich des Hausbesitzers und klappte die Akte zu.

Knut hatte gelernt Hajo nicht zu stören, wenn er im Auto in die Akten vertieft war. Doch jetzt war die Zeit zum Reden gekommen. Hajo richtete den Blick auf die Straße und sah rechts den Hauptbahnhof vorbeiziehen. „Da kann man nicht viel mit anfangen oder?", platzte es aus Knut heraus. Die Antwort kam prompt: „Nein viel ist es nicht. Das einzige ist der Hausbesitzer. Ist er die Leiche? Wenn nicht, warum ist er nicht vor Ort, wenn er einen Termin mit der Maklerin hatte."

Sie schlängelten sich die Waller Heerstraße entlang. Am Park vorbei und hinter dem Friedhof links ab. Die Osternburger Straße war eine ruhige Nebenstraße, die Polizeiautos waren die einzige Attraktion hier. Die beiden gingen die schmale Treppe hinunter zur Eingangstür. Der Keller war kühl. Der Raum stank und an den Wänden hatte sich schon Schimmel gebildet. Er war spärlich eingerichtet. Eine kleine Ecke mit einem Waschbecken war gefliest, ansonsten befanden sich nur noch ein Bücherregal, ein zerschlissenes Bett und ein klappriger Tisch mit zwei Stühlen hier unten.

Rike Falkner war über die Leiche gebeugt. Sie war die zuständige Gerichtsmedizinerin. „Moin Rike. Na was haben wir hier?", begrüßte Hajo sie knapp, aber freundlich. "Moin Hajo, Herr Willemsen.", Rike und Knut war ein lästiges Thema für Hajo. Die beiden hatten vor vielen Jahren eine kurze Romanze gehabt. Knut hat das Verhältnis nicht gerade gentlemanlike beendet. Seitdem herrschte zwischen den beiden Eiszeit, was Hajo sehr störte. Er mochte ein entspanntes Arbeitsumfeld ohne lästige Störungen. „Der Tote ist männlich, zwischen 40 und 50 Jahre alt, die mutmaßliche Todesursache sind mehrere Schläge auf den Kopf, sehr wahrscheinlich mit einem stumpfen Gegenstand. Er ist mindestens 12 Stunden tot. Mehr kann ich euch vor Ort nicht sagen. Ihr werdet so schnell wie möglich den Autopsie Bericht bekommen. Da gibt's dann Genaueres." Geschmeidig stand sie auf ohne Knut eines Blickes zu würdigen und verschwand schnellen Schrittes.

„Es kann doch gar nicht sein, dass ihr nach so langer Zeit kein normales Verhältnis zustande bringt. Du weißt wie sehr ich ein gutes Arbeitsklima schätze", sagte Hajo. „Sag ihr das, ich habe mein Bestes versucht." Damit war für Knut die Sache vom Tisch. Hajo widmete sich nun der Spurensicherung: „Wie sieht's bei euch aus? Habt ihr was Brauchbares?"

„Jede Menge Herr Kommissar. Kann allerdings noch nicht sagen was wichtig ist. Hier wurde anscheinend seit Monaten nicht mehr sauber gemacht. Eines können wir aber jetzt schon mit Sicherheit sagen. Das Waschbecken wurde vor kurzem erst benutzt und wir haben sowohl Haare als auch Blut gefunden. Fingerabdrücke gibt es zu Hauf, da müssen wir uns erstmal durcharbeiten."

„Alles klar, dann bekommen wir wohl ein paar Sachen zum Abgleichen. Was ist denn mit der Tatwaffe?"

„Bis jetzt nichts. Scheint nicht hier zu sein. Nichts, was passen könnte."

Daraufhin mischte sich Knut ein: „Nichts, nichts, nichts. Das ist alles, was ich höre. Eigentlich haben wir gar nichts. Hier liegt ein John Doe mit tausend unnützer Spuren. Wo ist diese Maklerin? Der werd ich mal gehörig auf den Zahn fühlen."

Knut bediente sich gerne einiger Anglizismen, Max Mustermann würde sich einfach nicht gut anhören. „Mal schön langsam Knut. Du hast recht, wir sollten mit der Maklerin reden, aber schalt mal zwei Gänge runter. Sie ist bestimmt schon verstört genug. Unwahrscheinlich, dass die Mörderin die

Tat bei der Polizei meldet, auch wenn man nichts ausschließen sollte. Wo ist die gute Dame denn?" Keiner fühlte sich angesprochen. Das dauerte Knut zu lange: „Hey ihr Spusis, wo ist die Frau?" „Glaub oben bei einem Kollegen im Auto, sie sah sehr blass aus" „Danke für nichts", blaffte Knut.

Hajo warf noch einen kurzen Blick auf die Leiche. Da muss jemand eine mächtige Wut gehabt haben, dachte er. Dann ging er zügig hinter Knut her, der schon am Fuße der Treppe angekommen war. Obwohl Knut schon 6 Jahre Hajos Partner war, befragte immer der Dienstältere die Zeugen, falls sie beide zugegen waren.

„Guten Morgen. Ich bin Polizeihauptkommissar Hajo Sensbruck und das ist mein Partner Knut Willemsen. Wir hätten ein paar Fragen an Sie. Als erstes bräuchten wir Ihren Namen, bitte." Knut zückte seinen Notizblock und Stift, um alles akribisch zu notieren. Die Maklerin sah sehr blass aus und mit zittriger Stimme beantwortete sie die Fragen:

„Guten Morgen. Ich heiße Simone Bachmann."

„Frau Bachmann, erzählen Sie uns doch bitte wie Sie die Leiche gefunden haben."

„Ja also, das war so. Ich war um 7:30 Uhr mit Herrn Schindler, dem Hausbesitzer, verabredet. Er hatte mich gestern angerufen und den Termin mit mir vereinbart. Da mein Terminkalender voll war, habe ich ihn heute früh noch vor alle anderen Meetings gequetscht. Als ich hier ankam war niemand zu sehen. Ich wusste, dass es sich um ein Kellergeschoss handelt. Also bin ich hinunter gegangen, um nachzusehen ob er schon unten ist. Die Tür war unverschlossen, also bin ich rein gegangen. Dann…", sie musste schlucken, „dann hab ich diese abscheuliche Gestalt gesehen. Zuerst konnte ich mich gar nicht bewegen. Es hat Ewigkeiten gedauert bis ich rückwärts zur

Treppe zurück bin. Da hab ich mich erstmal auf die obersten Stufen gesetzt, um das ganze zu verarbeiten. Irgendwann wurde mir klar, dass ich die Polizei rufen muss. Das habe ich dann also gemacht."

Die Maklerin konnte alles noch ziemlich gut wiedergeben. Hajo hatte schon mehrmals erlebt, wie sich Menschen in größter Verwirrung befanden nach einem Leichenfund. Sie schien ganz gut beieinander zu sein. Hajo fuhr fort:

„OK, das ist schon mal sehr gut. Haben Sie außer der Eingangstür irgendetwas angefasst?"

„Nein"

„Wieso arbeiten Sie eigentlich sonntags?"

„Das ist einfach zu erklären. Ich bin nicht hauptberuflich Maklerin. Ich arbeite unter der Woche als Verkäuferin bei H&M. Ich kann noch nicht alleine vom Makler Honorar leben. Das ist allerdings mein Ziel, weswegen bei mir das Wochenende immer sehr stressig ist."

„Das ist nachvollziehbar. Kommen wir wieder zu heute, was ist denn mit dem Besitzer, ist er hier aufgetaucht? Es ist mittlerweile schon fast 9:00 Uhr."

„Keine Ahnung. Ich weiß ja noch nicht einmal wie er aussieht. Heute wäre unser erstes Treffen gewesen. Aber auch ohne Leiche hätte ich dieses Drecksverlies nicht in mein Sortiment aufgenommen."

„Sie sagten, der Besitzer heißt Schindler. Kennen sie auch seinen Vornamen?"

„Ja den habe ich mir notiert, Sekunde. Ah, hier hab ich ihn, Theodor Schindler."

„Danke, seine Adresse oder Telefonnummer haben sie nicht zufällig auch noch?"

„Nein, beides habe ich leider nicht."

„Eine letzte Sache noch. Auf dem Weg zu der Wohnung, ist Ihnen da irgendwas aufgefallen. Vielleicht ein parkendes Auto oder eine wartende Person?"

„Nein, ich glaube nicht. Aber ich habe auch nicht wirklich auf so etwas geachtet. Ich mein, wer denkt denn, dass er im nächsten Moment eine Leiche findet. Wenn das alles war, würde ich jetzt gerne meine Termine absagen und nach Hause gehen. Das war genug Stress für einen Tag."

„Ja natürlich, das kann ich verstehen. Bitte halten sie sich zu unserer Verfügung, falls doch noch eine Frage auftaucht. Geben sie bitte meinem Kollegen hier", er zeigte auf Knut, „ihre Personalien. Er wird Ihnen auch unsere Telefonnummer geben, falls Ihnen doch noch etwas einfallen sollte. Trotzdem noch einen schönen Tag", Hajo überließ die Maklerin Knut und grübelte etwas vor sich hin. Dieser Mord würde sie auf Trab halten, das hatte er im Gefühl. Er musste sich unbedingt mit Theodor Schindler, dem Hausbesitzer, treffen. Vielleicht konnte der ein wenig Licht in das Ganze bringen. Und wenn der Besitzer der Tote war? Na dann würde er ja wahrscheinlich vermisst werden.

Beide Kommissare saßen wieder im Auto. Knut hatte schnell mit seinem Handy die Adresse des Hausbesitzers rausgesucht. Hajo hatte sich noch nicht wirklich mit den neuen Smartphones angefreundet. Manchmal waren sie nützlich, doch die meiste Zeit empfand er sie nur als lästiges Anhängsel. Gerade nach Feierabend wollte er ungestört sein Leben genießen und nicht ständig auf ein kleines Ding schauen oder vom Klingeln aufgeschreckt werden. Herr Schindler wohnte in der Celler Straße 18. Knut steuerte den Wagen zielgerichtet und schnell durch die Stadt. Telefonisch konnten sie bei Herrn Schindler niemanden erreichen, deswegen mussten sie auf ihr Glück vertrauen, jemanden anzutreffen. Auf dem Osterdeich schweifte sein Blick über die Weser Richtung Stadion. Sie hatten ihr Ziel fast erreicht.

Sie klingelten an der richtigen Tür. Zu Hajos Freude öffnete sie sich rasch. Ein Herr um die 70 Jahre stand im Bademantel und Hausschuhen vor ihnen. „Moin. Was wollen Sie?", warf ihnen der alte Mann entgegen. "Moin, moin. Sind Sie Herr Theodor Schindler? Wir…" „Wer will das wissen?", unterbrach der Mann Hajo. Er versuchte es erneut: „Wir sind von der Polizei, Kommissar Sensbruck und mein Partner Willemsen." Sie zeigten Ihre Ausweise und der Mann nickte kaum merklich. „Wir suchen Herrn Theodor Schindler, den Besitzer des Hauses Osternburger Straße 23." „Der steht vor Ihnen." Herr Schindler hatte eine sehr hölzerne Art und wurde auch nicht freundlicher, nachdem sich die beiden als Polizisten ausgewiesen hatten. Hajo fuhr fort: „Hatten Sie heute Morgen ein Treffen mit Ihrer Maklerin Simone Bachmann?" „Ich will mein Haus nicht verkaufen. Ich kenne keine Simone Bachmann. Sie müssen mich verwechseln", war die schnelle Antwort. Hajo fühlte, wie es in Knut anfing zu brodeln. Er legte ihm die Hand auf den Arm und setzte erneut an: „Frau Bachmann hat angegeben, dass Sie gestern telefonisch einen Termin abgemacht haben bezüglich der Immobilie Osternburger Straße 23. Sie wollten Ihr Kellerapartment vermieten." „Nein ich habe nichts dergleichen getan. Ich habe das Haus vor einigen Monaten geerbt und war noch nicht mal vor Ort gucken wie es aussieht. Was geht sie das überhaupt an?" „Herr Schindler in Ihrem Keller ist eine nicht identifizierbare Leiche gefunden worden. Wir werden überprüfen woher der Anruf kam. Was haben sie gestern Abend, so zwischen 18 und 22 Uhr gemacht?" „Eine Leiche? Damit hab ich nichts zu tun. Ich hab gestern um die

Zeit zu Abend gegessen und Fernsehen geschaut. Das kann meine Frau bezeugen. Hier haben sie den Schlüssel für das Haus. Machen Sie was Sie wollen, das ist mir egal. Ich war noch nie dort und ich habe damit nichts zu tun." Hajo steckte den Schlüssel ein. Je mehr die beiden recherchierten, desto weniger wussten sie Bescheid. Hajo tappte ungern im Dunkeln, so sehr er auch Rätsel mochte, er sah lieber den Täter schnell hinter Gitter. Hier sah es gar nicht danach aus, als würde sich der Fall von selbst lösen. „Dann haben wir erstmal eine Aussage von Ihnen, danke schön. Bitte halten Sie sich zu unserer Verfügung, wir werden sicherlich auf Sie zurückkommen. Guten Tag", endete Hajo das Gespräch. „Sie wissen ja wo ich wohne", hörten die beiden gerade noch, bevor die Tür vor Ihrer Nase zugeschlagen wurde.

Als sie wieder im Auto waren konnte Knut nicht mehr still sein: „So ein unfreundlicher Mistkerl. Der hat doch garantiert etwas zu verbergen. Wieso sollte uns die Maklerin anlügen, das ergibt doch keinen Sinn. Der steckt da mit drin. Wer erbt denn ein Haus und guckt es sich noch nicht einmal an. Hier ist gewaltig was im Busch. Ich werd mir direkt mal die Telefonverbindungen von Schindler und der Maklerin zu Gemüte führen. Dann wissen wir wenigstens wer hier gelogen hat." Hajo grübelte noch über den Zusammenhang. In einem hatte Knut auf jeden Fall recht, etwas war faul im Staate Dänemark. „Ja das ist eine gute Idee. Mach das, ich werde dann gleich bei deiner lieben Rike durchklingeln. Mal schauen, wie weit sie mit der Autopsie ist. Aber zuerst gehen wir im Viertel etwas Leckeres essen. Ist ja direkt um die Ecke und wir haben es schon fast 13 Uhr." Dagegen hatte auch Knut nichts einzuwenden. Knut war vor einigen Jahren ins Viertel gezogen. Hajo wunderte sich immer wieder, wie dieser konservative

CDU Anhänger die Liebe zum Viertel gefunden hatte. Das Viertel ist ein bunt zusammengewürfeltes Stadtviertel von Bremen, in dem reich und arm aufeinanderprallt. Ein Künstlerviertel mit vielen Bars und Restaurants. Vielleicht hatte ihn das rege Nachtleben hierher geführt oder die vielen jungen Studentinnen, die sich hier trafen.

Gut gestärkt saß Hajo mittags in seinem Büro. Er hatte gerade mit der Gerichtsmedizin telefoniert. Es wurde immer mysteriöser, der Zeitpunkt des Todes konnte nicht bestimmt werden. Es musste gestern Abend vor 19 Uhr passiert sein, doch davor war alles offen. Die Leiche war nämlich tiefgefroren worden. Rike Falkner hatte unverwechselbare Spuren gefunden. So einen gesamten Leichnam einzufrieren war gar nicht so einfach. Gewöhnliche Kühltruhen waren zu klein, man brauchte schon eine Kühlkammer. Auch sehr verwirrend war die Menge an Blut die auf dem Boden und der Kleidung war. Es musste nachträglich dort hingekommen sein.

Seine Gedankengänge durchbrechend kam Knut von seinen Recherchen zurück. „Kein Treffer. Herr Schindler hat von Zuhause die Maklerin nie angerufen. Ich habe mich nochmal mit Frau Bachmann in Verbindung gesetzt, um den genauen Zeitpunkt des Anrufes herauszubekommen. Sie ist wirklich angerufen worden, allerdings kam der Anruf vom Bahnhof. Dass es überhaupt noch öffentliche Telefone gibt. Das erschwert uns die Arbeit gewaltig." Hajo schnaufte durch bevor er antwortete: „Tja lieber Knut, da will uns wirklich jemand auf Trab halten. Wir haben es hier definitiv mit keinem Affekt-Mord zu tun. Das war von langer Hand geplant."

Er erzählte Knut von der eingefrorenen Leiche. Beide schwiegen für eine ungewöhnlich lange Zeit. Ihre Hirne arbeiteten auf Hochtouren. Wenn Knut so lange still war musste es verzwickt sein. Hajos Gedanken wanderten. Was hatten sie überhaupt an Fakten, so gut wie nichts. Der Tote konnte schon Jahre tot sein, wenn ihn jemand durchgängig eingefroren hatte. Mittlerweile hatte er ein ganz starkes Bauchgefühl, dass weder der Besitzer noch die Maklerin etwas damit zu tun hatten. Dieser Plan war einfach zu ausgeklügelt, um dann direkt auf den Täter oder einen Komplizen zu stoßen. Die Maklerin wurde vom Mörder bestellt, um die Leiche zu entdecken. Doch warum sollte eine so unkenntlich gemachte Leiche überhaupt gefunden werden? Er hatte schon einige komplizierte Fälle gelöst, doch leider hatte er den ein oder anderen auch nicht abschließen können. Hier hatte er anscheinend wieder einen Fall, dem er seine ganze Aufmerksamkeit widmen musste. Hoffentlich würde Merle das verstehen. Sie drängte ihn langsam in Pension zu gehen. Vielleicht war dies sein letzter kniffliger Fall. Mit einem dicken Brummschädel schloss er das Büro ab und radelte in die warme Abendluft.

Kapitel 2

Kaum hatte ich mich auf den Weg gemacht, entdeckte ich die erste Adresse. Es war das Haus aus dem ich geflohen war. Somit gab es nur noch einen Anhaltspunkt, Contrescarpe 120 in 28195 Bremen. Wenigstens wusste ich nun durch die erste Adresse, dass ich wirklich in Bremen war. Der Name Bremen sagte mir durchaus etwas, doch an Einzelheiten erinnerte ich mich nicht. Eine Straße weiter entdeckte ich einen Friedhof. Dort war um diese Zeit bestimmt niemand anzutreffen. Ich suchte mir einen großen Grabstein, an den ich mich anlehnen konnte. Ich musste erst einmal durchschnaufen, passierte das alles wirklich in diesem Moment? Alles schien so diffus. Der Trench Coat erwies sich als viel zu warm. Der Schweiß lief schon in Strömen. Es war eine überaus warme Nacht, doch meine blutverschmierte Kleidung ließ mir keine andere Wahl. Immer wieder sah ich im Mondschein mein eigenes Antlitz auf dem Foto an. Es nützte nicht das Mindeste, ich hatte keinen Schimmer wer ich war.

Nach geraumer Zeit sah ich es ein, erzwingen konnte ich hier nichts. Also überlegte ich mein weiteres Vorgehen. Ich musste diese zweite Adresse finden. Gab es nicht immer an Bus und Bahn Haltestellen eine Stadtkarte? So verwahrlost wie ich aussah konnte ich mir der Hilfe anderer Leute nicht sicher sein. Der Friedhof war gar nicht so klein. Irgendwann erreichte ich einen Ausgang. Ich ging an der Friedhofsgärtnerei vorbei und entdeckte kurz darauf eine Straßenbahn Haltestelle, Waller Friedhof. Tatsächlich war dort ein Stadtplan. Ich musste etwas suchen bis ich die Contrescarpe fand. Ich schätzte den Weg auf 3-4km. Das Gute, ich musste fast nur geradeaus gehen.

3:45 Uhr zeigte die Uhr an der Haltestelle an. Dementsprechend traf ich auf wenige andere Leute, die mir auch noch aus dem Weg gingen. Meine Gedanken kreisten unentwegt. Es fühlte sich an wie in einer Sauna unter dem langen Trench Coat, es war definitiv Hochsommer. Normalerweise eine bezaubernd warme Sommernacht, nicht für mich. Endlich erreichte ich das gesuchte Haus. Es war ein 5- oder 6-stöckiges Mehrparteienhaus, schön an einem kleinen See gelegen. Leider half mir das nicht wirklich weiter. Zu dieser Zeit war es sehr unwahrscheinlich von jemandem hereingelassen zu werden, deswegen setzte ich mich an die nächste Haltestelle. Der Morgen graute und ich schaute mir das Foto nochmal genauer im hellen Licht der Laternen an. Tatsächlich hatte ich etwas übersehen. Auf der Rückseite war klein links unten in der Ecke geschrieben: Vielen Dank Raphael. Raphael, Raphael, war das vielleicht mein Vorname? Der Name des Toten? Viel konnte ich damit nicht anfangen.

Mittlerweile war es nach 6 Uhr. Ich beschloss, vor der Tür des Hauses zu warten. Auf den Klingelschildern war niemand mit dem Namen Raphael. Das wäre auch zu schön gewesen. Ich musste eine gefühlte Ewigkeit warten, bis endlich jemand aus der Tür kam. Ich erwiderte ein knappes Moin und schaffte es, die Tür zu erreichen bevor sie wieder zufiel. Jetzt stand ich im Eingangsflur und musste realisieren, dass ich gar keinen Plan hatte, wie es weitergehen sollte. Ich schlich durch den Eingangsflur, auf meiner linken Seite war ein Durchgang zum Treppenhaus. Ich entschied mich erstmal geradeaus weiterzugehen. Dort war eine weitere Tür, die sich jedoch als Hinterausgang entpuppte. Die letzte Tür des Flures war abgeschlossen. Durch das milchige Glas konnte ich einen Fahrradkeller erkennen. Es blieb also nur die Treppe. Ich stieg alle 6 Stockwerke hinauf. Von der Stirn lief mir der Schweiß herunter und der Mantel bekam die ersten nassen Flecken. Mir blieb nichts anderes übrig als wieder nach unten zu gehen. Am Fuße der Treppe setzte ich mich hin. Was sollte ich tun? Hier konnte ich erstmal ein bisschen durchschnaufen. Mir blieb nur der Name Raphael. Ich entschloss mich, einfach an der ersten Tür zu klingeln und nach Raphael zu fragen. Es dauerte eine Zeit lang, doch dann öffnete sich die Tür.

Eine alte gebrechliche Frau stand vor mir. Ihr Blick schien freundlicher zu werden als sie mich sah. Ehe ich meine Frage stellen konnte, fing die alte Frau an: „Ja Herr Steffens, wie sehen Sie denn aus? Und dann zu so früher Stunde, es ist ja noch nicht einmal 7 Uhr." Ich war vollkommen verdattert. Diese Frau kannte mich, anscheinend hieß ich Steffens mit Nachnamen. Was sollte ich jetzt tun? Bevor mein Schweigen unangenehm auffallen würde, entschloss ich mich, nichts von meinem Gedächtnisverlust preiszugeben. „Moin, Frau Frommers. Ich hatte eine schlimme Nacht. Man hat mich überfallen und alle Sachen geklaut. Mein Handy, mein Portemonnaie, sogar meine Schlüssel. Bis gerade eben war ich bei der Polizei." Glücklicherweise hatte ich mir den Namen des Klingelschildes eingeprägt, so konnte ich das Gespräch persönlicher gestalten. Ich hoffte, der Frau noch mehr Informationen zu entlocken. „Oh mein Gott! Das ist ja furchtbar. Sie armer Mann. Da hat Ihnen aber jemand richtig zugesetzt. Ich habe Sie ja kaum wiedererkannt. Dann wollen Sie sicherlich Ihren Ersatzschlüssel abholen. Gut, dass Sie mir einen gegeben haben. Der Schlüsseldienst ist ja unverschämt teuer. Einen Moment, ich hole ihn eben. Dann können sie erstmal ein warmes Bad nehmen, um den Schrecken zu verdauen. Ihnen scheint ja kalt zu sein trotz der Temperaturen."

Sie wies auf meinen Mantel und verschwand in der Wohnung. Ich konnte mein Glück kaum fassen. Es war meine Adresse, die auf dem Foto stand. Meine Wohnung. Doch was bedeutete das. Wie sah meine Wohnung aus? Fand ich dort die Antworten auf meine Fragen? Was bedeutete überhaupt mein? Kam ich in die Wohnung eines Mörders? Lebte ich alleine? Tausend Gedanken schossen mir durch den Kopf. Frau Frommers holte mich zurück in die Gegenwart:

„Hier ist Ihr Schlüssel, bitte schön. Falls Sie irgendwas brauchen, bin ich für Sie da. Sie wissen ja wo Sie mich finden."

„Das ist sehr nett von Ihnen. Ich denke, ich komm klar. Entschuldigen Sie die Störung."

„Das ist doch nicht der Rede wert. Erholen Sie sich gut"

Sie ging zurück in die Wohnung und schloss die Tür hinter sich. Ich brauchte ein paar Sekunden bevor ich mich in Bewegung setzte. Jede Etage hatte zwei Wohnungen. In der Vierten hatte ich endlich Glück und fand das Schild Steffens. Der Schlüssel passte. Ich drehte ihn ganz langsam um. Als ich das Klicken des Öffnungsmechanismus hörte, hielt ich erstmal inne. Wollte ich überhaupt wissen was sich hinter dieser Tür verbarg? Auf einmal spürte ich wieder die Schmerzen und die drückende Hitze. Mir blieb keine Wahl. Ich hatte niemanden an den ich mich wenden konnte. Diese Wohnung war mein letzter Anhaltspunkt, ich musste einfach hineingehen und mehr über mich erfahren, auch wenn mir diese Wahrheit nicht gefallen würde.

Langsam schwang die Tür nach innen auf. Erstaunlicherweise war die Wohnung frisch renoviert und sehr modern eingerichtet. Das Treppenhaus hatte mich vorher etwas Anderes vermuten lassen. Wenigstens wusste ich von Frau Frommers, dass ich nicht immer so verwahrlost aussah. Das erste Zimmer war ein quadratischer Flur, mit Garderobe und vier weiteren Türen. Es gab keine Fenster, aber außer einer Tür waren alle anderen aus Metall im Verbund mit großen milchigen Glasscheiben. Dahinter waren nur Schemen zu erkennen. Neben dem Schuhschrank stand noch ein Regal mit vielen Büchern. Diese beachtete ich aber gar nicht erst, da ein ganzes Regalbrett mit aufgestellten Fotos dekoriert war.

Dort war ich zu sehen mit einer Frau. Aufgrund der verschiedenen Posen, lag die Vermutung nahe, dass dies meine Frau war. Zusätzlich gab es einige Bilder, die ein kleines Mädchen von schätzungsweise 10 Jahren zeigten. Anscheinend meine Tochter. Ich war komplett überfordert. War das gut, war das schlecht? Würde es mir helfen oder meine Situation noch komplizierter machen? Eines stand auf jeden Fall fest, ich erinnerte mich noch immer an nichts. An meinen Anblick hatte ich mich mittlerweile ein wenig gewöhnt, doch die beiden anderen lösten keinerlei Gefühle in mir aus. Sie könnten ja hier in der Wohnung sein, schoss es mir durch den Kopf. Als ersten Reflex ging ich wieder zur Eingangstür, eine Konfrontation war nicht das, was mir vorschwebte. Ich hielt inne. Was konnte denn schon passieren? Entweder sie waren Zuhause und würden sich rührend um mich kümmern, da ich ihr Mann bzw. Vater war, oder sie waren nicht da und ich konnte mir die anderen Räume in Ruhe anschauen, um nach weiteren Hinweisen zu suchen. Der einzige Nachteil war, ich konnte den Mantel immer noch nicht ausziehen, da sich sonst die beiden vielleicht beim Anblick des ganzen Blutes zu Tode erschrecken würden.

Ich beschloss, die erste Türe auf der linken Seite zu öffnen. Es bot sich der unspektakuläre Anblick einer kleinen, aber feinen

Küche. Keine besonderen Details sprangen mir ins Auge. Die Küche sah nicht so aus als ob hier häufig gekocht wurde. Einige dreckige Teller standen in der Spüle, ansonsten wirkte sie, ja, fast schon leer. Im hinteren Teil befand sich eine weitere Tür. Ich schlängelte mich an der Küchenzeile vorbei in diese Richtung. An der Wand hing eine Pinnwand mit diversen Bestell Services. Ich griff langsam nach der Türklinke, mein Herz pochte und der Schweiß floss immer noch ohne Unterlass. Langsam wurde der Spalt größer, welcher mir Einblick in den nächsten Raum verschaffte. Zu meiner Erleichterung erwies er sich als leer. Es war ein Schlafzimmer mit Doppelbett, einem Fernseher, einer Stehlampe und einem großen Kleiderschrank, der sich fast über die ganze Länge einer Wand erstreckte. Jede Seite des Doppelbettes hatte ein Nachttischchen. Auf der einen Seite war es total überladen, mit Büchern, Zetteln, Ordnern. Es sah so aus, als ob ein weiteres Teil den ganzen Haufen zum Einsturz bringen würde. Auf dem anderen hingegen fand sich nur ein weiteres Foto meiner Familie. Alle lachten und im Hintergrund sah man das Meer mit einem wunderschönen Sonnenuntergang. Ein kleiner Balkon schloss sich an das Zimmer an, von wo aus man über den See vor dem Haus blicken konnte.

Ich nahm mir als Erstes den Nachttisch vor. Hier lagen jede Menge Kriminalbücher. In den Ordner schienen Akten über Gerichtsverhandlungen zu sein. Ein Buch ließ meinen Atem stocken: „1001 Art zu töten" Oh mein Gott, das kann doch kein Zufall sein. Waren meine schlimmsten Befürchtungen die Wahrheit? Von einem einzelnen Buch ließ ich mich nicht einschüchtern, es stellte keinerlei Beweis dar. Es gab viele Möglichkeiten, warum ich dieses Buch besaß. Der Kleiderschrank war zweigeteilt. Die eine Seite war voll von

Frauenkleidung, sehr ordentlich und sauber. Auf der anderen Seite anscheinend meine Sachen. Hier war alles sehr unordentlich und größtenteils nicht einmal gebügelt. Es befand sich jedoch nichts Interessantes in dem Schrank. Außer Kleidung war hier wirklich nichts.

Zurück im Flur entschied ich mich für die massive Tür. Hier versteckte sich das Badezimmer. Es waren keinerlei persönliche Gegenstände zu finden. Die Badewanne hatte eine magische Anziehungskraft auf mich. Kurz war mir alles egal und ich wollte nur diese dreckigen, mit Blut verschmierten Klamotten ausziehen. Ich durfte nicht die Geduld verlieren. Zuerst musste ich noch die anderen beiden Räume erforschen.

Ich entschied mich für die Tür neben der Küche. Es war ein Wohnzimmer, recht spartanisch eingerichtet. Ein großer Flachbildfernseher zierte die Wand und gegenüber stand eine gemütlich aussehende Couch. Keine Fotos, keine dekorativen Gegenstände. Es schien, als sei dieser Raum wirklich nur zum fernsehen gedacht.

Der letzte Raum musste dann wohl das Kinderzimmer sein. Ich hoffte, dass meine Tochter nicht da war. Es wäre deutlich einfacher, erstmal mit meiner Frau zu sprechen. Verdammt, meine Frau, mein Kind. Alles kam mir hier so fremd vor. Ich fühlte mich wie ein Einbrecher. Ich hatte gar keinen Bezug zu den Beiden. Wie sollte ich mich verhalten? Kann ich jemanden lieben, den ich nicht kenne? Diese Gedanken brachten mich im Moment nicht weiter, ich musste in das letzte Zimmer schauen. Diesmal entschloss ich mich für die Hau-Ruck Methode. Ich stieß die Tür kräftig auf. Zuerst konnte ich gar nichts sehen, so dunkel war es in dem Zimmer. Anscheinend hatte jemand die Fenster lichtundurchlässig abgeklebt. Ich tastete nach dem Lichtschalter. Endlich hatte ich ihn gefunden. Mit einem Mal war der Raum hell erleuchtet. Es dauerte einen kleinen Moment, doch dann gefror mir das Blut in den Adern. Jegliches Gefühl verschwand und eine bleierne Schwere breitete sich in meinem Inneren aus.

Kapitel 3

Hajo Sensbruck saß am Küchentisch, schlürfte seinen koffeinfreien Kaffee und blätterte im Weser Kurier. Seine Frau Merle war gerade zur Tür hinaus. Seit ihre Kinder Jan und Conny ausgezogen waren, arbeitete sie als Immobilien Maklerin. Auch wenn sie mit ihrem abgeschlossenen BWL Studium überqualifiziert war, machte der Job ihr großen Spaß. Merle hatte ein zartes Gemüt, weswegen Hajo ihr verschwiegen hatte, dass eine Berufskollegin gestern eine so abscheuliche Leiche gefunden hatte. Hajo las nicht regelmäßig die Zeitung, es deprimierte ihn viel zu sehr, was alles in der Welt geschah. Heute allerdings hatte er großes Interesse. So ein Mordfall war in Bremen eine Sensation für die Presse. „Rätselhafter Mord in Gröpeling" titulierte der Autor seinen Artikel. Hajo überflog ihn schnell und war zufrieden mit der Polizeipressestelle. Der Bericht enthielt keine nennenswerten Details. Noch viel schlimmer war es, Neuigkeiten durch die Presse zu erfahren. Ein paar Mal war ihm das schon passiert. Er ärgerte sich tierisch, wenn die Journalisten bessere Arbeit leisteten als er und sein Partner. Zufrieden beendete er sein Frühstück, es war Zeit ins Präsidium zu fahren.

Knut saß schon im Büro, vertieft in den Bericht der Spurensicherung. Es gab noch viele Spuren, deren Untersuchung weiter andauerte, doch ein paar Neuigkeiten waren auch dabei. Er hatte schon die gesamten Informationen durchgearbeitet, als Hajo zur Tür hereinkam. „Moin, moin Sense" „Moin, moin Knut. Was gibt's Neues?", erwiderte Hajo. Er wusste, Knut hatte sich schon auf den neuesten Stand der Dinge gebracht. Ein neuer Fall ließ ihn zum Workaholic werden. Hajo hatte Gefallen daran gefunden, sich längere Berichte von Knut vortragen zu lassen. In den ersten Jahren ging er selbst nochmal den Bericht durch, doch Knut wusste mittlerweile ganz genau, was wichtig war oder Hajo interessierte.

„Die Kollegen sind noch lange nicht fertig, trotzdem gibt es schon einige Details. Die unerklärlich große Menge an Blut hat sich als Rinderblut herausgestellt. Jemand hat diesen Tatort nachträglich verändert. Der Tote hat überhaupt nicht geblutet. Sehr wahrscheinlich haben wir es nicht mit dem Tatort zu tun, sondern die Leiche wurde in diesem Keller platziert. Zusätzlich wurden zwei verschiedene Paar Fußabdrücke gefunden und jetzt kommts, keiner passte zu unserem Toten. Es haben wohl zwei Leute die Leiche in diesem Keller platziert. Dann habe ich noch eine Sache, die genau in dein Ressort fällt. Die Jungs konnten zwei frische Bohrungen an entgegengesetzten Wänden feststellen. Es scheint, als habe dort jemand etwas reingesteckt und dann wieder herausgeholt. Der Putz ist ein wenig abgebröckelt. Vielleicht hat auch jemand nur ein bisschen rumgestochert. Ich weiß ja, wie gerne du solche Kleinigkeiten im Hinterkopf behältst."

Es war nicht viel, aber Hajo fühlte sich bestätigt: „Der Fall wird immer undurchsichtiger, nur eines können wir schon mit Sicherheit sagen: Die Maklerin wurde definitiv bestellt, damit sie die Leiche findet. Wir müssen herausfinden was der Täter beabsichtigte. Wieso gestern? Und vor allem, warum wählt er ein so grausames Schauspiel? Wenn jemand so etwas minuziös austüftelt, muss ihm auch klar sein, dass wir das durchschauen. Nun wissen wir wenigstens, dass wir nach zwei Tätern suchen oder einem Täter und einem Komplizen. Auch wenn es nur eine kleine Chance ist, geh doch mal zum Bahnhof und frag die

Ladenbesitzer oder das Personal, ob ihnen zur fraglichen Zeit jemand aufgefallen ist, der an dem Münztelefon war. Vielleicht kann sich jemand erinnern. Heutzutage müsste es doch selten sein, wenn jemand nicht mit seinem Handy telefoniert." Hajos Kopf lief auf Hochtouren. Hier schien es jemand darauf angelegt zu haben, ein Schauspiel zu inszenieren. Wieso und warum, stand in den Sternen. Und Knut hatte recht, ihn interessierten diese Löcher ungemein. Wer einen Tatort so herrichtete, schlug nicht aus Jux und Tollerei zwei Löcher in die Wand. Waren sie Teil eines Rituals oder hatten die beiden etwas befestigt, um den Umgang mit der Leiche zu vereinfachen. Dieses Problem musste warten. Hajo fuhr fort: „Ich werde mich nochmal um den Hausbesitzer, diesen Herrn Schindler, kümmern. Die Täter müssen ja gewusst haben, dass das Haus leer steht. So etwas macht man nicht mal eben spontan aus der Hüfte heraus."

„Alles klar", war die knappe Antwort seines Kollegen. Knut sprühte vor Energie, er liebte solche Sisyphusarbeiten. „Dann bis später, Sense", schon war er aus dem Büro verschwunden. Hajo ließ es etwas ruhiger angehen und vertiefte sich noch einmal kurz in die seltsamen Hinweise, die sie am Tatort gefunden hatten. Noch ergab vieles keinen Sinn. Falls jemand den Täter am Bahnhofstelefon gesehen hatte, wäre das ein riesiger Glückstreffer. Falls beide mit leeren Händen zurückkehren würden, müssten sie nochmal an den Tatort und die Nachbarschaft befragen. Vielleicht war irgendjemandem etwas aufgefallen. So sinnierte Hajo vor sich hin und bemerkte kaum wie die Zeit verging. Fast eine Stunde später als Knut verließ er das Polizeipräsidium Richtung Theodor Schindler. Hajo bog in die Julius-Brecht-Allee ein. Seine Gedanken waren schon bei Herrn Schindler. Eine schnelle Überprüfung des

Mannes hatte ergeben, dass er die beiden Kommissare angelogen hatte. Seine Frau konnte sein Alibi keinesfalls bestätigen, da sie seit mehr als 10 Jahren verstorben war. „Warum sollte der Mann lügen", ging es Hajo durch den Kopf, „wieder etwas Merkwürdiges. Er hätte doch wissen müssen, dass wir das sofort rausbekommen. Trotzdem hatte ich nicht das Gefühl, dass er von dem Mord wusste." Normalerweise konnte Hajo sich auf sein Bauchgefühl verlassen, doch er liebte es, diese Intuition mit Fakten zu untermauern. Wie sollte der Kommissar sein Verhör gestalten? Druck auszuüben war seiner Meinung nach garantiert der falsche Weg. Er musste es irgendwie schaffen, eine Gemeinsamkeit zu finden oder Interesse an dem Fall zu wecken. Mittlerweile war er am Osterdeich angekommen. Nur noch rechts ab in die Celler Straße. Dort fand er glücklicherweise schnell einen Parkplatz.

Theodor Schindler öffnete in derselben Kluft die Türe wie Vortags. „Sie schon wieder. Was wollen Sie denn noch? Ich kann Ihnen nicht helfen." „Ich hätte da noch ein paar Dinge, die ich mit Ihnen abklären muss. Nichts wildes, reine Formalitäten", entgegnete Hajo und fuhr fort, „Könnten wir das vielleicht drinnen besprechen? Hier in der Sonne ist es doch schon ziemlich warm." „Ich will mal nicht so sein. Kommen se rein", Hajo nickte Herrn Schindler freundlich zu. Sie gingen einen kleinen Flur entlang und kamen dann im Wohnzimmer aus. Hier hingen ein paar Luftaufnahmen von Bremen an den Wänden. Ein Regal war voller Werder Bremen Fanartikel. Wer so nah am Stadion wohnt, musste wohl zwangsweise Fan sein oder er zog gleich wieder weg, bei dem Trubel ca.20 Mal im Jahr. Neben dem Regal stand eine Kommode, die mit einer Handvoll Fotos bestückt war. „Ist das hier Ihre Frau?", begann Hajo in sehr ruhigem Ton.

„Ja das ist sie. Meine Berta."

„Wir wissen, dass Ihre Frau seit mehr als 10 Jahren verstorben ist, Herr Schindler. Mein Beileid. Nun ist es allerdings schwer verständlich, warum Sie uns gestern nicht die Wahrheit gesagt haben?"

„Ja, das war wohl ein Fehler. Ich dachte, bei so einer Antwort bin ich Sie schnell los. Da ich ja eh nichts mit dem Mord zu tun habe."

„Ich glaube Ihnen Herr Schindler. Trotzdem muss ich noch ein paar Fragen stellen. Irgendwoher hat schließlich der Mörder gewusst, dass Ihr Haus zur Zeit leer steht."

„In Ordnung, dann setzen wir uns aber. Gute Idee von Ihnen den Jungspund zu Hause zu lassen. Ich kann ungeduldige Menschen nicht ausstehen."

„Gut, dann würde ich gerne als erstes von Ihnen wissen was Sie beruflich machen?"

„Ich bin seit 2 Jahren Vollzeit-Rentner. Davor habe ich 45 Jahre als Hausmeister an der Uni Bremen gearbeitet. Davon 25 Jahre als Chefhausmeister. Seit ich Rentner bin geh ich ein- bis zweimal pro Woche hin, die alten Kollegen treffen, ein bisschen quatschen. In den Jahren hab ich sogar recht viele Freundschaften mit den Dozenten und Professoren geschlossen."

„Machen Sie in Ihrer Freizeit noch andere Dinge? Treffen Sie sich mit anderen Leuten?"

„Nein, mittlerweile nicht mehr. Mit 65 Jahren habe ich mein Dauerticket von Werder aufgegeben und mich nur noch durch die Fernsehübertragung quälen lassen. Zu den Leuten habe ich gar keinen Kontakt mehr. Familie gibt's auch nicht mehr. Berta und mir war leider nie ein Kind vergönnt gewesen." Der alte Mann schien in seine eigene Welt abzudriften, Hajo wollte ihn nicht wieder verärgern, also ließ er ihn gewähren. „Wir haben uns so sehr Kinder gewünscht, doch Gottes Wege sind unergründlich. Um die Ecke ist noch ein Kiosk Besitzer, mit dem ich hin und wieder plaudere. Dann genehmige ich mir ein, zwei Bierchen und wir reden über Gott und die Welt."

„Das hilft mir schon sehr weiter. Damit kann ich es etwas eingrenzen. Was haben Sie denn wirklich vorgestern Abend gemacht?"

„Genau das, was ich Ihnen erzählt hab, Herr Kommissar. Ich war hier Zuhause, hab zu Abend gegessen, Fernsehen geschaut und danach bin ich zu Bett gegangen. Alles hat gestimmt und wenn Sie meine Frau fragen könnten, würde sie das bestätigen."

„Das werde ich mir notieren. Wieso sind Sie denn noch nicht bei dem Haus gewesen? Man guckt sich doch schon mal an, was man so geerbt hat?"

„Ich bin mir noch nicht sicher was ich mit dem Haus machen will. Es gehörte meinem Onkel, mütterlicherseits. Er wurde 98 Jahre alt, doch ich habe ihn kaum gekannt. Er war ein glühender Verfechter des Nationalsozialismus und war unter Hitler bei der Waffen SS. Meine Mutter konnte das nicht ertragen und noch weniger verstehen. Deswegen bestand kaum Kontakt zwischen ihm und unserer Familie. Er hatte keine Kinder oder andere Verwandte, weswegen mir das Haus zugesprochen wurde. Ich konnte es bis jetzt noch nicht übers Herz bringen, das Haus zu besichtigen. Wenn Sie Ihre Untersuchung abgeschlossen haben, werde ich mich informieren und das Haus einem guten Zweck stiften. Vielleicht kann so etwas von den Gräuel Taten meines Onkels wieder gut gemacht werden."

„Das ist eine noble Einstellung. Ich wünsche Ihnen dabei gutes Gelingen. Ich glaub, dann haben wir auch schon alles. Ich kann Ihnen versichern, dass wir unser Möglichstes tun, um den Fall zu lösen. Zumindest kann ich Ihnen versprechen, dass in ein paar Tagen das Haus wieder freigegeben wird. Sie werden dann telefonisch benachrichtigt und können Ihren Schlüssel wieder abholen." Hajo stand auf und ging in Richtung Tür. Herr Schindler begleitete ihn bis an die Haustür. „Dann viel Erfolg. Ich hoffe, Sie schnappen dieses Schwein." „Danke und noch einen schönen Tag", damit beendete Hajo die Konversation. Im Wagen angekommen ließ er das Gespräch Revue passieren. Mit 99 prozentiger Wahrscheinlichkeit konnte er nun ausschließen, dass Herr Schindler etwas mit dem Mord zu tun hatte. Seine Antworten waren stimmig. Ganz davon abgesehen hatte der gebrechliche alte Mann niemals die Kraft einen Schädel einzuschlagen oder gar einen Leichnam zu transportieren, auch nicht mit Hilfe eines zweiten Täters. Nein, Hajo war überzeugt, der Hausbesitzer konnte von der Liste der Verdächtigen gestrichen werden. So gönnte er sich ein leckeres Mittagessen im Bellini, bevor er wieder zum Präsidium fuhr.

Die beiden Kommissare trafen sich am frühen Nachmittag wieder in ihrem Büro. Hajo teilte Knut alles über den Hausbesitzer mit. Dieser konnte im Gegenzug nichts Neues berichten: „Keine Chance. Ich hab mich überall durchgefragt. Niemand hat etwas Ungewöhnliches gesehen. Zu der gefragten Uhrzeit ist auch immer sehr viel Betrieb. Ich hab mir dann nochmal die Telefonverbindungen des Münzfernsprechers besorgt. Vor und nach dem Anruf gibt es keine auffälligen Telefonate. Ich hätte nie im Leben gedacht, dass diese Dinger immer noch so häufig benutzt werden. Leider sind die Überwachungskameras nicht auf die Münztelefone gerichtet, das war mein letztes Ass im Ärmel." Beide ließen das Gehörte kurz sacken. Knut war es gewohnt von Hajo Kommandos zu bekommen, wie auch jetzt: „Dann müssen wir wohl oder übel Klinken putzen gehen. Bevor die endgültigen Berichte der Spurensicherung und Gerichtsmedizin kommen, dauert es wohl noch ein paar Tage. Wir werden heute noch die Nachbarschaft des Tatorts durchkämmen. Mal schauen, ob jemand was Ungewöhnliches gesehen oder gehört hat. Oder hast Du im Moment noch einen anderen Ansatz?" Wenn Hajo so fragte, wusste Knut, dies war ein verdammt kniffeliger Fall und es waren momentan fast alle Optionen ausgeschöpft. „Nein. Na dann mal los, ich bin mir nicht zu schade zum Klinken putzen. Wir haben schon öfters durch solche Routinearbeit sehr gute Hinweise bekommen. Lass uns auch dieses Mal aufs Glück hoffen." Beide tranken noch ihre Tassen Kaffee aus und machten sich auf den Weg.

In der Osternburger Straße angekommen teilten sich die beiden auf. Die eine Straßenseite nahm Hajo, die andere Knut. Sie führten ein Gespräch nach dem anderen. Viele Bewohner zeigten sich bestürzt, sie hatten noch gar nichts von dem Mord erfahren, sich nur über die Polizeipräsenz gewundert. Andere zählten jede Person und jedes Auto auf, welches sie in den letzten zwei Tagen hier gesehen hatten. Für Hajo war das ein schier endloser Marathon an Geplapper, aus dem er die eine wichtige Information herausfiltern musste. Knut arbeitete einfach stechuhrartig jedes Haus ab, machte sich Notizen und blieb eloquent bis zum Schluss.

Erst gegen 19 Uhr waren beide mit ihren Häuserreihen durch. Bei so einem Fall waren Überstunden reinste Normalität. Viel schlimmer war die Tatsache, dass man den Fall auch mit nach Hause nahm. Gedanken konnte man schlecht abstellen und gewisse Fakten oder Zusammenhänge kamen immer wieder ins Bewusstsein. Jetzt war es Zeit Bilanz zu ziehen. Hajo steuerte nichts Auffälliges bei, er hatte einige Labertaschen überstehen müssen, die sich wichtiger nahmen als sie waren. Knut hingegen konnte mit etwas aufwarten: „Ich hab hier drei auffällige Aussagen. Zuerst habe ich einen weißen Sprinter, der vorgestern Nachmittag direkt vor dem Tatort stand. So ca. zwei Stunden lang . Das wurde von zwei verschiedenen Personen beobachtet. Beide sagten, sie hätten den Wagen das erste Mal hier in der Straße gesehen. Könnte vielleicht der Wagen sein, in dem die Leiche transportiert wurde. Irgendwie muss sie da unten reingekommen sein. Der Raum bot ja keinerlei Anzeichen, dass dort die Leiche eingefroren gelagert wurde. Und dann hab ich noch eine etwas vage, aber wie ich finde, interessante Beobachtung. Ein Student ist gegen 3:30 Uhr in der fraglichen Nacht nach Hause gekommen und hat einen Mann in einem ockerfarbenen Trench Coat gesehen. Er war ihm sofort aufgefallen, da es in der Nacht viel zu heiß für einen Mantel war. Der Mann hatte schwarze Haare, war ca.1,80m groß und kam aus der Osternburger Straße. Er ging weiter Richtung Waller Friedhof. Leider hat er ihn nur von hinten gesehen und kann deswegen keine Phantomzeichnung anfertigen lassen. Vielleicht ist es nichts, aber bei den wenigen Anhaltspunkten die wir haben, sollten wir wirklich jeder Spur nachgehen."

„Da hast du vollkommen Recht. Sehr gute Arbeit Knut. Das Kennzeichen von dem Sprinter konnte dir wahrscheinlich niemand geben, oder?"

„Nein, das wäre ja die Krönung gewesen. Aber jetzt können wir alle zukünftigen Verdächtigen mit den Haltern weißer Sprinter abgleichen."

„Ja, das ist richtig. Was wir mit dem Mann machen werd ich mir noch überlegen. Schon sehr auffällig. Dann auch um diese Zeit, hierher verirrt sich normalerweise niemand der nicht auch hier wohnt. Selbst wenn er nicht der Täter ist, könnte er ein wichtiger Zeuge sein. Dann mach dich mal auf den Heimweg, wir sehen uns morgen in alter Frische."

„Ja gut, dann bis morgen."

Beide machten sich auf den Heimweg und Hajo wurde mit jedem Meter, den er zurück zum Präsidium fuhr, klarer, was er mit dem neuen Unbekannten vorhatte.

Kapitel 4

Das Badewasser war längst kalt geworden, trotzdem blickte ich geistesabwesend gegen die Kacheln der Wand. Ich konnte einfach nicht glauben, was ich zuvor gesehen hatte. Ich fühlte nur noch eine dumpfe Leere. Es spielte überhaupt keine Rolle mehr wer ich war, es drehte sich alles nur noch um das Zimmer.

Dort, wo ich das Kinderzimmer vermutet hatte, befand sich eine überwältigende, abstoßende, ekelerregende, bis ins Mark erschütternde Wahrheit. Als Erstes fielen meine Blicke auf die Fotos. Unschwer erkannte ich die Frau und das Mädchen wieder. Darunter Bilder einer Frau und eines Kindes, nackt. Die Gesichter waren nicht mehr zu erkennen. Es war eine klebrige rot-braune Masse, aus der hier und da das Weiß eines Knochens herausragte. Dutzende Tatortfotos hingen nebeneinander, übereinander. Dann sah ich die Zeitungsberichte: „Mutter und Tochter brutal vergewaltigt und ermordet"; „Vergewaltigung und Mord"; „Totgeprügelt bis zur Unkenntlichkeit"; „Die Leiden des Felix S.".

Der Raum war gespickt mit anderen Fotos, Landkarten, Notizzetteln, Zeitungsartikeln, Berichten und Tabellen. Diese surreale Flut an Eindrücken hatte mich so überwältigt, dass ich schnurstracks das Zimmer verlassen musste. Hier saß ich nun, in der kalten Badewanne. Allein, ohne Erinnerung. Wieso ging mir das alles so zu Herzen, obwohl ich mich nicht an die beiden erinnern konnte? Gut, so etwas geht einem immer zu Herzen, doch ich fühlte mehr. Es war eine unsichtbare Verbindung entstanden, als ich realisierte, diese ermordete Frau und dieses ermordete Kind sind meine Familie gewesen. Ich kam von einem Grauen in das nächste. Zusätzlich hatte ich ja noch meinen eigenen Toten von gestern Nacht. Es gab hier nur zwei Möglichkeiten, entweder war der Mörder meiner Familie derselbe wie der dieses Mannes und ich hatte seinen nächsten Tatort entdeckt, oder ich war der Mörder und hatte den Schuldigen für diese Gräueltaten ausfindig gemacht. Beides erschreckte mich zutiefst.

Still lag ich in der kalten Wanne. Ich musste zurück in dieses Zimmer. Nach einem kurzen Blick, war ich außerstande gewesen länger dort zu bleiben. Auch wenn es nicht das war, was ich erwartet hatte, blieb mir keine andere Wahl. Doch ich traute mich nicht heraus, aus dem immer kälter werdenden Nass. Mein Leben hielt nur Trauer und Wut bereit. Diese Amnesie hätte ein Segen sein können, stattdessen blieb mir jetzt nur übrig, dieses Trauma ein zweites Mal zu durchleben. Erst in den letzten Minuten wurde mir bewusst, wie müde ich war. Wahrscheinlich hatte das Adrenalin mich über die letzten Stunden wach gehalten. Um mich aus der Badewanne erheben zu können, beschloss ich, das Zimmer erstmal links liegen zu lassen. Schlafen war jetzt das Gesündeste. Ich stieg aus der Wanne, trocknete mich ab und legte mich nackt ins Bett. Meine Gedanken kreisten, doch es dauerte nicht lange bis ich in tiefen Schlaf fiel. Wer wusste schon, wann ich das letzte Mal geschlafen hatte.

Draußen war die Sonne schon wieder untergegangen als ich mich aus dem Bett schälte. Mir kam alles wie ein Alptraum vor, doch meine Gedächtnislücke verriet mir etwas Anderes. Erstmal schaute ich in den Kühlschrank, mir war schon fast schlecht vor Hunger. Alles leer. Im Froster fand ich glücklicherweise eine Tiefkühlpizza. Ich schob sie in den Ofen und ging zum Kleiderschrank. Ich musste die blutverschmierten Klamotten noch loswerden, doch das konnte warten. Ich zog mich gemächlich an. Langsam duftete es herrlich nach Pizza, was meinen Magen laut knurren ließ. Gierig verbrannte ich mir beim ersten Stück den Mund, danach genoss ich jeden Bissen. Nicht wirklich satt, aber sehr zufrieden, vertilgte ich das letzte Stück. Der Moment nahte, vor dem ich mich seit gestern oder besser gesagt heute morgen fürchtete. Es wurde Zeit, sich wieder in den verdammten Raum hineinzuwagen.

Diesmal wusste ich ja was mich dort erwarten würde, trotzdem schnürte sich meine Kehle zu, als ich die Fotos erblickte. Bevor ich mich dem Durchstöbern des Zimmers widmete, nahm ich alle Tatortfotos von der Wand. Ich wusste was sie zeigten und sie brachten mich momentan nicht weiter. Danach war es schon um einiges erträglicher. Ich machte mit den Zeitungsberichten weiter. Hier konnte ich mir einen ersten Überblick verschaffen. Mein Vorname war anscheinend Felix. Damit kam ich klar, es gab Schlimmeres.

Diese abscheuliche Tat war vor mehr als zwei Jahren begangen worden. Die beiden kamen nach einem Schwimmbadbesuch nicht mehr nach Hause. 42 Tage wurden sie vermisst. Es gab keine Hinweise darauf, wohin man sie verschleppt hatte. Am 43. Tag fand man sie. Wie weggeworfen lagen beide nackt an einer abgelegenen Weserböschung. Ihre Gesichter waren nicht mehr als solche zu erkennen. Die Identifizierung gelang nur durch einen DNS Vergleich mit Proben, die aus der gemeinsamen Wohnung gewonnen wurden. Nähere Untersuchungen bestätigten, dass nicht nur die Mutter, sondern auch das Kind auf brutalste Weise vergewaltigt worden war.

Immer und immer wieder las ich mir die verschiedenen Artikel durch. Es wurde nicht besser. Unfassbares Elend brach über mich herein, eine Spirale des Schmerzes und der Wut. Diese war kaum zu durchbrechen, vor allem kam es noch schlimmer. Nach dem Fund der Leichen entdeckte man zwei verschiedene DNS Spuren. Zusammen mit einer Autosichtung wurden vergleichsweise schnell die beiden Kleinkriminellen Raphael Liebknecht und Franz Korsik von der Polizei verhaftet. Als jedoch die Verhandlung begann, stellte sich heraus, dass die DNS Beweise widerrechtlich beschafft worden waren. Ohne diesen eindeutigen Beweis wurde der Fall eiskalt abgeschmettert. Es fanden sich unter den Berichten keinerlei Anhaltspunkte, die auf eine zweite Verhandlung hindeuteten.

Bei dem Namen Raphael Liebknecht zog sich mein Magen zu einem schweren Klumpen zusammen. Konnte das wirklich stimmen? War das mein Raphael von der Fotonotiz? Wenn ja, lag die Vermutung sehr nah, dass ich ein Mörder sein könnte. Ungewollt machte sich in mir so etwas wie Erleichterung breit. Ein unvorstellbarer Gedanke, doch falls ich wirklich ein Mörder war, und danach sah es mittlerweile verdammt aus, hatte mein Opfer es absolut verdient. Ich mochte keinen Mord rechtfertigen, doch die Serienkiller Theorie schoss ich in den Wind. Egal, solange keine stichhaltigen Beweise zu Tage kamen, wollte ich noch nicht glauben, ich sei ein Mörder, wie auch immer die Umstände waren.

Zusätzlich schrieben die Zeitungen über Felix Steffens, den Psychologie Professor. Ich und Psychologie Professor! Da haben die Moiren aber einen sehr schwarzen Humor bewiesen, als sie meinen Lebensfaden spannen. Ich fand einen kleinen Bericht, in dem nur von mir die Rede war. Ich hatte mich wohl von meinen Tätigkeiten als Dozent zurückgezogen. Der Autor sprach von privater Krisenbewältigung. So nannte man das also heutzutage. Mit einem bitteren Lachen wendete ich mich von den Zeitungsartikeln ab. Jetzt kam der Schreibtisch an die Reihe. Erstaunlicherweise lag unter einem ungeordneten Stoß Papier mein Portemonnaie. Ein bisschen Geld, diverse Karten, darunter eine Kreditkarte und das Wichtigste, mein Personalausweis. Endlich hatte ich den Beweis nach dem ich gesucht hatte. Ich hieß Felix Steffens und wohnte in der Contrescarpe 120. Das Foto sah etwas älter aus, doch es war unverkennbar der Mann im Spiegel. Der erste Teil des Rätsels war gelöst, jetzt musste ich nur noch einen Mord aufklären, den ich wahrscheinlich selbst begangen hatte. Mensch, hatte ich einen schwarzen Humor. Es ist schwer zu beschreiben, aber ich lernte mich ja gerade erst einmal selber kennen.

Außer einer Mappe mit vielen durcheinandergewürfelten Notizen fand ich nichts Nennenswertes mehr auf dem Schreibtisch. Zwei Schubladen stellten sich als leer heraus und eine war verschlossen. Ich nahm mir einen Schraubenzieher, den ich in der Küche gefunden hatte und brach das simple Schloss auf. Auf die nächste böse Überraschung gefasst, gab es endlich etwas Positives zu berichten. In der Schublade war Geld und nicht gerade wenig. Grob überschlagen, kam ich auf 20000€. Geldsorgen würde ich also vorerst nicht haben.

Ich stöberte und las, ich wühlte und blätterte. Als ich mir ansatzweise einen Überblick verschafft hatte, ging draußen schon wieder die Sonne auf. Diesem ganzen Chaos Herr zu werden war fast unmöglich. Ich hatte das Gefühl, nur die Oberfläche angekratzt zu haben. Eines war auf jeden Fall mehr als klar geworden, ich hatte mich auf die Jagd nach den Mördern meiner Familie begeben. Daten, Telefonnummern, Landkarten und Notizen deuteten in diese Richtung. Ich hatte sogar Originalkopien der Polizei-, Tatort- und Autopsieberichte. Diese Informationen waren auf eine

Kontaktperson bei der Polizei zurückzuführen. Sie hieß Svenja Kramm und war eine Polizeibeamtin, die an dem Fall mitgearbeitet hatte. Aus einem Brief von ihr erfuhr ich, wie sehr dieser Fall an ihr nagte. Deshalb wollte sie mir helfen. Sie dachte, ich könnte ein paar neue Beweise auftun oder Wege gehen, die der Polizei nicht erlaubt waren. Ob sie wohl wusste, was für einen Pfad ich eingeschlagen hatte? Auf einer Karte war die Osternburger Straße 23 eingekreist, ich hatte also von dem Tatort gewusst. War es mein Tatort oder war ich den beiden so dicht auf den Fersen, dass ich sie bei ihren Schandtaten überrascht hatte?

Mich überkamen üble Kopfschmerzen. 5 bis 6 Stunden hatte ich mich durch die Unterlagen gekämpft. Meine Neugier war groß gewesen, jetzt machte sich erneute Müdigkeit breit. Ich legte mich ins Bett, mein Biorhythmus war eh schon komplett durcheinander. Die Gedanken kreisten unentwegt. Neben der Müdigkeit machte sich auch tiefe Traurigkeit breit. Langsam fing ich an zu realisieren was wirklich passiert war. Ich begann wieder ein Gefühl für mich selbst zu entwickeln. Diese schreckliche Vergangenheit übermannte mich. Ich konnte mich nicht an Frau und Kind erinnern, trotzdem verspürte ich eine enge Verbundenheit. Mir rannen ein paar stille Tränen über die Wange. Wie konnte jemand nur so etwas tun. Trauer und Erschöpfung umfingen mich. Trostlos und allein schlief ich ein.

Kapitel 5

Es herrschte reges Treiben im Polizeipräsidium. Hajo und Knut wurden in das Büro des Polizeidirektors Gunnar Vossweg zitiert. Heute war der dritte Tag der Untersuchungen im Falle Osternburger Straße. Normalerweise konnten die beiden zu diesem Zeitpunkt wenigstens Verdächtige benennen. Diesmal kannten sie ja noch nicht einmal die Identität des Toten. Knut hatte schon angefangen, sich rückwärts durch eine Aufstellung der Vermissten der letzten Jahrzehnte zu arbeiten. Er war mittlerweile bei 8 Jahren angekommen. Bis hierher konnte er alle Vermissten ausschließen. Je weiter er zurückschaute, desto unwahrscheinlicher würde es natürlich werden einen Treffer zu landen. Jedoch lag es im Bereich des Möglichen, falls jemand es geschafft hatte die Leiche ununterbrochen auf Eis zu legen.

„Meine Herren", fing der Polizeidirektor an und machte eine Geste, sodass die beiden Kommissare direkt Platz nahmen. „Ich brauche Ihnen hoffentlich nicht zu erklären warum Sie hier sind? Es dauert nicht mehr lange und die Presse bekommt Wind von den Details. Irgendjemand verplappert sich immer. Drei Tage und Sie haben nichts. Selbst der Polizeipräsident hat mich auf den Fall angesprochen", wenn sich schon der Polizeipräsident einmischte, wussten die beiden, es wurde ernst. Polizeipräsident Peter Betzel schaltete sich nur extrem selten in laufende Ermittlungen ein. Er war ein Mann der Politik. Bei einem Sektempfang fühlte er sich wohler, als in einem Streifenwagen. „Ich sehe schon die Schlagzeilen vor mir: `Mörder schlägt Opfer zu Brei. Polizei tappt im Dunkeln! ´, sowas können wir überhaupt nicht gebrauchen. Der Ruf der

Polizei ist im Moment sowieso nicht der Beste. Also bringen sie mir gute Neuigkeiten! Was haben sie?"

In solchen Situationen übernahm Hajo das Zepter. Diesmal hatten die beiden wirklich wenig, bis gar nichts. Der weiße Sprinter entpuppte sich vorerst als unnützer Hinweis. Sie hatten ein wenig unterschätzt, wie viele weiße Sprinter es gab. Zusätzlich wurden weiße Sprinter auch noch zu Hauf gemietet. Ohne einen Verdächtigen konnten sie mit der Liste nichts anfangen. Hajo klammerte sich noch an seinen letzten kleinen Trumpf: Der Mann im Trench Coat.

„Wir haben noch einige Vermisstenakten, die wir durcharbeiten müssen. Dann bekommen wir noch den vollständigen Untersuchungsbericht der Spurensicherung, sowie der Gerichtsmedizin. Vielleicht gibt es von dieser Seite neue Hinweise. Unsere neueste Spur ist ein Zeuge, der mitten in der Nacht einen verdächtig wirkenden Mann im Trench Coat gesehen hat. Bei den Temperaturen sehr ungewöhnlich! Ich werde mich gleich mit der Pressestelle treffen. Ich will, dass eine Beschreibung dieses Mannes in allen Zeitungen und den lokalen Fernsehberichten zu sehen ist. Personen, die diesen Mann gesehen haben, sollen sich bei uns melden. Falls er ein Zeuge ist, wird er sich hoffentlich selber melden. Wenn es der Täter ist, bekommen wir vielleicht Hinweise auf seinen Aufenthaltsort", Hajo endete selbstbewusst, als wäre der Fall damit schon fast gelöst.

„Sie bewegen sich da aber auf ganz schön dünnem Eis. Das ist ja fast gar nichts! Eine Sache will ich Ihnen zugutehalten, wenn Sie so aktiv mit der Presse arbeiten, können Sie wahrscheinlich die Brutalität dieser Tat unter der Decke halten." Auch der Polizeidirektor klammerte sich an einen Strohhalm. Er musste ja auch Rede und Antwort stehen. „Machen sie den Leuten

Dampf, die Berichte müssen fertig werden. Dieser Fall hat höchste Priorität. Ich will mir gar nicht vorstellen, was auf uns zukommt, falls weitere so zugerichtete Leichen auftauchen. Finden sie den Mistkerl! Dann mal wieder an die Arbeit." Die beiden Kommissare verabschiedeten sich und gingen zurück in ihr Büro.

„Puh, der war ganz schön gereizt. Was können wir denn dafür, dass es hier so viele Tratschtanten gibt. Wir können uns halt keine Hinweise aus den Rippen schneiden", Knut machte seiner Frustration ein wenig Luft. „Ich werde das mit der Spurensicherung und Gerichtsmedizin klären. Dann kannst du das mit der Presse regeln." Knut war guter Publicity gegenüber nicht abgeneigt, doch hatten ihn die Journalisten in den letzten Jahren das ein oder andere Mal auf dem falschen Fuß erwischt. Einmal hatte sich sogar der Polizeipräsident persönlich bei ihm gemeldet. Er meinte, Knut sollte erstmal etwas Abstand von der Pressearbeit nehmen. Das nahm sich Knut auch zu Herzen. „Klingt gut. Dann würde ich sagen, treffen wir uns einfach nach dem Mittagessen, so zwei, drei Uhr wieder hier im Büro", Knut nickte Hajo zu und war auch schon zur Tür hinaus.

Hajo hatte eine Menge zu tun. Die Arbeit mit der Presse war normalerweise gar nicht sein Ding. Diese Branche war ihm viel zu reißerisch und schnelllebig. Es drehte sich häufig nur um Quoten oder Auflagen. Diese Sensationsgeilheit verabscheute er. Manchmal kam er nicht drum herum, so wie heute. Er musste versuchen eine möglichst breite Masse an Menschen zu erreichen. Das würde für die Presse erstmal ein zusätzliches Häppchen sein. Vielleicht konnten die Details so noch ein paar Tage länger ihr Geheimnis bleiben. Etwas tagträumend ging er immer und immer wieder durch, welchem Zweck diese Inszenierung diente. Wenn jemand so etwas Grausames darstellte, wollte er oder sie ein gewisses Publikum bedienen. Hatte der Täter darauf gehofft, die Zeitungen und das Fernsehen wären voll von spektakulären Fotos seines Tatortes? Er musste den Mann im Trench Coat finden, unter allen Umständen!

Auf der Pressestelle erwartete ihn schon Frauke Decker. Sie war die zuständige Beamtin. Ihr gefiel die Arbeit mit der Presse und repräsentierte die Bremer Polizei vorzüglich. „Moin Hajo, schön, dass du da bist. Gerade hat mich Vossweg über die Dringlichkeit deiner Angelegenheit in Kenntnis gesetzt. Der hatte ganz schön Hummeln im Arsch.“ Sie war für ihren flapsigen Umgang mit anderen Kollegen bekannt. Hajo zauberte sie mit diesem Ausspruch ein Lächeln auf die Lippen. „Hat er das nicht immer?“, war Hajos Antwort. Jedes Mal wenn er mit ihr sprach, ging es ihm gleich ein bisschen besser. „Aber jetzt mal Scherz beiseite, das hier hat wirklich höchste Priorität. Ich habe kaum Informationen und das Wichtigste ist, niemand soll den Anschein haben, dies sei unsere beste, ja im Moment sogar einzige, Spur.“ „Da mach dir mal keine Sorgen, ich schaukel das Ding schon. Wie immer.“ Sie zwinkerte mit einem Auge und Hajo fühlte sofort die gegenseitige Sympathie. Frauke schaffte es jedes Mal ein Gefühl der Sicherheit zu vermitteln, als ob man mit ihr ein Geheimnis hätte, gegen den Rest der Welt antritt und trotzdem auf der Siegerstraße ist. „Welche Medien hast du denn im Blick?“, fragte sie weiter. „Diesmal brauchen wir alles. Sämtliche Radiosender müssen informiert werden. Sie sollen in den Nachrichten die Beschreibung durchgeben. Dann das Fernsehen, Radio Bremen TV und Radio Weser TV, wenn ARD, ZDF oder NDR lokale Bremer Nachrichten haben auch diese Sender. Dann alle Printmedien, angefangen vom Weser Kurier über die lokale

TAZ hin zum Lokalteil der Bild. Ich will, dass jede Zeitung, die in Bremen zu bekommen ist, ein Phantombild mit Beschreibung der Umstände enthält." „Na, das ist ja mal eine richtige Herausforderung. Ich gebe mein Bestes. Fernsehen und Radio müssten es noch heute in ihr Programm aufnehmen können. Die Zeitungen werden es dann in der morgigen Ausgabe drucken. Da hab ich heute ja noch ziemlich viel Action." Hajo gab ihr die Phantomzeichnung des Mannes von hinten und die nötigen Instruktionen, welche Informationen über den Mord weitergegeben werden durften. Beide verabschiedeten sich herzlich voneinander.

Hajo saß allein im Büro und starrte aus dem Fenster. Selten hatte er in seiner Kommissaren Karriere so etwas erlebt. Es gab so gut wie keine Anhaltspunkte, nichts Konkretes, dem er nachgehen konnte. Knut hatte mit Sicherheit noch länger mit den Berichten zu tun, sodass Hajo selbst nach einem letzten Strohhalm griff. Er beschloss zur Uni zu fahren und das Umfeld des Hausbesitzers näher zu ergründen. Um den Kopf etwas freizubekommen, nahm er das Fahrrad für die 4km lange Strecke.

Die Universität der Stadt Bremen lag im Norden. Es war ein weitläufiges Areal mit vielen Gebäuden, einer Universitätsbibliothek und zahlreichen Wohnblocks für Studenten. Eine kleine Stadt für sich. Hajo versuchte beim Sekretariat erste Informationen zu beschaffen. Am wichtigsten waren die Hausmeister, doch Theodor Schindler hatte so lange hier gearbeitet, dass auch alle anderen Mitarbeiter in Frage kamen. Er sagte dem Zuständigen im Sekretariat, er bräuchte eine Liste aller Mitarbeiter der letzten 10 Jahre. Der verdutzte Universitätsmitarbeiter machte ein gequältes Gesicht, als ihm klar wurde, wie viel Arbeit er sich gerade eingehandelt hatte.

Mindestens eine Stunde benötigte er. Zeit genug für Hajo ein wenig Tuchfühlung aufzunehmen. Er ließ sich den Weg zum Pausenraum der Hausmeister zeigen und schärfte dem jungen Mann ein, die Liste müsse auf jeden Fall vollständig sein.

Im beschriebenen Raum traf er auf vier Personen, die sich als drei Hausmeister und ein Elektriker herausstellten. Locker kam Hajo mit ihnen ins Gespräch. Erst als seine Fragen intensiver wurden, musste er sich ausweisen, da die anderen misstrauisch wurden. Herr Schindler war bei ihnen wohlbekannt. Anscheinend war er eine richtige Plaudertasche wenn man erst einmal mit ihm warm geworden war. Alle waren bestens informiert über die ungeliebte Erbschaft. Herr Schindler hatte es überall herumerzählt, die vier meinten, von den Mitarbeitern, die sie kennen würden, hätten alle Bescheid gewusst. Es lag also mehr als im Bereich des Möglichen, dass eine ganze Reihe von Leuten das verlassene Haus ins Visier genommen hatten. Wiedermal führte eine Spur nicht zu einem abschließenden Ergebnis, sondern zu Erkenntnissen, die weitere Nachforschungen nötig werden ließen. Wenigstens konnten sie jetzt die Mitarbeiter mit den Haltern von weißen Sprintern abgleichen. Die Schnittmenge kreiste mit Sicherheit eine überschaubare Menge ein. „Hoffentlich stand dieser verdammte Sprinter nicht zufällig genau vor dem Tatort", dachte Hajo. Die Mitarbeiterliste war noch nicht fertig, also genehmigte er sich ein leckeres Schnitzel mit Pommes in der Uni Mensa. Danach holte er alle Unterlagen ab, bedankte sich freundlich und schwang sich auf sein Fahrrad.

Knut war noch nicht wieder im Büro als Hajo zurückkam. Die Mitarbeiterliste legte er auf Knuts Schreibtisch. Er ging auf einen Abstecher in die Presseabteilung zu Frauke. Mal schauen, welches Zauberwerk sie diesmal wieder vollbracht hatte. Hajo hatte gehörigen Respekt vor der Arbeit mit den Medien. Frauke war gerade im Telefongespräch. Sie wirbelte herum und verzog ihr Gesicht zu einer Grimasse als sie ihn erblickte. Anscheinend war es ein Gespräch, auf das sie keine Lust hatte. Hajo konnte sich ein Grinsen nicht verkneifen. Das Telefon war aufgelegt, binnen einer halben Sekunde fing sie an zu reden: „Da ist ja der Hornochse, dem ich meinen beschissenen Tag zu verdanken habe. Stand der Dinge ist: Radio war kein Problem. Mittlerweile müssten alle Sender, die man hier empfangen kann, deine Meldung verbreiten. Das Fernsehen wird es ab heute Abend senden. Allerdings haben ARD und ZDF abgesagt, da es eher in die lokalen Nachrichten passt. Mit den Zeitungen dauert es noch. Bild, TAZ und der Weser Kurier sind schon an Bord. Gerade konntest du mich sehen, wie ich die Leute der Nordsee-Zeitung rumgekriegt habe. Jetzt fehlt nur noch Die Welt." „Du bist einfach die Beste, Frauke. Falls wir morgen eine Überraschung erleben, werde ich die Schuld auf dich schieben" Frauke antwortete mit einem breiten Grinsen: „Du bist echt ein Arschloch!" Beide fingen an zu lachen. Sie verabschiedeten sich, wobei Hajo gern noch ein wenig länger geplaudert hätte. Nach dem Besuch bei Frauke sah sein Tag wieder ein bisschen freundlicher aus.

Diesmal erwartete ihn Knut in ihrem Büro. Er schaute sich gerade die Mitarbeiterliste der Universität an. „Die musst du abgleichen mit den Haltern der weißen Sprinter. Problem: Die Uni hat selber auch weiße Sprinter, die von den Handwerkern und Hausmeistern benutzt werden." Hajo erzählte alles, was er den Tag über herausgefunden hatte und natürlich von der Presseabteilung. Jetzt kam Knut an die Reihe: „Die Spurensicherung hat nichts Neues, was für uns relevant wäre. Da hab ich mir heute nur die Beine in den Bauch gestanden.

Bei der Gerichtsmedizin sah das aber ganz anders aus. Nachdem ich Rike davon überzeugen konnte, dass du wirklich nicht mehr kommst und sie mit mir vorlieb nehmen müsste, hat sie schlussendlich Bericht erstattet. Du wirst es kaum glauben, aber alle äußerlichen Verletzungen wurden post mortem zugefügt. Sie wartet noch auf den toxikologischen Befund, aber mittlerweile möchte sie noch nicht einmal mehr einen natürlichen Tod ausschließen. Sie fischt da ganz gewaltig im Trüben. Was, wenn wir es hier gar nicht mit einem Mord zu tun haben, Sense?" Das zog Hajo die Schuhe aus. Er hatte gerade eine riesige Medienoffensive gestartet, dabei waren sie hier vielleicht ein paar Jugendlichen auf den Fersen, die der Polizei einen Streich spielen wollten und sich lediglich einer Leichenschändung schuldig gemacht hatten.

Kapitel 6

Dieses mal war es noch hell als ich erwachte. Ich fühlte mich deutlich gestärkt. Mein Blick fiel auf das Familienfoto neben dem Bett. Da war er wieder, dieser dumpfe Schmerz. Wieso ausgerechnet ich? Womit hatte ich das verdient? Eine schwere Melancholie machte die Stärkung nach dem Schlaf zunichte. Am liebsten wäre ich einfach den Rest des Lebens im Bett geblieben. Doch das war unmöglich. Früher oder später musste die Polizei auf mich stoßen. Was konnte ich denen schon sagen: „Guten Tag Herr Kommissar, ich weiß nicht wer ich bin, aber nein, getötet hab ich niemanden." Das war gar nicht gut. Der Tatort ist bestimmt voll von meiner DNS. Ganz gleich ob ich den Mord wirklich begangen habe oder nicht, für die Polizei musste es so aussehen, als ob ich es gewesen sei.

Ich überlegte hin und her, spielte dieses Szenario durch, dann das nächste. Es mussten Stunden vergangen sein. Ich war der Verzweiflung nahe. So gefährlich es auch sein mochte, ich hatte keine andere Wahl. Der Kreis schloss sich langsam, aber stetig. Zu diesem Zeitpunkt war ich mir ganz sicher; ich musste herausfinden was passiert war. Ohne zu wissen, was in diesem Keller geschehen war, konnte ich nicht weiterleben. Es fraß mich einfach auf. Deswegen hatte ich nur die Möglichkeit alles auf eine Karte tu setzen. Bevor ich schlafen ging, hatte ich mir einen Zettel an die Küchenpinnwand geheftet: Svenja Kramm 04218372643, meine Polizeiinformantin. War sie immer noch auf meiner Seite? Würde sie mich verraten? Wenn ja, hatte ich genügend Material, um sie erpressen zu können? Sie hat sich schließlich der Mittäterschaft schuldig gemacht, indem sie mir diese ganzen Informationen zugespielt hatte. Ich hielt das

Telefon eine gefühlte Ewigkeit in der Hand, bevor ich endlich die Nummer wählte. Es schellte.

„Kramm hier"

„Guten Tag, Felix Steffens hier. Könnte ich bitte mit Svenja Kramm sprechen?"

„Mensch Felix, ich bin doch schon dran. Was ist bei dir los? Ich versuche schon den ganzen Tag dich zu erreichen."

Ich entschloss mich, meine Amnesie erstmal für mich zu behalten. Mal gucken wieviel sie wusste und welche Informationen ich ihr entlocken könnte. „Tut mir leid, ich hab wie ein Stein geschlafen."

„Wieso schläfst du am helllichten Tag? Ach egal, bist du von allen guten Geistern verlassen mich in so eine Sache mit reinzuziehen? Sie haben Raphael Liebknecht gefunden. Bis jetzt hat noch niemand eine Verbindung zu dir hergestellt, doch wie ich den alten Sensbruck kenne, wird das nicht mehr lange dauern"

Sie klang sehr aufgeregt. Ich konnte es ihr nicht verübeln. Ich war auf einem Stuhl zusammengesunken. Wie der Schlag traf mich der Name Raphael Liebknecht. War es also tatsächlich ich, der den Mord begangen hatte? Ich konnte kaum weitersprechen. Ich musste mich mit dieser Svenja treffen. Wie paralysiert wickelte ich den Rest des Gesprächs kurz ab.

„Nicht am Telefon. Wir müssen uns treffen."

„Also gut, wir nehmen unseren alten Treffpunkt am Innenhafen."

„Ich bin ein wenig durch den Wind, sag mir nochmal schnell die Adresse."

„Du weißt schon, bei der HBK, das Restaurant Feuerwache. Davor bei den Treppenstufen am Wasser. Wir warten aber bis es dunkel wird. Sagen wir 23 Uhr."

„Ok, gut, dann bis gleich."

„Bis gleich."

Ganz langsam sank der Hörer auf meinen Schoß. Nun war es Gewissheit. Ich hatte einen Menschen ermordet. Wie fühlt man sich als Mörder ohne Erinnerung? Es war eine eigenartige Leere in mir. Von mir selbst erschüttert schlug ich die Hände über dem Kopf zusammen. Ich kannte ja die Hintergründe und konnte mir kaum eine bessere Rechtfertigung vorstellen, doch ich hatte gehofft moralisch über solchen Dingen zu stehen. Dies war wohl nicht der Fall. Erst jetzt bemerkte ich wie mir der kalte Schweiß in Strömen herunterlief. Endlich schaffte ich es, den Hörer zur Seite zu legen und langsam aufzustehen. Ich hatte überhaupt keine Ahnung wie spät es war, also ging ich zum Fernseher und knipste ihn an. Es war erst 19:47 Uhr, da hatte ich genügend Zeit den Treffpunkt zu erreichen. HBK war mit Sicherheit die Hochschule der bildenden Künste. Die würde bestimmt auf einer Karte eingezeichnet sein, zum Restaurant Feuerwache konnte ich mich bestimmt durchfragen. Einen Haken gab es aber noch an der ganzen Geschichte, ich hatte keine Ahnung wie Svenja aussah. In dem ganzen Wust an Unterlagen konnte ich kein Foto ihrer Person zuordnen. Es würde sowieso extrem schwer werden ihr die Gedächtnislücke zu verheimlichen. Wahrscheinlich hatten sich bei den zahlreichen Treffen Eigenheiten entwickelt oder ich hatte bestimmte Marotten, die mir jetzt noch nicht einmal im Traum einfallen würden.

Ich beschloss mich zu duschen und später eine Entscheidung zu treffen. Eigentlich kannte ich die Antwort bereits, doch ich brauchte einen Moment zum durchschnaufen. Mein Körper befand sich im Dauerstress. Wenig Schlaf, schlechte Ernährung, ein paar Verletzungen auf der physischen Seite und an die psychologischen Aspekte wollte ich gar nicht erst denken. Das angenehm temperierte Wasser floss über mein Gesicht. Wenn doch alles nur so einfach und schön wäre wie dieser Moment. Irgendwann wurde mir klar, dass ich den nächsten risikobehafteten Schritt zu gehen hatte. Ich musste Svenja von meiner Gedächtnislücke erzählen. Ich musste mich ihr komplett ausliefern. Wie es dann weiterging, würden wir beide zusammen entscheiden. Sollte ich vielleicht einfach fliehen, mir das Geld nehmen und im Ausland ein neues Leben anfangen? Diese Vorstellung war extrem verlockend. Weg vom komplizierten Leben des Felix Steffens, rein in mein eigenes Leben. So kam es mir vor, als ob es gar nicht mein Leben war. Ich fühlte und litt mit Felix, ich spürte in diesem Zimmer die Verzweiflung, Trauer und vor allem auch unbändige Wut, die er auszuhalten hatte. Und da war auch der Haken an der ganzen Sache. Der zweite Mörder, Franz Korsik, rannte immer noch frei herum. Ganz konnte ich mich dem nicht verschließen, doch ich wollte ihn unter keinen Umständen auch noch umbringen. Ich hatte Dinge gemacht, die ich auf keinen Fall wiederholen wollte. Dafür musste ich eine Lösung finden. Es wäre fast wie ein Abschluss meines alten Lebens und der Anfang dieses neuen Felix Steffens, wenn Franz Korsik seine gerechte Strafe erhielt. Im Moment war das für mich ein Leben hinter Gittern, keinen schnellen Tod, schon gar nicht durch meine Hand.

Die Dusche hatte mich ungemein beruhigte. Im Moment konnte ich eh nichts an meiner Situation ändern. Mittlerweile war es 21 Uhr und ich machte mich auf den Weg zum Treffpunkt. Als ich die Contrescarpe auf dem Stadtplan gesucht hatte, war mir schon aufgefallen, dass der Hauptbahnhof direkt in der Nähe lag. Ich schlug den Weg Richtung Hauptbahnhof ein. Nachdem ich an einem Kino vorbeigelaufen war, sah ich auf der rechten Seite einen Kiosk, der noch geöffnet hatte. In meinem Portemonnaie befanden sich ein paar hundert Euro, wer wusste schon, was auf mich zukam, sicher ist sicher. Ich durchstöberte die Zeitungen und kaufte mir schließlich die Bild. Mich interessierte nur ein Thema, mein Mordfall. Es gab einen relativ kleinen Artikel über den Mord in der Osternburger Straße. Keine Details wurden verraten, noch nicht einmal wer der Tote war. Der Autor sprach von einem rätselhaften Mord und einem noch rätselhafteren Schweigen der Polizei. Einerseits beruhigten mich die Tatsachen, doch warum war die Polizei so schweigsam? Wollte sie mich in Sicherheit wiegen? Hatten sie keine Anhaltspunkte? Ich sollte mir nicht über Dinge den Kopf zerbrechen, die ich nicht wusste. Die Hauptsache war, ich hatte noch kein Fadenkreuz auf dem Rücken. Wenn ich mich auch noch vor allen normalen Leuten hätte verstecken müssen, wäre es der reinste Spießrutenlauf geworden. Ich fragte den Kioskbesitzer noch schnell nach dem besten Weg zur HBK. Er gab mir eine gute Beschreibung und lächelte dann freundlich rüber.

Vom Kiosk aus sah ich schon die Bus- und Bahnhaltestellen. Die Nummer 26 Richtung Walle fand ich sehr schnell. Bis zur Haltestelle Waller Ring sollte ich fahren, dann sei es nur noch ein kleiner Fußweg. Ich hatte Glück, der Bus war schon nach knapp fünf Minuten Wartezeit da. Es war voll, trotzdem bekam jeder einen Sitzplatz. Ich beobachtete die vorbeiziehende Straße, in der Hoffnung, ich würde irgendetwas wiedererkennen. Fehlanzeige, bis zu meiner Haltestelle hatte es keinen Geistesblitz gegeben. In meinem Nachttischchen hatte ich eine Armbanduhr gefunden, die mir nun sehr zu pass kam. Es war gerade erst kurz nach 22 Uhr, Zeit genug die richtige Treppe zu finden. Ich fragte mich bei einigen mitaussteigenden

Gästen zum Restaurant Feuerwache durch. Ich schlenderte den beschriebenen Weg entlang. Den freien Himmel konnte ich richtig genießen. Die kleine Wohnung hatte mich regelrecht erdrückt. Es war unmöglich sich der Geschichte des Raum X, so nannte ich mittlerweile den Planungsraum von Felix Steffens, zu entziehen.

Nach einigen Minuten erblickte ich das Restaurant. Das letzte Licht des Tages wies mir den Weg zu besagten Treppen. Erleichtert setzte ich mich auf die Stufen und blickte Richtung Wasser. Die erste Aufgabe war geschafft, wohlbehalten bis zum Treffpunkt zu kommen. Jetzt kam der schwierigere Teil, Svenja erkennen und mit ihr einen vernünftigen Plan ausbaldowern. Ich setzte mich mit dem Rücken zur Straße, sodass ich nur noch das Wasser im Blick hatte, somit musste mich Svenja als erste sehen. Das würde einer vielleicht unvorteilhaften Überraschung entgegenwirken. Wie ich so auf das Wasser starrte bekam ich langsam Zweifel. Was, wenn sie jetzt mit einem Aufgebot der Polizei ankommt? Ich säße hier komplett in der Falle. Mein Kopf spielte wieder einmal verrückt. Ich sagte mir immer wieder: „Es ist eh deine letzte Chance. Wenn sie dich verhaften hat wenigstens dieses grausame Psychospiel ein Ende." Keine Minute verging, in der ich nicht auf die Uhr schaute. Mittlerweile war es kurz vor 23 Uhr, keine Spur von Svenja. Vielleicht hatte sie auch Muffensausen bekommen? Vielleicht dachte sie, ich wollte ihr den Mord in die Schuhe schieben und würde mit der Polizei zusammenarbeiten? Keine Ahnung was für blödsinnige Einfälle ich noch hatte, doch die Uhr zeigte jetzt schon 23:12 Uhr.

Ich zuckte nervös herum, als mich von hinten eine Hand an der Schulter packte. Eine blonde Frau, schätzungsweise 35 Jahre alt, mit sympathischem Gesicht, schaute mir direkt in die

Augen. „Hey, ganz ruhig Felix. Ich bin's", kam es von ihren vollmundigen Lippen. „Oh ja, ´tschuldige", entgegnete ich zaghaft. Das musste Svenja sein. Sie war eine äußerst angenehme Erscheinung, gleich fühlte ich mich etwas wohler. „Man, du bist ja das reinste Nervenbündel. Was ist mit dir passiert? Und vor allem, was verdammt nochmal ist in diesem Keller geschehen? Erzähl mir nicht, du weißt nichts davon, Raphael Liebknecht mit eingeschlagenem Gesicht, wie bei deiner Frau und deiner Tochter." Das warf sie mir regelrecht entgegen. Ich stockte kurz. Mein Hirn arbeitete auf Hochtouren. Wie sollte ich die Sache anpacken? Irgendwie hatte ich mir das Gespräch anders vorgestellt. Langsam verlor ich den Verstand, ich brauchte Hilfe. So platzte alles aus mir heraus: „Ich hab keine Ahnung. Ja, ich war in dem beschissenen Keller. Ja, ich hab diese grausame Leiche gesehen. Ja, ich glaube, ich hab ihn umgebracht." Man, tat das gut, es endlich einmal auszusprechen, mit jemandem die Sorgen zu teilen, Hilfe zu bekommen, in dieser ausweglosen Situation. „Wie, du glaubst du hast ihn ermordet? Was gibt es da zu glauben? Warst du's oder warst du's nicht?"

Nun brachen alle Dämme. Ich weinte wie ein Schlosshund. Svenja war total überrascht und schloss mich in ihre Arme. Dann fing ich an zu erzählen. Angefangen bei dem ersten verwirrenden Moment, als ich das Licht in dem Kellerraum anmachte. Die anstrengende Spurensuche, die mich in meine eigene Wohnung führte. Meinem Namen, den ich von der alten Nachbarin erfuhr. Und schließlich dem grauenhaften Erwachen in Raum X. Ich erzählte jedes kleinste Detail, auch von meiner Angst ein Mörder zu sein, die zwiespältigen Gefühle meiner Familie gegenüber, die Einsamkeit in der stillen Wohnung. Alles musste raus. Am Ende meiner Ausführung fing ich an zu lachen. „Was gibt es denn so Lustiges?", fragte Svenja verwirrt. „Ich hab dir grade mein gesamtes Leben erzählt", antwortete ich mit komplett verquollenen Augen. Ihr huschte ein Lächeln über die Lippen und nahm mich fest in den Arm.

So saßen wir schweigend am Wasser. Nach einigen Minuten fing sie dann an: „Ich glaube dir, Felix. Das ist ja eine unfassbar schmerzvolle Geschichte. Du durchlebst dieses Trauma ein zweites Mal. Ich will dir helfen, aber ich glaube, wir beide müssen akzeptieren, dass du Raphael Liebknecht ermordet hast. Ich will es nicht gutheißen, aber dem Mistkerl trauere ich keine Träne nach. Wie stehst du denn jetzt zu der ganzen Geschichte? Franz Korsik läuft ja immer noch frei herum."

„Ja, ich hab mir wirklich viele Gedanken gemacht. Ich kann auf keinen Fall der ganzen Geschichte den Rücken kehren. Selbst wenn ich mich nicht mehr an meine Familie erinnern kann, hab ich trotzdem das Gefühl, den beiden etwas zu schulden. Aber umbringen will ich den Kerl auch nicht. Ich muss ihn für das, was er getan hat, hinter Gitter bringen und zwar für den Rest seines Lebens. Ich hatte die große Hoffnung, du würdest mir dabei helfen. Du hast dich ja auch schon früher für mich eingesetzt."

„Da bin ich sehr erleichtert. Geschehen ist geschehen, aber einen weiteren Mord hätte ich nicht unterstützen können. Wir kaufen uns das Schwein, ich helf dir Felix. Du musstest so viel durchmachen. Ich verstehe, du brauchst einen Schlussstrich. Wir können uns aber nicht allzu lange Zeit lassen, die Polizei ist dir auf den Fersen. Auch wenn sie bis jetzt noch nicht die Zusammenhänge gesehen haben. Hajo Sensbruck ist ein extrem guter Kommissar, ich wette du hast noch zwei oder drei Tage bis du auf den Fahndungslisten ganz oben stehst. Wenn deine Frau und Tochter nicht in Hessen, in der Nähe von Hann Münden, gefunden worden wären, sondern hier, wärst du längst schon in Polizeigewahrsam. Wir müssen uns beeilen. Hast du dir schon irgendwelche Gedanken gemacht?"

„Ehrlich gesagt, habe ich gehofft, du könntest mir ein paar Infos geben. Zuerst mal nur über mich, damit ich weiß wer ich bin. Das einzige was ich weiß, ist das, was in meinem Perso steht und die Tatsache, dass ich ein Psychologie Professor war oder immer noch bin. Ich hatte eine Frau und eine Tochter, das war's."

„Da kann ich dir ehrlich gesagt auch nicht mehr sagen. Wir haben uns ja nur ein paar Mal getroffen. Es ging ausschließlich um den Fall. Ich würde dir gerne helfen, außer deinem Umzug von Hann Münden nach Bremen weiß ich nichts Neues. Als die Verhandlung den Bach runter ging, bist du hierher gezogen. Wir hatten Hinweise, dass sich die beiden hierher abgesetzt hatten. Dann habe ich mich ja auch noch versetzen lassen, um dir in Bremen besser helfen zu können. Mich hat doch sowieso nichts mehr in diesem kleinen Kaff gehalten. Bremen ist da viel attraktiver für mich und du konntest auch durch deine Stelle an der Uni jeden Verdacht zerstreuen, du wärst auf einem Rachefeldzug."

„Dann weiß ich wenigstens, dass ich in Hann Münden gewohnt habe. Wenn ich's mir recht überlege, will ich gar nicht mehr über mich wissen. Lass uns diesen Franz Korsik hinter Gitter bringen. Danach verschwinde ich aus Deutschland und fang ein neues Leben an."

„Das hört sich ja schon ganz anders an als deine Heul-Arie von eben", sie zwinkerte mir zu. „Das Beste wäre ein Geständnis. Ich kann dir auf jeden Fall ein gutes Mikrofon besorgen. Dann verkabeln wir dich und du musst nur noch ein Geständnis aus Franz Korsik herausbekommen. Leicht wird das nicht, vor allem unter diesen Umständen mit so einem Zeitdruck. Einen Vorteil hast du jedenfalls, jetzt, nachdem Raphael Liebknecht tot ist, weiß er, dass du es verdammt ernst meinst. Hattest du nicht sogar eine Pistole? Ich glaub, das hast du mir mal gesagt."

„Bis jetzt habe ich keine gefunden, aber ich kann nochmal alles durchforsten. Wie soll ich den Kerl denn überhaupt finden?"

„Lass das mal für den Moment meine Sorge sein. Entspann du dich lieber ein bisschen. Geh mal lecker essen und komm auf andere Gedanken. Dieser Korsik ist ein gewiefter Bursche, da brauchst du deine ganze Energie und Raffinesse."

Ich stimmte ihr zu und wir verabschiedeten uns. Morgen wollten wir uns an gleicher Stelle zur selben Uhrzeit wieder treffen. Wir gingen in verschiedene Richtungen, mir ging vieles durch den Kopf. Die Jagd konnte beginnen.

Kapitel 7

Hajo wälzte sich in seinem Bett hin und her. Seine Gedanken kreisten um diesen mysteriösen Mordfall. Ja, wenn es überhaupt einer war. Immer wieder ging er die abstrusen Details des Tatorts durch. „Wieso inszeniert jemand so etwas? Was für ein Ziel verfolgt der Täter? Würde er die Polizei bloßstellen wollen, hätte er mit Sicherheit nicht so einfach zu entschlüsselnde Spuren gelegt", wirbelten die Gedanken durch seinen Kopf. Ihm kam es vor, als ob jemand hier ein Theaterstück aufgeführt hatte. Aber für wen wurde es aufgeführt? Vielleicht war es auch ein Ritual Mord? Mittlerweile bewegte er sich auf ganz dünnem Eis. Seine Kehle war trocken. Er griff zur Wasserflasche, die immer auf seinem Nachttisch stand. Ein Blick auf die Uhr verriet ihm, wie wenig er nur noch zu schlafen hatte, 2:38 Uhr. Er überlegte hin und her. Vorerst war keine zufriedenstellende Lösung in Sicht. Irgendwann kam er zu dem Schluss, dass es ein Mord war. Jemand hatte diesen Kerl umgebracht und wollte jemandem eine Botschaft schicken. Nur wem sollte hier eine Botschaft hinterlassen werden? Das war die Eine-Million-Euro-Frage. Diese These war sein Favorit, er musste sich erst einmal damit abfinden. Der morgige Tag würde bestimmt neue Erkenntnisse bringen. Irgendwann übermannte ihn dann doch die Müdigkeit. Viel zu früh klingelte der Wecker. Zwei Mal wurde noch die Schlummertaste gedrückt, bevor er sich in die Dusche schleppte. Eine Dusche war für Hajo das Wichtigste am Morgen. Sie weckte ihn erst so richtig auf. Wenn er seine tägliche Dosis bekam, war die Müdigkeit wie weggeblasen. Auch heute machte ihm nicht der Schlafmangel Probleme, sondern die grauen Zellen. Er war ganz und gar nicht zufrieden, so wie der Fall verlief. Sie tappten im Dunkeln. Falls es kein Mord war, würde ihn der Polizeipräsident einen Kopf kürzer machen, bei dem ganzen Medienrummel, den er veranstaltet hatte. Deswegen ergab sich jetzt eine Situation, die er sein ganzes Kommissarenleben noch nicht hatte: Er hoffte auf einen Mord. Seine Frau Merle hatte schon den Frühstückstisch gedeckt. Hajo bemerkte seinen flauen Magen. Mit gequältem Gesicht setzte er sich an den üppig beladenen Tisch. Er hatte keine Wahl, ohne Frühstück, konnte er unausstehlich werden. Das hasste er selbst am meisten. „Oh mein Gott! Wie siehst du denn aus?", begrüßte ihn Merle. „Frag nicht, hab die halbe Nacht nicht geschlafen. Der aktuelle Fall ist echt ne harte Nuss", erklärte ihr Hajo. Merle hatte gelernt, ihm in solchen Situationen ein bisschen Freiraum zu geben. Sie sprachen prinzipiell nicht über seine Fälle und es kam selten vor, dass ihm die Arbeit so zusetzte. Merle wusste, er bräuchte etwas mehr Zuneigung.

„Soll ich dir Rührei machen?", fragte sie mit einem freundlichen Lächeln. Hajo lehnte dies mit einem Kopfschütteln ab. „Denk dran, Übermorgen haben wir eine Verabredung mit den Hansens. Die haben da doch so einen neuen Italiener aufgetan, den sie uns unbedingt zeigen wollen", fuhr sie fort. Das hatte Hajo natürlich komplett vergessen. Bei so einem Fall lag sein Hauptaugenmerk auf der Verhaftung des Täters. Da kam sein Privatleben hin und wieder zu kurz. „Natürlich denk ich daran, Schatz." Er gab ihr einen Kuss, womit sie zufrieden gestellt war. Hajo aß ein paar Happen und machte sich dann auf den Weg zum Revier.

Knut saß schon am Schreibtisch, als Hajo zur Tür hereinkam. Er sah nicht frischer aus als Hajo. „Moin wie geht's?" „Ging mir schon mal besser", entgegnete Hajo. Knut setzte an: „Ja, bei mir dasselbe. Ich hab gestern Abend noch Vermisstenfälle durchgearbeitet. Ich bin jetzt 45 Jahren zurückgegangen. Keinerlei Übereinstimmung. Ich hatte ein paar Treffer, doch dann waren Kleinigkeiten anders, wie die Blutgruppe oder die Schuhgröße. Es ist einfach zum verrückt werden. Dann hab ich mir heute Morgen die Mitarbeiter der Universität vorgenommen. 37 Personen haben ständigen Zugang zu den Sprintern. Natürlich gibt es keine Listen oder Ähnliches, um nachzuprüfen, wer wann wohin gefahren ist. Zusätzlich fahren 59 Personen selbst ein solches Auto oder haben es zu diesem Zeitpunkt geliehen. Von den 59 sind es nur 6 Personen, die es sich geliehen haben. Am besten fangen wir bei denen an."

„Das ist ja wenigstens ein Anfang. Ich hatte schon befürchtet, wir müssten im Büro Däumchen drehen. Weißt du ob sich schon jemand gemeldet hat, bezüglich des Phantombildes?", wollte Hajo wissen. Knut verneinte dies. In Hajo keimte ein wenig Hoffnung auf, vielleicht hatten sie endlich einen Treffer.

„Also gut, dann such dir mal drei von den sechs Leuten aus. Denen fühlen wir mal ein wenig auf den Zahn. Ich geh dann noch bei der Telefonannahmestelle vorbei, vielleicht ist uns das Glück heute hold."

„Alles klar, Sense. Hier sind deine drei Adressen. Dann sehen wir uns später. Viel Spaß!", sagte er mit einem Augenzwinkern. Hajo brauchte erst noch eine Tasse starken Kaffees. Irgendeine Spur mussten sie doch finden. Er machte sich nichts vor, direkt auf einen Täter zu stoßen, den man mit kühnen Behauptungen sofort in ein Geständnis trieb, gab es nur im Fernsehen. Trotzdem hatte er das Gefühl, die Sache würde endlich ins Rollen kommen. Genüsslich schlürfte er den letzten Schluck seines Kaffees. Kurz schaute er auf die Adressen. Nein, diesmal musste er das Auto nehmen, sie lagen zu weit auseinander.

So früh am Morgen war das Polizeipräsidium noch wie ausgestorben, es war ja gerade mal 7:15 Uhr. In der Anrufzentrale erwartete ihn ein grummeliger Beamter, den er nur vom Sehen her kannte. Anscheinend hatte er die

Nachtschicht gehabt und wartete sehnsüchtig auf seine Ablösung. „Moin, moin. Wie geht's denn? Ich wollte mal fragen, ob in Sachen Osternburger Straße schon ein paar Hinweise eingegangen sind?", versuchte es Hajo in einem freundlichen Ton. „Moin, da muss ich mal nachschauen", war die knappe Antwort. Der Beamte kramte in seinen Unterlagen, die ein geordnetes Chaos bildeten. Schließlich fand er dann doch die richtigen Notizen. „So, ja da haben wir was. Drei verschiedene Personen haben sich gemeldet. Die erste hat den Mann an der Bahnhaltestelle Waller Friedhof gesehen. Der zweite auch an einer Haltestelle, diesmal war es die Station Am Wall. Der dritte hat ihn am Walle Center die Straße Richtung Innenstadt laufen sehen. Nummer eins und drei konnten keine genaue Uhrzeit nennen, sie meinten beide, es wäre zwischen drei und fünf Uhr morgens gewesen. Nummer 2 war sich sicher, es ist gegen Viertel vor sechs Uhr gewesen. Da fährt er immer zur Arbeit. Mehr gibt's nicht Herr Kommissar."

„Danke sehr. Mit so vielen Einzelheiten hätte ich gar nicht gerechnet. Gut gemacht. Ich hoffe, sie haben bald ihren wohlverdienten Feierabend."

„Danke, das hoff ich auch", damit war das Gespräch beendet. Hajo schnappte sich eine Straßenkarte und zeichnete die verschiedenen Punkte mit Uhrzeit ein. Dazu kam noch die Aussage des Studenten, der den Mann gegen 3:30 Uhr aus der Osternburger Straße kommen sah. Das war ein eindeutiges Bild. Vom Tatort weg, ist er den ganzen Weg zu Fuß bis zur Haltestelle Am Wall gelaufen. Entweder hatte er zwischendurch Pause gemacht oder an der Station gewartet. Worauf hatte er denn gewartet? Vielleicht auf seine Bahn oder einen Bus? War er betrunken gewesen oder einfach nur müde vom Laufen? Wenigstens hatten sie jetzt einen geografischen Anhaltspunkt. Er schaute sich noch einmal die Adressen an, die Knut ihm gegeben hatte. Nein, leider lag keine davon auf der eben eingezeichneten Strecke, noch nicht einmal in der Nähe. Aber gut, das musste nichts heißen. Er brachte die Karte und die Hinweise schnell noch ins Büro und machte sich auf den Weg zum Fuhrpark.

Dies war mal einer der wenigen Momente in denen er wirklich froh war, eine Freisprechanlage zu haben. Er rief Knut an, der sich auch sofort meldete. „Träume ich gerade oder rufst du mich wirklich an, Sense." Hajo hörte ein dumpfes Lachen in der Leitung. „Ja ich bin's wirklich. Es gibt wichtige Neuigkeiten. Ich konnte durch drei Hinweise aus der Bevölkerung den Weg des Trench-Coat-Mannes rekonstruieren. Er ist von der Osternburger Straße, über die Station Waller Friedhof, über das Walle Center bis zur Bushaltestelle Am Wall gelaufen. Ist eine von deinen Adressen in der Nähe dieses Weges?"

„Moment eben." Hajo hörte, wie Knut in ein paar Papieren herumwühlte. „So, hier hab ich die Adressen. Ja eine davon ist recht nah an deiner Strecke dran."

„Sehr gut. Fühle demjenigen bitte noch etwas gründlicher auf den Zahn, als üblicherweise. Wir können uns hier keine Fehler erlauben. Das ist die erste vernünftige Spur die wir haben."

„Wird gemacht Chef. Danke für die Info. Wir sehen uns später."

„Alles klar, bis später."

Hajo legte auf. Ein bisschen ärgerte er sich, nicht selbst zu dieser Adresse gefahren zu sein, doch so war es nun mal. Knut war auch ein guter Kommissar. Manchmal wollte er mit dem Kopf durch die Wand, doch Hajo war des Öfteren überrascht, welches Fingerspitzengefühl er hin und wieder an den Tag legte.

Die erste Adresse konnte er schnell abhaken. Es war ein Geschichtsprofessor, der einen ganzen Schwung Bücher von Bremen nach Dresden gefahren hatte. Er hatte nur 2 Stunden nach der gefragten Zeit den Wagen dort zurückgegeben und ist den Rückweg mit der Bahn gefahren. Das ließ sich sehr leicht nachprüfen und in 2 Stunden konnte man nie im Leben mit einem Sprinter von Bremen nach Dresden fahren. Zusätzlich nannte er Hajo vier verschiedene Personen, die seine Fahrt dorthin bestätigen würden. Damit wollte sich Hajo gar nicht erst lange aufhalten und fuhr direkt zur nächsten Adresse.

Auch die zweite Adresse war ein Reinfall. Es handelte sich um eine 26 jährige Tutorin, die einfach nur umgezogen war. Sie konnte Hajo 7 verschiedene Personen nennen, die den Aufenthaltsort bestätigen konnten. Und dieser war nicht Osternburger Straße 23. Mühsam setzte sich Hajo wieder ins Auto. Seine Gedanken waren bei Knuts Adresse. Hatte er schon etwas erfahren? Falls es etwas bahnbrechendes gewesen wäre, hätte er ihn schon längst angerufen. Langsam fädelte er sich wieder in den Verkehr ein. Auf zur Adresse Nummer drei.

Er musste bis ans hintere Ende von Horn herausfahren. Rechts ging es zum Horner Gymnasium, geradeaus hatte Hajo sein Ziel erreicht. In einem der vielen Reihenhäuser wohnte Daniel Wippler. Er war als Elektriker bei der Universität angestellt. Mittlerweile hatte die Hitze einen Punkt erreicht, bei dem sich Hajo gar nicht mehr wohl fühlte. Das kurze Hemd, das er anhatte, war schon ziemlich verschwitzt. Er legte eine weitere Schicht Deo nach und schritt dem Zielobjekt entgegen. Eine Frau meldete sich über die Sprechfunkanlage und ließ Hajo ins Haus. Er quälte sich die drei Stockwerke hinauf. An der Tür erwartete ihn eine kleine, gedrungene Frau. Hajo stellte sich vor und zeigte gleich seinen Dienstausweis: „Guten Tag! Ich bin Kommissar Sensbruck von der Bremer Kriminalpolizei. Sie sind Frau Wippler?" Die Frau wirkte ein wenig eingeschüchtert, als sie antwortete: „Ja die bin ich. Womit kann ich Ihnen behilflich sein?"

„Es geht nur um eine Routinebefragung. Ist denn Ihr Mann zu sprechen?"

„Nein das tut mir leid, der ist bei der Arbeit. Er wird sicherlich nicht vor 16 Uhr heimkehren."

„Das ist aber schade. Dürfte ich Ihnen denn ein paar Fragen stellen?" Verdutzt guckte Frau Wippler den Kommissar an: „Ehm, ja natürlich, aber worum geht es denn überhaupt?"

„Wie gesagt, es ist reine Routine. Darf ich kurz reinkommen? So zwischen Tür und Angel ist das ganze hier vielleicht ein wenig öffentlich."

„Aber sicher doch, kommen Sie rein", dabei machte sie die Tür ein Stück weiter auf und ging in die Wohnung. Hajo konnte nichts Ungewöhnliches erkennen. Ein paar Fotos hier, ein paar Blumen dort. Die Wohnung sah exakt so aus, wie man sie sich bei einem Otto Normalverbraucher vorstellte. Frau Wippler wies ihm den Weg bis ins Wohnzimmer, wo sie sich auf einen Sessel setzte und Hajo das Sofa anbot. Er setzte sich und wischte ein paar Schweißperlen von seiner Stirn.

„Darf ich Ihnen etwas zu trinken anbieten?" Hajo war der Frau sehr dankbar: „Ja ein Glas Wasser, das wäre sehr nett." Heute war das Thermometer noch einmal deutlich angestiegen. Jetzt einen schönen Cocktail im Café Sand schlürfen, dachte Hajo träumerisch.

„So bitte ihr Wasser." Und vorbei waren die Träumereien. Er nahm einen großen Schluck und bedankte sich: „Herzlichen Dank, bei den Temperaturen sollte man immer genug Wasser trinken. Gerade in meinem Alter." Hajo wollte die Stimmung ein wenig auflockern, doch das gelang ihm nicht. Also fing er an zu fragen: „Frau Wippler, können Sie mir sagen, was ihr Mann in der Universität macht?"

„Er ist Elektriker. Das macht er schon seit fast 8 Jahren."

„Wissen Sie irgendetwas Genaueres? Ist er auf irgendetwas spezialisiert?"

„Ich weiß nur, dass er ständig herummeckert. Vor allen Dingen, wenn er in die Kühlräume der Mensa oder der Biologen muss. Er kann die Kälte nicht ausstehen. Er nimmt sich seinen Urlaub immer im Winter, damit wir ins Warme fliegen können."

Kühlräume, da klingelten bei Hajo sofort die Alarmglocken. Vielleicht war er hier auf etwas gestoßen. Als ob nichts gewesen wäre, fragte er weiter: „In Ordnung, es geht eigentlich auch nur um eine Bagatelle. Ihr Mann hat sich am letzten Wochenende einen weißen Sprinter geliehen, wissen Sie wofür er ihn gebraucht hat?"

„Ehrlich gesagt wusste ich gar nicht, dass er sich einen Wagen geliehen hat. Keine Ahnung wozu er ihn gebraucht hat. Er war den ganzen Samstag über weg, ist erst abends gegen 21 Uhr wiedergekommen. Er hat gesagt, er müsste arbeiten. Weswegen wollen sie das denn bitte wissen? Steckt er in Schwierigkeiten?"

Hajo hätte sagen müssen, ihr Mann käme in Frage, an dem Mordfall beteiligt gewesen zu sein, doch er beruhigte die Frau und hoffte, sie würde ihrem Mann keine Angst machen. „Nein, nein. Wie gesagt alles Routine. Wir wollen nur möglichst viele Leute ausschließen, sodass wir uns auf die Kriminellen konzentrieren können. Leider machen es uns die Verbrecher nicht immer so einfach. Dann müssen wir unkonventionelle Methoden ergreifen. Unglücklicherweise werden dabei auch ein paar Unschuldige belästigt."

Die Frau sah so aus, als ob sie das Wort unkonventionell nicht verstehen würde und antwortete etwas verdattert: „Nein Herr Kommissar, sie haben mich nicht belästigt. Es ist alles in Ordnung. Wollen sie noch etwas wissen?"

Hajo überlegte kurz. Diese Frau hatte keinen blassen Schimmer, was ihr Mann so trieb, egal ob er involviert war oder nicht. „Nein, das war schon alles. Ich möchte Sie nur bitten, ihrem Mann auszurichten, er möge doch bitte morgen um 8 Uhr auf dem Polizeipräsidium erscheinen. Die Adresse ist: In der Vahr 76. Das ist schon alles."

„Ja das mache ich Herr Kommissar. Ich hoffe, ich konnte Ihnen helfen."

„Das haben Sie Frau Wippler, vielen Dank." Hajo trank sein Wasser aus und stand auf. Frau Wippler geleitete ihn bis zur Tür und sie verabschiedeten sich.

Im Auto drehte Hajo erst einmal die Klimaanlage volle Pulle auf. Der Kerl war also ein Elektriker, der es mit Kühlsystemen zu tun hatte. Das konnte eine Spur sein oder es war nur ein Zufall, der ihm das Leben besonders schwer machte. Dem musste er in jedem Fall nachgehen. Kurzzeitig hatte Hajo sogar Knuts heiße Spur vergessen, doch jetzt wollte er wirklich wissen, ob Knut etwas erreicht hatte. Auf dem schnellsten Wege fuhr er zum Präsidium.

Kapitel 8

Ich wachte gegen 10 Uhr auf. Diese Aussprache gestern mit Svenja war eine richtige Erlösung gewesen. Endlich hatte ich eine Verbündete. Jemand der mich verstand und zwar beide Felix Steffens. Den Felix, der diesen ganzen Schlamassel verursacht hatte und den anderen, nach der Amnesie. Ich. Immer noch nicht konnte ich mich und den anderen Felix als eine Person sehen. Ich konnte gar nicht derselbe sein. Wie sehr beeinflussen einen Erinnerungen? Oder vergangene Schmerzen? Welche Fehler hatte ich schon gemacht, welche Meinungen hatten sich geprägt? Ich war immer noch komplett überfordert, doch eines war anders. Es war nicht der letzte Strohhalm nach dem ich griff, es war der Erste, den ich je gesehen hatte. War es auch der Einzige? Gab es nicht noch mehr Strohhalme? Wie kann ich für etwas verantwortlich sein, von dem ich nichts mehr weiß? Waren nicht Menschen, die unter Drogen standen, auch unzurechnungsfähig? Sollte ich mich stellen und auf das Beste hoffen?

All diese Fragen erschlugen mich. In den letzten zwei Tagen war ich dauernd damit beschäftigt gewesen, zu realisieren, in was für einer Situation ich steckte. Ständig prasselten neue, erschreckende Dinge auf mich ein. Ein Hetzen von Grausamkeiten hin zur Verzweiflung. Mein Überlebensinstinkt hatte die Oberhand gewonnen. Wie hätte ich mich denn sonst verhalten sollen, als ich vorgestern zum ersten Mal das Licht dieser Welt erblickte? Wie ein Roboter fand ich mich zurecht in einer vollkommen fremden Welt. Programmiert, um weiter zu leben, jedoch belegt mit einer Last, die ich nicht schultern konnte. Ich focht einen inneren Kampf aus, was ist richtig und was ist falsch. Bin ich immer noch Felix Steffens, sollte ich mir nicht einen neuen Namen geben? Ich war nicht einverstanden mit der Selbstjustiz, die mein früheres Ich für notwendig gehalten hatte. Wer bin ich denn? Was maße ich mir an, zu richten über jemanden, der Schmerz und Leid erfahren hatte, wie ich es mir nicht einmal in meinen schlimmsten Alpträumen vorstellen konnte. Eine Situation, die niemand verdient hat, schon gar nicht ich, der in seinem ersten Leben die dunkelste Seite der Menschheit zu Gesicht bekommen hatte.

Svenja hatte vollkommen recht, ich musste entspannen und vor allen Dingen das Schöne dieser Welt erkennen. Diese Probleme konnte ich eh nicht lösen. Doch eines wusste ich ganz genau, um mein neues Leben anzufangen, musste ich Felix Steffens altes Leben beenden und der Schlusspunkt war, Franz Korsik seiner gerechten Strafe zuzuführen. Es half nur der Blick nach vorne. Wenn ich das geschafft hatte, war die Notwendigkeit für einen Neuanfang gegeben.

Ich ließ mir bei einem Bäcker, den ich gestern entdeckt hatte, ein grandioses Frühstück einpacken. Ich hatte lange nicht mehr vernünftig gegessen. Erst nachdem ich die Hälfte verputzt hatte, merkte ich, wie gut mir eine vollmundige Mahlzeit tat. Die Energie, welche ich in den letzten Tagen verloren hatte, strömte zurück in meinen Körper. Ich hatte es mir zur Gewohnheit gemacht, den Fernseher auf Radio Bremen TV laufen zu lassen. Nach den neuesten lokalen Nachrichten, wurde meine Laune immer besser. Bis jetzt hatten sie noch gar nicht über den Mord berichtet. So geriet meine leichte Paranoia etwas in den Hintergrund.

Mir stand der Sinn überhaupt nicht nach Mord und Totschlag. Ich wollte meine düsteren Gedanken vertreiben und abwarten, was Svenja heute Abend vorschlug. Zeitweise war es wirklich paradox, ich kannte zum Beispiel die verschiedenen Fernsehsender, aber was ich gerne geguckt habe, wollte mir nicht einfallen. Shakespeare, Goethe und Schiller waren mir ein Begriff, doch mein Lieblingsbuch, Fehlanzeige. Ich war noch nicht so weit, mich über gewisse Dinge freuen zu können. Momente die neu erlebt werden wollten. Aber ich hatte mittlerweile das Konzept begriffen und sah auch hier und da Vorteile. Es war aber ein gutes Gefühl, zu wissen, es gab nicht nur Übel auf dieser Welt.

Langsam zog das Wasser an mir vorbei. Es war ein sonniger Sommertag, an dem mir die Temperatur sehr gut gefiel. Ich beobachtete die Menschen, wie sie hektisch ihren Geschäften nachgingen. Ein paar Kinder spielten an einem kleinen Holzsteg, da traf mich vollkommen unvermittelt ein Stich. Sofort sah ich vor meinem geistigen Auge Verena, meine Tochter, blass und nackt im Gras liegen. Der Vergangenheit konnte man sich nicht entziehen. Der Rückweg wurde zu einer Qual. Die Bilder wollten nicht mehr aus meinem Kopf verschwinden. Ich hatte die Fotos nur ein paar Augenblicke angeschaut, doch sie hatten sich unwiderruflich in mein Hirn gebrannt. Wenigstens war mir ein halber Tag vergönnt gewesen, an dem ich nicht an innerer Zerrissenheit langsam krepierte.

Ich packte die Gelegenheit beim Schopfe und wagte mich erneut in den Raum X. Wenn ich schon leiden musste, konnte es auch konstruktiv genutzt werden. Ich suchte jeden noch so kleinen Hinweis auf Franz Korsik heraus. Wie besessen wurde alles Lohnenswerte notiert. Das war jede Menge, für mich war ja alles neu. Irgendwann ging mir durch den Kopf, wie viele Stunden, Tage, ja Wochen ich schon in diesem kleinen Zimmer verbracht haben musste. Diese Vorstellung erschreckte mich gewaltig. War ich doch nicht so anders? Entwickelte ich mich gerade zurück zum alten Felix Steffens? War das gut oder schlecht? Es war ein Teufelskreis, in dem sich meine Gedanken zu verlieren schienen. Die Zeit war definitiv gekommen endlich eine Pause zu machen. Ich legte die verschiedenen Blätter auf Haufen. Es entstand keine wirkliche Ordnung, aber so entwickelte ich ein System, um den Überblick zu behalten.

Ich legte mich auf die Couch, machte den Fernseher an und die Augen zu. Mittlerweile war es 18:30 Uhr. Es war genügend Zeit, noch ein kleines bisschen auszuruhen. Abschalten war echt schwer. In den letzten Tagen war ich nur zur Ruhe gekommen, wenn mein Körper vollkommen kraftlos ins Bett gefallen war. Jetzt war es anders. Ich schien in eine Art Traumwelt abzudriften. Aus meinen Gedanken entstanden langsam Formen, aus den Formen wurden Gestalten und ehe ich mich versah, spielte sich eine Szene vor meinem geistigen Auge ab: Eine dunkle Straße tauchte aus dem Nebel auf. Keine Ahnung, wo ich mich befand. Ich hatte wieder den vergammelten Trench Coat an und schwitzte wie ein Schwein. Automatisch setzte sich ein Fuß vor den anderen, je mehr ich mich anstrengte stehenzubleiben, umso fester wurde mein Gang. Ganz weit in der Ferne fing eine Person an zu lachen. Sehen konnte man niemanden, aber das Lachen wurde immer deutlicher. Plötzlich tauchte ein Mann am Ende der Straße auf. Meine Augen versuchten ihn zu fokussieren, es gelang mir nicht. Verschwommenen Blickes ging ich immer schneller. Der Gang verwandelte sich zu einem langsamen Laufen, dann joggte ich zügig die Straße entlang. Schneller und schneller, die Straße schien das gar nicht zu bemerken, denn sie zog genauso langsam an mir vorbei wie am Anfang. Peu a peu kam ich dem Mann näher, er war es, der so lachte. Die Szene lief immer weiter, meine Hand glitt in die Tasche des Mantels. Fest umklammert zog ich eine Pistole aus der Tasche. Bei einem so enormen Tempo, hätte ich nie und nimmer zielen können. Mein Arm sagte mir etwas Anderes. Seelenruhig hielt ich die Pistole am ausgestreckten Arm und begann zu zielen. Endlich wurde das Bild schärfer, ich erkannte ihn sofort. Es war Franz Korsik. Die Angst des Unvermeidlichen stieg in mir hoch, ich merkte dass sich mein Finger langsam dem Abzug näherte. Wie in

Zeitlupe krümmte sich mein Finger, Peng!

Schweißgebadet schreckte ich auf. Die Couch glich einem Feuchtgebiet. Schwer atmend setzte ich mich auf. Alles nur ein Traum, alles nur ein Traum. Es vergingen ein paar Minuten bevor ich die Situation wieder richtig einschätzen konnte. Der Traum musste rekapituliert werden. Einmal war in meinem Unterbewusstsein noch mehr von Felix Steffens vorhanden als ich dachte und zweitens war mir die Pistole komplett entfallen. Svenja hatte doch gestern gesagt, in der Wohnung sei eine Pistole. Danach musste ich jetzt als Erstes suchen. Wo konnte denn eine Pistole versteckt sein. Raum X kam nicht in Frage, da ich den ganzen Raum zweimal komplett auf den Kopf gestellt hatte. Mein erster Gedanke war der Nachttisch. Immer schön griffbereit, das wäre doch schlau. Leider befand sich dort gar nichts. Unter dem Bett gab es auch keine Spur von dem Schießeisen. Der Kleiderschrank war ziemlich groß. Erst einmal durchforstete ich meine Hälfte, wieder nichts. Jetzt kam eine heikle Aufgabe auf mich zu, ich musste mich an die Seite meiner verschiedenen Frau wagen. Mit höchster Sorgfalt durchkämmte ich ihre Kleidungsstücke. Ein paar Mal lief es mir kalt den Rücken herunter. Es war ein eigenartiges Gefühl, Kleidung einer Toten zu durchwühlen. Dann war es auch noch meine Frau. Ich war einfach überfordert, flüchtig schaute ich unter die letzten Pullover. Es war geschafft. Völlig am Ende setzte ich mich auf das Bett. Unbewusst hatte ich angefangen zu weinen. So etwas konnte doch auch kein Mensch aushalten. Leise rollten die Tränen meine Wangen hinunter.

Im Hintergrund hörte ich den Fernseher, der immer noch lief. Irgend etwas ließ mich aufhorchen. Hatte da jemand von einem Mord gesprochen? Plötzlich war mein Verstand wieder voll fokussiert. Schnell wechselte ich das Zimmer. Kaum hingesetzt, fing der Moderator wieder an zu reden: „Wir haben heute schon ein paar Mal darauf hingewiesen, aber die Polizei hat uns gesagt, diese Meldung sei äußerst wichtig. Vorgestern in den frühen Morgenstunden wurde ein schwarzhaariger Mann mit Trench Coat gesehen. Dieser wird, im Zusammenhang mit dem mysteriösen Mord in der Osternburger Straße, gesucht. Leider haben wir nur ein Phantombild von hinten, doch so ein Mantel ist bei diesen Temperaturen sehr auffällig. Die Polizei bittet jeden, der diesen Mann gesehen hat, sich sofort unter der Hotline zu melden. Die Nummer wird gerade im unteren Bereich ihres Bildes eingeblendet. Denken sie gut nach und helfen sie, Bremen ein bisschen sicherer zu machen."

Ich fühlte wie mir das Blut aus dem Gesicht wich. Ohne Zweifel war das eine ernstzunehmende Geschichte. Verdammt, hatte mich doch jemand aus dem Keller kommen sehen. Der schützende Mantel kehrte sich nun zu meinem Verhängnis. Es war kurz vor halb 9 Uhr. Zweieinhalb Stunden noch, bis ich mich mit Svenja traf. Das war eine Ewigkeit. Ich durfte jetzt nur nicht in Panik verfallen. Die Pistole war erst einmal egal, ich musste mich vorrangig um die blutigen Klamotten kümmern. Wieso hatte ich die nicht zuerst entsorgt? Niemals hätte ich gedacht, dass man mir so schnell so dicht auf den Fersen war. Es half nichts, noch hatte ich einen Vorsprung. Wo sollte ich denn nur die verdammten Klamotten lassen? Verbrennen wäre wohl die beste Idee, doch wo konnte ich unauffällig eine Hose, einen Pullover, ein T-Shirt und den beschissenen Trench Coat verbrennen? Es gab keine Lösung für das Problem. Wenn ich sie einfach auf meinem Balkon verbrennen würde, käme das einem Signalfeuer gleich. Ich musste mir Zeit erkaufen. Meine DNS hatten sie ja sowieso schon, warum nicht eine falsche Spur legen? Je mehr ich mich mit dieser Idee beschäftigte, desto besser gefiel sie mir. Ich musste nur höllisch aufpassen, dass mich diesmal niemand sah. Unauffällige Kleidung in jedem Fall. Noch so ein Phantombild musste ich unter allen Umständen vermeiden. Ich holte einen

Stadtplan heraus, den ich am Morgen gekauft hatte. Ich hatte darauf geachtet, dass Sehenswürdigkeiten, Restaurants und andere öffentliche Orte eingezeichnet waren. Am Besten hielt ich mich in der Nähe von Nachtclubs auf, um dann unauffällig meine heiße Ware loszuwerden. Der erste Bereich der mir in die Augen fiel, war in der Nähe des Bahnhofs. Das war dann vielleicht doch ein wenig zu nah an meiner aktuellen Wohngelegenheit. Eine zweite Nachtschwärmer Zone schien als Zentrum die Kreuzung Ostertorsteinweg und Sielwall zu sein. Das war etwas weiter weg. Wenn man dort irgendwo die blutigen Sachen finden würde, sähe es sicherlich erst einmal so aus, als ob jemand aus dieser Gegend involviert war.

Eines war auf jeden Fall klar, ich musste warten, bis es dunkel wurde. Am besten wäre ein Platz, an dem die Sachen schnell gefunden würden, aber gleichzeitig der Anschein erweckt wird, sie könnten schon seit der Mordnacht dort liegen. Momentan konnte ich gar nichts unternehmen. Es war schon fast 22 Uhr und ich musste mich auf die Socken machen. Am besten nahm ich die Klamotten direkt mit zu meinem Treffen mit Svenja. Vielleicht hatte sie ja auch noch eine Idee beizusteuern. Das war der beste Einfall des Abends. Zwei Köpfe sind immer besser als einer. Ich suchte schnell nach einer Tasche, packte alles sorgfältig ein und zog mir die unauffälligsten Klamotten an, die ich finden konnte.

Alles war bereit. Wie gut, dass sich wieder der Überlebensmodus eingeschaltet hatte. Emotionen konnte ich im Moment überhaupt nicht gebrauchen. Die Dämmerung hatte eingesetzt, ich schnappte mir die Tasche und schaltete das Licht aus. Heute Nacht fühlte ich mich als Jäger und nicht als Opfer. Ich sollte von Svenja Informationen über Franz Korsik erhalten und unternahm etwas gegen meine bevorstehende Verhaftung. In mir verstärkte sich ein Hochgefühl, ich hatte zum ersten Mal die Zügel in der Hand. Dieses Gefühl gab einerseits Kraft, doch zugleich bekam ich Angst vor mir selbst.

Kapitel 9

Hajo fuhr zügig zurück zum Präsidium. Er wusste nicht warum, aber irgendwie schoss ihm plötzlich das Kellergeschoss mit den zwei Bohrlöchern durch den Kopf. Sie hatten keine neuen Erkenntnisse gewonnen, warum in den Wänden vor kurzem zweimal gebohrt worden war. Er war sich sicher, dass sie ein Baustein zur Lösung dieses Rätsels waren. Doch wie wichtig sie waren, konnte er noch nicht einschätzen. Andere Dinge waren im Moment vorrangig. Durch diesen kleinen gedanklichen Abstecher, hatte er die Fahrzeit schnell überbrückt. Gerade bog er auf den Parkplatz ein, der ihm zugewiesen war.

Knut wartete schon im Büro auf ihn. Er hatte sich die Zeit, wie üblich, mit ein paar Akten vertrieben. Hajo erkannte es auf den ersten Blick, er hatte keine bahnbrechenden Neuigkeiten. Hajos ganze Anspannung war verflogen. „Moin Knut. Was gibt's Neues? Hast du etwas herausgefunden?", versuchte er es trotzdem. „Moin. Nein ich hab nichts Neues. Zwei Mieter können wir ausschließen. Leider hab ich bei unserer besten Chance niemand angetroffen. Der Gesuchte heißt Jonas Bruns, wohnt in der Elisabethstraße. Das ist etwa 200m vom Walle Center entfernt. Er ist ein junger Dozent an der Universität. Ich hab ihm eine Nachricht hinterlassen, er solle doch bitte anrufen oder persönlich vorbeikommen."

Ein kleiner Funke Hoffnung flackerte in Hajo auf. Zwei Sprinter Spuren, die sie vielleicht weiter brachten. Er erzählte Knut, was er von Frau Wippler erfahren hatte. Beide waren nicht unzufrieden, auch wenn das gewünschte Erfolgserlebnis ausblieb. Sie mussten wieder in den Akten wühlen, die neuen Informationen verarbeiteten sich nicht von selbst. „Dann müssen wir erst einmal abwarten", fing Hajo an, „Durch die

Wegstrecke haben wir allerdings eine weitere Schnittmenge, die wir abgleichen können. Universitätsmitarbeiter, weiße Sprinter und den geografischen Raum. Sagen wir, so ungefähr einen Kilometer maximale Entfernung zur kolportierten Wegstrecke. Mein Gott, wie viele können das schon sein?" Knut machte sich sofort an die Arbeit. Er hatte schon zu Mittag gegessen und gönnte Hajo die Pause, um sich zu stärken.

Hajo bedankte sich und kramte ein paar belegte Brötchen aus seiner Aktentasche. In seiner langen Polizeikarriere hatte es sich schon häufig ausgezahlt, etwas Essbares von Zuhause mitzubringen. Knut wusste um Hajos Eigenheiten, doch er konnte sich ein Lachen nicht verkneifen. Hajo schüttelte bloß den Kopf und biss genüsslich in sein Brötchen. Seine Gedanken schweiften mal in diese Richtung, mal in jene. Mit der Zeit kam er ein wenig ins Zweifeln. „Sind wir wirklich auf der richtigen Fährte? Wir haben ja noch nicht einmal stichhaltige Indizien. Wir hangeln uns von einer Zeugenaussage zur nächsten. Wer weiß, ob sie den Tatsachen entsprechen", dachte er. Hajo hatte schon erlebt, dass Zeugenaussagen ungenau oder falsch waren. Manchmal erfand auch jemand einfach irgendetwas, um sich wichtig zu machen. Vom Worst-Case-Szenario ging er diesmal jedoch nicht aus. Alle Aussagen passten einfach gut zusammen, waren in sich schlüssig und sie hatten noch keine gegenteiligen Beweise gefunden, dass eine der Aussagen falsch war.

Lautes Klingeln riss Hajo aus seinem Gedankenspiel. Bevor er realisieren konnte was es war, hatte Knut schon den Telefonhörer abgenommen. Es entwickelte sich ein etwas längeres Gespräch, bei dem Hajo nicht wirklich mitbekam, worum es ging. Er musste sich gedulden, bis es beendet war. Je länger Knut am Hörer hing, desto interessierter sah er aus. Endlich legte er auf, Hajo schaute gespannt in seine Richtung: „Und was gibt's Neues?"

„Endlich eine neue Spur. Zwei Müllmänner haben in der Friedrich-Ebert-Straße 201 mehrere Kleidungsstücke gefunden, die komplett mit Blut verschmiert waren. Darunter auch ein ockerfarbener Trench Coat. Die beiden hatten in der Zeitung von dem Phantombild gelesen und den Fund der Kleidung dann gemeldet. Die Müllmänner sind noch zu gegen. Zwei Streifenpolizisten sichern gerade den Fundort ab. Wir sollten uns schleunigst auf den Weg machen."

„Da gibt's von mir keine Einwände", Hajo verputzte den letzten Bissen seines Brötchens und wuchtete sich aus dem Bürostuhl. Die Zweifel waren wie weggeblasen. Sie waren nicht auf dem Holzweg. Nach und nach bestätigten sich nun ihre Vermutungen. Sein Instinkt hatte ihn nicht getäuscht, der Trench Coat Mann hätte ja auch nur ein Obdachloser sein können, der betrunken durch die Stadt wanderte, doch sein Bauchgefühl hatte ihm anderes gesagt, es wäre ein zu großer Zufall gewesen. Die Kommissare begaben sich schnell zum Auto. Während Knut die beiden zügig durch die Bremer Straßen beförderte, lag auf seinem Schreibtisch die neue Liste der Fahrzeughalter. Es waren 16 Namen und einer davon lautete Felix Steffens.

Knut parkte den Wagen direkt hinter einem Streifenwagen. Mittlerweile hatten sich drei verschiedene Streifen eingefunden. Der Fundort war weiträumig abgesperrt und zwei Polizisten redeten mit den Müllmännern. Hajo ging zuerst auf einen anderen Beamten zu, der gerade auf einem Clipboard Notizen machte. „Moin, Kommissar Sensbruck", stellte sich Hajo vor, „was können Sie mir schon sagen, bevor ich mit den beiden Müllmännern spreche." „Moin, die Zwei haben diese Kleidungsstücke gefunden. Offensichtlich sind sie mit Blut verschmiert. Sie befand sich unterhalb des großen Containers, definitiv nicht im Inneren. Sie haben den Container entleert und als sie ihn zurückstellen wollten, fiel ihnen der Berg

Kleidung auf. Zuerst wollten sie das ganze Zeug noch mit in den Wagen kippen, doch bei näherer Betrachtung entdeckten sie das Blut. Zusammen mit dem Trench Coat, machte sie das misstrauisch. Dann verständigten sie die Polizei", erklärte der Polizist. „Gut, danke. Ist schon ein Forensiker vor Ort?", fragte Hajo noch. „Nein bis jetzt noch nicht." Damit hatte Hajo alles gehört, was er wissen wollte.

Die beiden Müllmänner bestätigten die Geschichte und konnten keine weiteren Details offenbaren. Die Männer waren froh weiterarbeiten zu dürfen, damit sich ihr Feierabend nicht noch weiter nach hinten verschob. Während Hajo die Gespräche führte, fing Knut schon einmal an die Fundstücke zu begutachten. Er machte sogar schon einen Teil der Arbeit, die die Spurensicherung für gewöhnlich erledigte. Hajo kam schon wieder ins Grübeln, als Knut zu ihm stieß. „Also Sense, wir haben hier ein T-Shirt, eine Hose, einen Pullover und den Trench Coat. Alles voller Blut, jedenfalls sieht es so aus. Der Mantel ist nur von der Innenseite beschmutzt. Keine Ahnung, warum jemand überhaupt einen Pullover bei diesen Temperaturen trägt, aber der Trench Coat war mit Sicherheit dazu da, das Blut zu verdecken." „Ja da stimme ich dir zu. Jetzt haben wir wenigstens Gewissheit, dass der Trench Coat Mann etwas mit unserem Fall zu tun hat. Ich geh mal schwer davon aus, dass es sich hier auch um Rinderblut handelt, sonst hätten wir nämlich ein riesen Problem. Falls das echtes Menschenblut ist, müssten wir davon ausgehen, es gäbe noch mindestens ein weiteres Opfer. Was mich jedoch am meisten irritiert, ist die Platzierung der Sachen unter dem Container. Wieso hat er sie nicht einfach reingeworfen? Vielleicht hätten wir sie dann überhaupt nicht gefunden." Hajos Stirn runzelte sich gewaltig. Knut erweiterte das Rätsel noch ein wenig: „Das ist eigenartig. Wir haben auch noch ein weiteres Problem. Es war die ganze letzte Woche trocken, einerseits gut, da das Blut nicht herausgewaschen wurde, andererseits schlecht, da wir keine Ahnung haben, wann die Kleidung dort platziert wurde. Diese Mülleimer werden alle zwei Wochen, immer mittwochs, geleert."

Hajo massierte mit der linken Hand seine Schläfen: „Hier ist doch schon wieder irgend etwas faul. Ich bin mir noch nicht hundert prozentig sicher, aber es gibt eigentlich nur einen Grund, warum die Kleidung unter dem Container lag und das ist der Zeitpunkt. Wenn jemand eine Leiche so herrichtet, zusätzlich diese Maklerin bestellt, um ihn uns zu präsentieren, müssen wir auch davon ausgehen, er wusste, dass hier immer mittwochs die Müllabfuhr kommt. Er präsentiert uns das nächste Puzzleteil. Wieso heute? Ich glaube, der Ort ist hier gar nicht so wichtig, es muss der Zeitpunkt sein." Beide Kommissare waren in ihre Gedanken versunken. So vieles an diesem Fall ergab einfach keinen Sinn. Hier am Fundort konnten sie nicht mehr viel machen. Um sicher zu gehen, dass alles seinen gewohnten Gang ging, warteten sie noch auf die Spurensicherung.

Sie hatten schon die Hälfte der Fahrt zurück ins Präsidium hinter sich, als Knut aus seinen Überlegungen erwachte. „Was wäre, wenn der Täter Angst bekommen hat? Wir haben gestern Nachmittag, zum ersten Mal das Phantombild im Fernsehen gesendet. Dann kam die Meldung auch noch im Radio und heute Morgen war es die top Schlagzeile der hiesigen Zeitungen. Vielleicht hatte er nicht damit gerechnet und ist in Panik geraten. Wollte uns eine falsche Spur legen."

„Ja, das kam mir auch in den Sinn, allerdings halte ich das doch eher für unwahrscheinlich. Überleg mal, du ermordest einen Menschen, dann frierst du den Toten für eine unbestimmte Zeit ein, danach präparierst du die Leiche und den Tatort, als wäre es ein Schauspiel. Zu guter Letzt wartest du nicht darauf, dass jemand den Tatort entdeckt, sondern engagierst eine Maklerin unter falschem Namen, die die Polizei verständigt. Und dann sollst du in Panik verfallen, wenn es ein Phantombild gibt, welches noch nicht einmal jemanden von vorne zeigt? Knut du weißt, ich bin für alle Theorien zu haben, aber das erscheint mir doch sehr unwahrscheinlich. Möglich ist alles, wir sollten uns jetzt erstmal auf die neuen Spuren stürzen. Ich hoffe, die Jungs aus dem Labor können uns morgen schon etwas sagen."

„Wenn du es so sagst, hört sich das schon ein bisschen verrückt an. Vielleicht hat der Mörder auch direkt am Sonntag die Klamotten dort versteckt, ist dann über alle Berge und wollte heute den Anschein erwecken, er sei immer noch in der Stadt."

„Ja das ist auch eine Möglichkeit. Ich hoffe jedoch du hast Unrecht, denn sonst wird es verdammt schwer den Mistkerl zu schnappen."

„Da hast du nun wieder Recht. Meine Güte, es ist ja schon kurz vor sieben. Dann machen wir wohl für heute Schluss."

„Ja es war ein langer Tag. Morgen geht's ausgeruht weiter."

Knut setzte Hajo am Präsidium ab und fuhr direkt weiter nach Hause. Hajo machte sich noch einmal auf den Weg ins Büro. Er musste, bevor er in Ruhe nach Hause gehen konnte, einen Blick auf den Stadtplan werfen. Er hatte sich alle Zeugenaussagen auf der Karte markiert, jetzt kam noch der Fundort von heute dazu. Er zeichnete ihn ein. Es war eine Verlängerung der bisherigen Strecke. Wenn der Täter in die Nähe der Friedrich-Ebert-Straße 201 musste, hätte man wirklich diesen Weg nehmen können. War der Ort vielleicht doch nicht so unwichtig, wie er zuerst angenommen hatte? Grundsätzlich konnte er sich auf seinen Instinkt verlassen, doch unfehlbar war niemand. Er schrieb sich die Uhrzeit der Sichtung neben den Ort. Jetzt sah er klarer und grinste in sich hinein. Er konnte sich immer noch auf seinen Instinkt verlassen. Ein wenig zufriedener schloss er das Büro ab.

Kapitel 10

Ich hatte mir den Weg gut eingeprägt, somit entstanden keinerlei Probleme. In der Wohnung war mir gar nicht aufgefallen wie mein Magen knurrte. Ich machte einen Abstecher zu einer Dönerbude, die sich auf dem Bahnhofsvorplatz befand. Gierig verschlang ich die türkische Spezialität. Dadurch steigerte sich mein Wohlbefinden und gefühlt hätte ich Bäume ausreißen können. Wahrscheinlich tat mir der Schlaf, der letzten Tage auch sehr gut.

Ich erreichte gegen 22:50 Uhr den gestrigen Treffpunkt. Von Svenja war noch nichts zu sehen. Diesmal lehnte ich mich möglichst gemütlich an eine Wand, während meine Augen nach ihr Ausschau hielten. Die Zeit verstrich, schon 23:15 Uhr. Langsam machte sich eine gewisse Nervosität in mir breit. „Mach dir keine Sorgen, gestern war sie ja auch etwas zu spät. Sie ist bestimmt nur irgendwo aufgehalten worden. Vielleicht musste sie auch noch länger Dienst schieben als erwartet." Ich beruhigte mich ein wenig, doch mit der Zeit kam erneut Unruhe in mir auf. Ich schaute zum hundertsten Mal auf meine Armbanduhr. Jetzt war es schon 23:35 Uhr. Ihr war doch nichts zugestoßen? Hatten ihre Kollegen sie etwa erwischt? Musste sie illegale Methoden anwenden, um die Informationen über Franz Korsik zu besorgen? Die Zeit verging nur noch im Sekundentakt. Ungeduldig rieb ich meine Hände, langsam musste es auch verdächtig aussehen, ein Mann, der sich mutterseelenallein die Beine in den Bauch stand. Gerade wollte ich meine Position verändern, als Svenja um eine Ecke gebogen kam. Es war nicht nur ein Stein der mir vom Herzen fiel, es war ein riesiger Felsbrocken.

„Hey Felix. Sorry, dass es so spät geworden ist. Ich konnte einfach nicht früher weg ohne Aufsehen zu erregen", war ihre

Begrüßung. Ich tat so, als ob mich die Verspätung nicht im Geringsten störte. „Kein Problem, ich weiß im Moment eh nichts mit meiner Zeit anzufangen." Die Sorgen waren verflogen, der Fokus lag auf den wesentlichen Dingen. Ich wollte eine Einschätzung der Lage von Svenja haben, doch noch mehr interessierte mich der Aufenthaltsort von Franz Korsik. Auch wenn mir mein Gedächtnis einen Streich spielte, versetzte ich mich mehr und mehr in die Lage des leidenden Vaters und Ehemanns. Zumal die Verhaftung auch einen Neuanfang versprach.

„Was hast du herausgefunden? Ist er hier irgendwo in Bremen? Wie sieht seine Lebenssituation im Moment aus?"

„Ganz ruhig Felix. Wir wollen doch nichts überstürzen. Heute gibt es erstmal Wichtigeres als diesen Mistkerl aufzuspüren."

„Was soll denn wichtiger sein?"

„Du bist wichtiger, Felix. Wenn du von der Polizei erwischt wirst, kann Franz Korsik tun und lassen was er will. Von Seiten der Behörden ist der Fall nicht mehr aktuell. Der Polizei sind keine neuen Beweise in den Schoß gefallen, dadurch ist die Akte ins Archiv gewandert und setzt jetzt Staub an. Du hast dich ja anscheinend ganz schön auffällig verhalten, nachdem du Sonntag früh vom Tatort geflohen bist."

„Ja das habe ich schon gemerkt, da wollte ich auch noch mit dir drüber reden."

„Das ist auch sinnvoll. Wir müssen uns einen Plan zurechtlegen. In deiner Wohnung kannst du eigentlich nicht mehr bleiben, aber zu mir kannst du auch nicht. Da muss ich was für dich organisieren. Heute Nacht dürftest du noch sicher sein. So wie ich die Polizeiarbeit kenne, werden sie frühestens morgen bei dir klingeln."

„Das ist gut, ich hab noch ein paar Dinge, die ich auf jeden Fall mitnehmen muss. Was schlägst du sonst noch vor?"

„Ich bin doch auch nicht allwissend. Das ist reinste

Improvisation, die ich hier veranstalte. Kann doch keiner ahnen, dass du Liebknecht umbringst und dein Gedächtnis verlierst."

„Ja, Entschuldigung. Ich bin ja auch mit der Situation überfordert. Es gibt da nämlich noch ein Problem, das wir besprechen sollten", dabei deutete ich auf die Tasche, die hinter meinen Beinen gestanden hatte und schob sie rüber zu Svenja. Sie öffnete den Reißverschluss und machte ihn blitzartig wieder zu.

„Bist du denn total bescheuert? Du kannst doch nicht diese Sachen mit dir rumschleppen. Warum hast du die denn überhaupt noch? Das ist doch das Erste worum man sich kümmern muss."

„Tut mir leid. Ich hatte einfach ganz andere Dinge im Kopf. Bin halt kein Meisterverbrecher. Versuch du mal klar zu kommen, wenn du dich nur an die letzten zwei Tage erinnern kannst."

„Hast ja recht. Gib die Tasche her, mir fällt schon eine passende Lösung ein. Du schmeißt sie nachher noch in deinen eigenen Hausmüll." dabei zwinkerte sie mir zu. Das war merkwürdig, aus welchen Gründen auch immer, passte diese Geste nicht zu ihr in solch einer Situation. Na gut, ich kannte sie ja auch nur von den beiden Gesprächen, die wir hatten.

„Das wäre eine große Hilfe. Du bist sowieso das Beste, was mir passieren konnte. Vielen Dank, alleine wäre ich komplett aufgeschmissen gewesen."

„Ja, ja, passt schon. Eine andere Sache, hast du die Pistole gefunden?"

Daran hatte ich gar nicht mehr gedacht. Das kam mir total unwichtig vor. Doch wenn ich morgen diese Wohnung zum letzten Mal betreten sollte, könnte mir die Pistole schon sehr von Nutzen sein. „Ehm, nein habe ich nicht. Hab die ganze Wohnung auf den Kopf gestellt, keine Spur von dem Ding."

„Ich glaub du hattest mal erwähnt, sie läge in einem geheimen Fach im Boden deines Schrankes. Pack eine Tasche, nicht mehr. Nimm nur das Nötigste mit. Je leichter, desto besser."

„Das wird nicht schwierig werden. Ich hab sowieso nicht das Gefühl, die Wohnung und alles in ihr würde mir gehören. Was ist denn jetzt mit Franz Korsik?"

„Was soll schon mit dem sein. Der ist morgen auch noch da. Konzentrier dich jetzt nur auf deine Flucht. Noch mehr Fehler können wir uns nicht erlauben. Schließlich geht es hier auch um meine Haut und nicht nur um deine."

„Dann muss es wohl so sein. Ich werde alles genau so machen wie du es sagst."

„Sehr gut, das wollte ich hören. Versuch etwas zu schlafen, die nächsten Tage werden anstrengend genug. Ich hole dich morgen früh um Punkt sieben Uhr ab. Ich komme am Hintereingang vorgefahren."

„Alles klar. Ich bin pünktlich. Vielen Dank Svenja, ich stehe tief in deiner Schuld." Wir verabschiedeten uns und gingen auseinander. Mein Hochgefühl hatte Svenja zunichte gemacht. Stand es wirklich so schlimm um mich? Ich wollte der Jäger sein. Jetzt war ich wieder der schwache, gebrochene Mann auf der Flucht. Wenigstens war mir Svenjas Hilfe sicher. Einen größeren Vertrauensbeweis, als die blutigen Klamotten mitzunehmen, gab es kaum. Ich nahm die Buslinie 26 Richtung Bahnhof. Das Gefühl der Unsicherheit war zurück. Beobachtete mich jemand? Waren sie mir schon dicht auf den Fersen. Eine gesunde Paranoia konnte nützlich sein, doch zu viel trieb mich in den Wahnsinn.

Wohlbehalten traf ich wieder in meinem Domizil ein. Nach den vier Stockwerken ging mir ganz schön die Pumpe. Ich suchte mir eine passende Reisetasche und fing an das Wichtigste einzupacken. Es war gar nicht so einfach, zu entscheiden, was wichtig war. Auf jeden Fall musste das Familienfoto vom

Nachttisch meiner Frau mit. Egal ob ich mich jemals wieder an sie erinnern würde, sie durften nicht in Vergessenheit geraten. Wer würde sich sonst an sie erinnern? Hatte ich eigentlich Schwiegereltern? Hatte ich überhaupt selbst noch Eltern? Der Gedanke war mir noch gar nicht gekommen. Ich hatte mich die ganze Zeit nur mit mir selbst beschäftigt, die Umstände hatten mich gezwungen. War dort draußen eine Familie, die sich um mich sorgte? Trauerten Verenas Großeltern um sie? Mein Kopf brummte. Es gab so viele Dinge, denen ich keine Beachtung schenkte. Vielleicht war es im Moment lebensnotwendig nur einen klaren Weg vor sich zu haben, all die Probleme und Fremdartigkeiten bei Seite zu schieben. Für mich war praktisch alles neu. Vor ein paar Stunden hatte ich im Kiosk gestanden und nicht gewusst, welches Getränk ich kaufen wollte. Ich hatte einfach nicht gewusst, was mir schmeckt. Die Trial-and-Error-Methode kam zum Einsatz. Mal funktionierte es, mal nicht. Ich konnte mich jetzt nicht in irgendwelchen Gedankenkreisen verlieren. Packen und schlafen, das war jetzt meine Priorität.

Bevor wieder die Pistole in Vergessenheit geriet, suchte ich sie als Erstes. Tatsächlich befand sich im Boden des Schrankes ein kleines Geheimfach. Direkt unter den Nachthemden meiner Frau fand ich sie. Ich hatte keine Ahnung wie die Pistole funktionierte. Das musste mir Svenja morgen zeigen. Ich wickelte sie in ein Handtuch und verstaute das Paket ganz unten in der Tasche. Ein paar Klamotten mussten mit, Hygiene Artikel, das Foto. Doch nun kam für mich der schwerste Teil: Raum X. Was war wichtig, was brauchte ich noch. Wo war die eine Information versteckt, die Franz Korsik ein Geständnis entlocken könnte. Es war nach ein Uhr, kaum noch Zeit den bitter benötigten Schlaf zu bekommen. Es musste schnell gehen. Wenigstens hatte ich in meinem Haufensystem, einen Stapel der mir wichtig erscheinenden Informationen gemacht.

Es gab noch einen weiteren, der mir sehr am Herzen lag. Er trug ein unsichtbares Schild mit der Aufschrift: Osternburger Straße 23. Was war dort wirklich geschehen? Ganz tief hinten im Unterbewusstsein gab es noch eine leise Stimme, die mir sagte: „Du bist kein Mörder." Auf diese Stimme konnte ich gerade nicht hören. Ich stellte eine kleine Auswahl an Zetteln, Fotos, Notizen, Berichten und Zeitungsartikeln zusammen. Ich hatte eine Entscheidung getroffen. Stundenlang könnte man sortieren, suchen, wieder verwerfen. Die Tasche war fertig. Alles, was von meinem früheren Leben übrig war, passte in diese Tasche. Die übrigen Dinge würde ich hinter mir lassen. Es gab bestimmt auch tolle Erinnerungen, die ich verloren hatte. Doch zur Zeit wollte ich nur vergessen. Todmüde legte ich mich ins Bett und schloss meine Augen, da klingelte auch schon wieder mein Wecker.

Kapitel 11

Beide Kommissare trafen schon vor 7 Uhr in ihrem Büro ein. Nach dem obligatorischen Kaffee fingen sie an, über die gestrigen Neuentdeckungen zu diskutieren. Hajo machte den Anfang: „Ich hab gestern Abend noch die neue Spur auf der Landkarte eingezeichnet. Es wäre eine Verlängerung der bisher angenommenen Strecke. Es gibt jedoch drei Dinge, die mich daran stören. Da ist einmal der Fundort. Das hatten wir ja gestern schon auf dem Schirm, warum unter und nicht im Container? Dann stört mich noch die Zeit. Wieso braucht ein Tatverdächtiger so lange von der Osternburger Straße bis zur Station Am Wall. Selbst wenn man langsam läuft, schafft man das in einer Stunde. Man präpariert doch nicht den Tatort und geht danach mit den blutverschmierten Klamotten in der Stadt spazieren. Zuletzt wären da noch die Zeugen. Wir haben vier Zeugen, die den Mann auf der Route bis zur Haltestelle gesehen haben, doch keinen mehr von dort bis zur Friedrich-Ebert-Straße. Und da war es ja schon nach 6 Uhr, also deutlich wahrscheinlicher, gesehen zu werden." Knut ließ sich die Thesen ein wenig durch den Kopf gehen, dann antwortete er: „Ja das hört sich plausibel an. Die Zeugen könnten aber auch Zufall sein. Sonntag Morgen um 6 Uhr ist die Innenstadt wie ausgestorben. Vielleicht wurde er auch gesehen, es hat sich nur niemand bei uns gemeldet. Aber die anderen Argumente sind nicht von der Hand zu weisen. Dann ist da ja noch meine Panik Theorie. Vielleicht ist er ja nicht gerade in Panik verfallen, hat aber aus Vorsicht eine falsche Spur gelegt."
„Ja das könnte durchaus sein. Trotzdem bleibt mir schleierhaft, warum er sich so lange mit den schmutzigen Sachen in den Straßen rumtreibt. Hat er auf jemanden gewartet? Auf eine Mitfahrgelegenheit? Ist er bei jemandem untergetaucht, der erst

ab einer bestimmten Uhrzeit da war? Das werden wir jetzt auf die Schnelle nicht klären können. Geh doch bitte zur Spurensicherung, frag, was sie gefunden haben und bitte keine neuen Überraschungen."

„Alles klar, mal gucken was die haben. Wenn sie noch nicht fertig sind mach ich ihnen Beine", damit verschwand Knut aus dem Büro. Hajo blieb allein mit seinen Notizen und grübelte weiter. Er starrte auf den Bremer Stadtplan. Alle Punkte waren eingezeichnet, sein Blick wanderte ein wenig und fiel auf die Universität. Der Täter musste aus dem Umfeld der Uni kommen, da der Hausbesitzer einfach keine anderen sozialen Kontakte hatte, dachte Hajo. Er hoffte, beide Personen, die sie gestern nicht angetroffen hatten, würden von alleine den Weg aufs Revier finden. Sie hatten wahrlich Besseres zu tun, als solch vagen Spuren tagelang zu folgen. Am Ende kam nichts dabei heraus und sie hatten die Zeit einfach nur vergeudet.

Hajo nahm sich Knuts Aufzeichnungen von gestern vor. Sie mussten weiter auf der Spur des Sprinters bleiben. Der gestrige Fund konnte ihre Theorien bestätigen, doch wirklich Neues war wohl nicht zu erwarten. 16 weitere Kreuze fanden ihren Weg auf den Stadtplan. Für so wenig Informationen, mit denen sie hantieren mussten, war das Ergebnis gar nicht so schlecht. Es war nichts genaues, aber Hajo spürte förmlich, wie sich die Schlinge langsam zusammenzog.

Herr Wippler kam um 8 Uhr in sein Büro gestapft. Der gutbeleibte Mann hatte anscheinend nichts zu verbergen und redete frei von der Leber weg. Hajos Hoffnung auf einen Durchbruch zerplatzte wie eine Seifenblase. Herr Wippler war am Samstag zu einem Angelausflug gefahren. Er benutzte den Sprinter, um Angelruten, Grillzubehör und Getränke für seinen Angelclub „Die Forellenflüsterer" zu transportieren. Seine Frau sollte nichts davon mitbekommen, weswegen er den Sprinter gemietet hatte. Einfache Erklärung, leicht nachzuvollziehen, 13

Angelfreunde als Bestätigung. Eine Spur weniger, aber Hajo war froh, so schnell mit der ganzen Sache durch gewesen zu sein. Gerade wollte er sich wieder den Akten widmen, als Knut zurückkam.

„Jetzt haben wir die offizielle Bestätigung. Das Blut an der Kleidung ist Rinderblut. Es ist auch dasselbe Rinderblut, das an der Leiche gefunden wurde. Wir sind dem richtigen Mann auf den Fersen. Es gibt auch jede Menge DNS Spuren, die sind noch nicht ausgewertet, aber wir können davon ausgehen, dass es sich um eine der Personen handelt, die in dem Kellergeschoss gewesen sind. Da hat sich nämlich auch noch etwas getan. Es sind vier verschiedene DNS Spuren sichergestellt worden. Es handelt sich hier um zwei Männer, eine Frau und den Toten selbst. Die Fingerabdrücke, die gefunden worden sind, stammen weder von dem Leichnam, noch haben wir sie in unserer Datenbank. Das Bild wird langsam schärfer, Sense."

„Das will ich doch hoffen, sonst würden wir keine gute Arbeit leisten. Eben war Herr Wippler da. Den können wir abhaken, Alibi von 13 Anglerfreunden. Ich hab mal ein bisschen in deine Akten geschaut. Hab alle 16 Adressen auf die Karte übertragen, da haben wir unsere nächsten Anlaufstellen." Mittlerweile war es schon wieder 11 Uhr durch. Die Zeit verflog viel zu schnell. Die beiden Kommissare mussten sich durch Akten, Adressen, Zulassungsbescheinigungen, Mitarbeiterlisten kämpfen. Das nahm enorm viel Zeit in Anspruch. Sehr viel Arbeit für wenig Ertrag. Das gestrige Erfolgserlebnis tat den beiden richtig gut. Natürlich sollten Polizisten immer mit vollem Eifer den Verbrecher jagen, doch sie waren auch nur Menschen und solch ein Treffer gab den beiden wieder neuen Schub. Sie hatten sich die Adressen aufgeteilt. Knut war schon halb aus der Tür als das Telefon klingelte. Diesmal ergriff Hajo den Hörer: „Kommissar Sensbruck hier."

96

„Moin Herr Kommissar, ich rufe Sie aus der Telefonzentrale an. Eben haben wir einen weiteren Tipp über das Phantombild erhalten, welches Sie in Umlauf gegeben haben." Hajo deutete Knut, er sollte doch noch kurz warten bis er losging. „Bitte fahren Sie fort", sagte Hajo zu dem Beamten am Telefon.

„Bei der Anruferin handelt es sich um Hildegard Frommers, 86 Jahre alt, wohnhaft in der Contrescarpe 120. Sie meint, ihr Nachbar würde auf die Beschreibung des Phantombildes passen. Sie war sich allerdings nicht sicher, an welchem Tag sie ihn gesehen hat. Es scheint, als ob sie ein paar Gedächtnisprobleme hat. Der Name des Verdächtigen ist Felix Steffens, soviel konnten wir noch aus ihr herausbekommen. Am Besten, Sie fahren selbst nochmal vorbei. Sie hat gesagt, wenn sie nicht einkaufen ist, sei sie Zuhause."

Hajos Synapsen veranstalteten ein Feuerwerk, so sehr kam er auf Touren. Noch bevor er das Telefonat beendet hatte, las er auch schon die Liste der Autobesitzer durch. Endlich hatten sie einen konkreten Namen. Ihr erster Verdächtiger und dann auch noch ein Volltreffer, denn er hatte sich nicht getäuscht, der Name Felix Steffens war auf der gerade bearbeiteten Liste. Heftig winkte er Knut zurück ins Büro, der immer noch im Türrahmen stand. „Ja danke, das hilft uns sehr weiter. Wir werden gleich mal bei der alten Dame vorbeischauen", damit beendete er das Gespräch. Hajo konnte ihr Glück kaum fassen, ein Zeuge, der einen Namen ins Spiel brachte, den die beiden auf ihrer engsten Liste hatten.

„Endlich ein Volltreffer Knut. Eine alte Frau bringt Felix Steffens mit der Phantomzeichnung in Verbindung. Genau der Felix Steffens, der auf deiner Liste steht. Gute Arbeit, sehr gute Arbeit"

„Na also, da zahlt sich die ganze Anstrengung doch endlich aus. Irgendwann musste ja mal was für uns abfallen. Wo wohnt denn die Zeugin?"

„Im gleichen Haus wie dieser Felix Steffens, Contrescarpe 120. Jetzt lass uns nicht übermütig werden, erstmal müssen wir mit der Frau sprechen. Sie ist schon alt und weiß nicht mehr alles so genau. Wir fahren zusammen hin. Der Rest kann warten."

„Sehr gut, dann können wir nach dem Gespräch auch noch bei unserem Verdächtigen vorbeischauen."

„Genau das war der Plan. Schwing die Hufe, Knut. Wir haben einen Fall zu lösen."

„Aye, aye, Sense." Knut deutete einen militärischen Salut an und ging hinter Hajo her. Hajo konnte in solchen Situationen, trotz seines Alters, immer noch die Schlagzahl erhöhen. Jetzt war er in seinem Element. Die Spur wurde heiß, man brauchte den richtigen Riecher, musste Zeugenaussagen noch besser einschätzen. Man war so dicht dran, dass nicht mehr zu unterscheiden war, ob es sich um einen Zeugen handelte oder den Täter selbst. Eine sehr diffizile Sache, die Hajo gelernt hatte zu meistern.

Im Auto schwiegen beide Kommissare. Man konnte die Luft förmlich knistern hören. War dies der große Durchbruch, auf den sie schon seit Tagen hofften? Trotz ihrer langjährigen Berufserfahrung waren sie gespannt wie ein Flitzebogen. Dieser Fall war selbst für Hajo etwas Besonderes, wenn dieser Felix Steffens nicht der Mörder war, konnte er endlich ein wenig Licht in das Dunkel dieses Mysteriums bringen. Diesmal fuhr Hajo selbst den Wagen, währenddessen Knut versuchte, ein paar Informationen über den Verdächtigen mit seinem Handy zu bekommen.

Die Contrescarpe 120 war mit dem Auto gar nicht so einfach zu erreichen. Der Eingang des Hauses lag an einem Fußweg der um einen kleinen See führte. Sie parkten das Auto etwas abseits. Der Fußweg schien ihnen ewig vorzukommen, obwohl es nur ein paar Minuten bis zum Haus waren. Als sie ankamen, fanden sie sowohl das Klingelschild von Frau Frommers, als auch das von Felix Steffens. Hajo widerstand dem Drängen, direkt auf die Klingel von Felix Steffens zu drücken. Erst mussten sie sich Hintergrundinformationen beschaffen. Wer weiß, ob die Frau überhaupt zurechnungsfähig war. Das wäre aber schon ein sehr großer Zufall gewesen: Eine Zeugin, die Felix Steffens mit dem Fall in Verbindung bringt, dann ihn als Treffer auf ihrer Sprinter-Liste zu haben und er hatte dennoch nichts mit dem Mord zu tun. Hajo hatte schon einige kuriose Wendungen erlebt, aber das wäre die größte seiner gesamten Laufbahn gewesen. Somit klingelte er bei Frau Frommers.

Über eine Freisprechanlage ließ Hildegard Frommers die beiden Männer ins Haus. Sie erwartete die Kommissare im ersten Stock an ihrer Tür. „Guten Tag meine Herren, dürfte ich bitte ihre Ausweise sehen?" Sie zeigten ihre Ausweise und stellten sich vor. Die alte Dame bat sie daraufhin in ihre Wohnung. Sie war gemütlich eingerichtet. Neben viel Kitsch, sah man in allen Räumen eine Menge verschiedener Fotos. Als Hajo sich ein paar Bilder näher anschaute, fing Frau Frommers an, abschweifend über ihre Familie zu erzählen. Ihr Mann Udo war schon vor 17 Jahren an Krebs gestorben. Sie hatte 7 Kinder, 19 Enkel und 22 Urenkel. Hajo ließ die Frau erzählen, bis sie alle 48 Nachkommen namentlich aufgezählt hatte. Knut platzte fast vor Ungeduld, doch auch er wusste, je wohler sich ein Zeuge fühlte, desto mehr konnten sie in Erfahrung bringen. Nachdem auch noch ein Tee aufgesetzt war, nahmen alle drei am Küchentisch Platz. Hajo eröffnete die Befragung:

„Frau Frommers, sie haben bei uns angerufen und erklärt, ihr Nachbar, Herr Felix Steffens, würde zu dem Phantombild passen, welches wir ausgegeben haben. Wie kommen sie darauf?"

„Also, das war so. Ich meine, es wär Sonntag morgen gewesen. Da klingelt es bei mir in aller Herrgottsfrühe. Ich hatte noch meinen Bademantel an. Als ich dann die Tür aufmachte, stand da Herr Steffens. Er sah sehr mitgenommen aus und er hatte so einen komischen Mantel an. Genau wie auf dem Phantombild. Er war sehr verwirrt, ich hatte zuerst das Gefühl, er würde mich gar nicht mehr erkennen. Dann hat er erzählt, dass er überfallen worden ist. Man hätte ihm alles gestohlen, Portemonnaie, Handy, sogar die Schlüssel. Ich hab ihm dann seinen Ersatzschlüssel gegeben und noch empfohlen, ein Bad zu nehmen. Er hat doch so furchtbar geschwitzt und gestunken wie ein Schwein. Das habe ich ihm natürlich nicht gesagt, es sollte ein Wink mit dem Zaunpfahl sein."

Hajos graue Zellen arbeiteten immer noch auf höchstem Niveau. Sofort stellte er die Verbindung zwischen dem Zweitschlüssel und dem unnötig langen Fußweg her. Anscheinend wartete Felix Steffens an der Station Am Wall, um sich dann seinen Zweitschlüssel abzuholen. Entweder hatte die alte Dame frühere Klingel Versuche nicht gehört oder Herr Steffens dachte, es wäre zu auffällig, noch früher Kontakt aufzunehmen. „Wann haben sie denn gedacht, es sei notwendig die Polizei zu benachrichtigen?"

„Ich hab gestern 'buten un binnen´ geschaut, auf Radio Bremen TV. Da hab ich den Bericht über den Mord in der Osternburger Straße gesehen. Dann hab ich lange darüber nachgedacht, ob ich mich melden soll. Der Herr Steffens ist doch so ein Netter. Und dann dachte ich mir einfach, wenn er nichts damit zu tun hat, ist es ja auch gar nicht schlimm, wenn ich mich bei der Polizei melde. Die sagten ja auch, dass er vielleicht ein Zeuge ist. Denn der Herr Steffens würde bestimmt helfen, wenn er davon wüsste."

„Da haben sie genau richtig gehandelt Frau Frommers. Erstmal suchen wir ihn ja auch nur als Zeugen. Vielleicht hat er etwas Wichtiges gesehen. Aber Sie hatten einen Schlüssel zu seiner Wohnung?" Hajo wollte sichergehen, dass Frau Frommers nicht ein paar Erinnerungen durcheinander brachte.

„Ja genau. Herr Steffens ist hier vor ca. einem Jahr eingezogen. Wir sind dann ein paar Mal ins Gespräch gekommen. Irgendwann hat er dann bei mir seinen Schlüssel deponiert. Falls irgendwann mal ein Notfall wäre, hat er gemeint. Ja und dann hatten wir vor einigen Tagen diesen Notfall."

„Sie wissen nicht mehr, wie spät das alles gewesen ist?"

„Nein, Herr Kommissar. Aber es muss zwischen 6 und 7 Uhr gewesen sein. Ich ziehe mich nämlich immer um 7 Uhr an und da habe ich ja noch meinen Bademantel getragen."

Anscheinend war diese Aussage wasserdicht und die Zeugenbefragung konnte in eine andere Richtung gelenkt werden. „Wohnt er hier alleine in der Wohnung?"

„Soweit ich weiß, wohnt er alleine. Er hat nicht wirklich viel über sein Privatleben erzählt. Wenn ich danach gefragt habe, ist er mir jedes Mal ausgewichen. Dann hab ich irgendwann auch aufgehört dieses Thema anzuschneiden. Ich hab mir gedacht, wenn er etwas darüber erzählen möchte, tut er das schon von alleine." Hajo wusste, Felix Steffens war ledig. Gemeldet war in der Wohnung auch nur eine Person. Er war Psychologie Professor an der Bremer Universität und hatte sich das Sommer Semester freigenommen. Neudeutsch wurde es hier als „Sabbatical" bezeichnet. Diese Informationen hatte Knut während der Fahrt herausgefunden. Hajo hakte noch ein bisschen nach. „Ist Ihnen denn sonst noch etwas aufgefallen. An seinem Aussehen oder wie er gesprochen hat?"

„Er sah aus wie ein Obdachloser, aber das habe ich ihnen ja schon erzählt. Ich glaube, seine Hände hatten ein paar Verletzungen. Kratzer und Abschürfungen. Damals dachte ich halt, es wäre von dem Überfall gewesen"

„Also gut, dann haben wir nur noch eine Sache, Sie haben nicht zufällig einen weiteren Schlüssel von seinem Apartment?"

„Nein, das war der Einzige und wiedergebracht hat Herr

Steffens ihn bis jetzt noch nicht. Aber gehen sie einfach in den 4.Stock auf der linken Seite. Das ist seine Wohnung, vielleicht ist er ja Zuhause. Ich hatte sowieso das Gefühl, er wäre die letzten Monate öfter daheim gewesen." Das war alles, was die beiden von der freundlichen Dame erfuhren. Es dauerte ein wenig, bis sie sich verabschiedet hatten. Ohne zu zögern nahmen die beiden die Treppe in Angriff. Der Schweiß tropfte und beide mussten vor der gesuchten Tür erst einmal kräftig durchpusten. Als sich wieder eine normale Atmung eingestellt hatte, klingelten sie beim Namensschild Steffens. Keiner öffnete die Tür. Noch einmal wurde geklingelt. Nein, hier war wohl niemand Zuhause oder jemand versteckte sich und wollte die Tür nicht öffnen. Langsam gingen beide die Treppe wieder herunter. Die erste Enttäuschung ließ sie schweigen. Es wäre auch zu schön gewesen, wenn sie Herrn Steffens angetroffen hätten. Der kühle Eingangsbereich des Hauses war ein perfekter Ort, um eine kleine Lagebesprechung abzuhalten.

„So Knut, wir haben es jetzt schon fast 15 Uhr, da bleibt uns heute nicht mehr so viel Zeit. Wir haben noch einiges zu erledigen. Ich denke, es bestehen kaum Zweifel, dass es sich bei Felix Steffens um den gesuchten Mann handelt."

„Nein, keine Zweifel. Da haben wir definitiv den Richtigen."

„Es gibt jetzt ein paar wichtige Dinge zu erledigen. Ich für meinen Teil werde heute noch ein kleines Paket schnüren, um einen Durchsuchungsbeschluss für die Wohnung zu bekommen. Die Zeugenaussage von Frau Frommers, der auf ihn zugelassene Sprinter und die anderen Zeugenaussagen zur Wegstrecke sollten allemal genügen. Dann wissen wir, ob er noch hier ist oder sich schon aus dem Staub gemacht hat. Für dich hab ich ein paar kleinere Aufgaben. Erstmal solltest du klären, ob es einen Überfall gegeben hat, den Felix Steffens gemeldet hat. Ich glaube nicht, dass dies der Fall ist, aber sicher ist sicher. Dann musst du auf jeden Fall eine Streife anweisen, die Wohnung rund um die Uhr zu bewachen. Das sollen sie im Schichtdienst machen und weise sie auf den Hinterausgang hin, vielleicht muss einer vorne stehen, der andere hinten. Als letztes kommt noch ein bisschen Recherche hinzu. Suche bitte alles heraus, was es über Felix Steffens zu finden gibt. Endlich können wir uns auf die erste handfeste Spur stürzen. Ich werde das Auto nehmen, du übernimmst mal die Observierung der Wohnung, bis die Kollegen eintreffen. Ich muss jetzt schnellstens mit dem Staatsanwalt sprechen."

Knut hatte sich damit abgefunden, von Hajo Kommandos entgegen zu nehmen. Er hatte sehr viel mehr Erfahrung und so ein Urgestein ließ sich ungern ins Handwerk pfuschen. Knut war damit die letzten Jahre sehr gut gefahren, sie lösten fast jeden Fall. Außerdem war Hajo überhaupt nicht auf die Lorbeeren aus, so repräsentierte Knut bei öffentlichen Anlässen häufig das Morddezernat. Eine gute Gelegenheit sich mit wichtigen Leuten zu unterhalten, neue Beziehungen zu knüpfen oder alte zu pflegen. Deswegen gab es auch hier keine Einwände. Jeder wusste was zu tun war. Hajo ging schnellen Schrittes zum Auto, während Knut im Hausflur wartete, immer sein Handy mit einem Foto von Felix Steffens im Blick. Als Hajo im Auto saß, machte er kurz die Augen zu. Die Kopfschmerzen waren im Laufe des Tages gekommen und wurden immer schlimmer. Er war einfach nicht mehr der junge Hüpfer, der Nächte durcharbeiten konnte, um einen Täter zu überführen. Er brauchte seine Auszeiten. Aber jetzt musste er sich zusammenreißen. Sie hatten eine wichtige Phase in ihren Ermittlungen erreicht. Er hatte den nächsten Schritt vorzubereiten. Sie mussten unter allen Umständen in diese Wohnung hinein. Hoffentlich reichten die Indizien aus, um den Durchsuchungsbeschluss zu bekommen, sie konnten sich keinen weiteren Rückschlag erlauben. Hoffentlich reichte es.

Kapitel 12

Meine Augen ließen sich kaum öffnen, doch mir blieb keine Wahl. Die Lage hatte sich bedrohlich zugespitzt. Die Tasche war gepackt, alles Wichtige verstaut. Die Ausweisdokumente, welche ich gefunden hatte, waren auch in meinem Portemonnaie. Die 20000 Euro fanden ebenfalls Platz in der Tasche. Ich wagte den ersten großen Schritt meines neuen Lebens. Mit der Wohnung wurde einer der letzten Fäden meines früheren Lebens durchtrennt. In mir kam eine Art Wehmut auf. Es gab kein zurück mehr. Ganz tief in mir war es auch wie eine Erlösung. Um ein neues Leben zu beginnen, musste ich nur noch Gerechtigkeit für meine verstorbenen Geliebten erkämpfen. Nur noch... Vor mir lag eine wahre Mammut-Aufgabe, kein Zweifel. Franz Korsik finden, ihn zu einem Geständnis bewegen, dieses dann der Polizei zukommen lassen ohne selbst ins Fadenkreuz zu geraten. Keinesfalls wollte ich für das Verbrechen an Raphael Liebknecht zur Rechenschaft gezogen werden. Ich hatte die Tat ja, wenn man es so sieht, gar nicht wirklich begangen. Das war der frühere Felix Steffens gewesen. Mich zog es jetzt ins Ausland, möglichst weit weg von diesem Tatort, dieser Stadt, diesem Leid.

Die Tür fiel ins Schloss. Der Schlüssel drehte sich zum letzten Mal. Es gab auch keine Möglichkeit mehr, in Notizen oder Dokumenten mein früheres Leben näher zu beleuchten. Nach einer kleinen gedanklichen Pause zog es mich die Treppe herunter. Ein Ende bedeutete in diesem Fall auch ein Anfang. Bald konnte mein eigenes Leben beginnen. Eine laue Brise wehte mir um die Nase. Keine fünf Minuten vergingen, bis Svenja in einem schwarzen VW Polo um die Ecke gebogen kam. Der nächste Schritt war geschafft und Erleichterung machte sich breit. Schnell verstaute ich meine Tasche, schaute noch ein letztes Mal über die Schulter und ließ mich auf dem Beifahrersitz nieder. „Moin Felix. Alles dabei? Es gibt kein zurück mehr", stellte Svenja erst einmal klar. „Guten Morgen. Ja alles an Bord. Ich hab sogar genug Geld für die anschließende Flucht." Am liebsten wäre es mir gewesen, Franz Korsik hätte schon das Zeitliche gesegnet. Einfach nur weg.

„Sehr gut. Du hast auch einen Unterschlupf. Die Eltern einer Freundin haben einen Schrebergarten an der Tannenbergstraße. Mit etwas Überredungskunst konnte ich sie davon überzeugen, dich dort nächtigen zu lassen. Du bist ein alter Schulfreund, falls jemand vorbeikommen sollten. Ich habe sie gebeten, dich in Ruhe zu lassen. Meine Freundin wird sicher nicht vorbeikommen, das habe ich ihr klargemacht, aber so wie Eltern nun mal sind, konnte sie mir bei ihnen keine Garantie geben. Vielleicht wollen sie wissen, wen ihre Tochter da einquartiert hat. Dafür ist es bei den Temperaturen wirklich angenehm, in dem kleinen Häuschen unterzukommen", während Svenja erzählte, fuhr sie zügig durch die Straßen. Sie machte keinerlei Anstalten vorsichtiger zu sein als normal, obwohl sie einen Mörder im Auto sitzen hatte. „Dort bring ich dich jetzt erstmal hin. Meine Schicht fängt gleich an. Ich konnte Franz Korsik noch nicht ausfindig machen, doch ich habe mehrere Anhaltspunkte für dich. Einen früheren Freund, ein paar Kneipen, leider keine Wohnadresse. Die Papiere kannst du durchgehen. Wenn meine Schicht zu Ende ist, komm ich wieder vorbei und wir können unser weiteres Vorgehen planen. Am besten ruhst du dich auch noch ein wenig aus, du siehst echt beschissen aus."

So fühlte ich mich auch, echt beschissen. Ich war richtig froh, dass Svenja das Reden übernahm. Mein Gemütszustand wechselte minütlich von Erschöpfung, über Verzweiflung hin zu Tatendrang. Ein Karussell der Gefühle, bei dem mir fast schlecht wurde. Ich versuchte alles ein wenig zu überspielen: „Es ist schon alles Ok, aber vielleicht tut mir noch ein bisschen Schlaf ganz gut. Die Unterkunft ist super. Ich brauch nur ein Bett und einen Ort, an dem die nächsten Schritte geplant werden. Ansonsten bin ich anspruchslos."

„Sehr gut, dann hätten wir das auch geklärt. Ich zeig dir gleich noch einen Netto, bei dem du alles Notwendige einkaufen kannst. Halte dich am besten bedeckt. Falls du dann doch Hunger auf was Richtiges hast, kannst du beim Netto noch ein Stück weiter gehen. Da kommt eine Pizzeria und ein paar andere Restaurants." Anscheinend war das alles was sie mir mitteilen wollte. Schweigend saßen wir nebeneinander. Die Häuser zogen an meinem Fenster vorbei. Alles schien so fremd. Die Welt so groß, ich so klein. Svenjas Stimme riss mich aus meinen Gedanken: „Hier ist der Netto. Wenn du rechts weitergehst, kommst du zu den Restaurants an der nächsten größeren Querstraße." Sie bog links ab, kurz darauf rechts. Wir hatten die Tannenbergstraße erreicht. Vor der Schrebergarten Siedlung parkte sie das Auto. Von hier aus mussten wir zu Fuß weiter. Trotz der frühen Morgenstunde brannte die Sonne auf der Haut.

Die Parzelle war sehr gepflegt. Ein kleiner Weg führte durch ein Blumenmeer und endete an einem saftig grünen Rasen. Die Hütte, sah wie eine Miniaturausgabe eines normalen Familienhauses aus. Ein schöner Wintergarten bot Sitzgelegenheit, auch bei schlechtem Wetter. Svenja schloss die Eingangstür auf. Mit einer Armbewegung bedeutete sie mir einzutreten. Das Innere war recht spärlich eingerichtet. Eine kleine Küchenzeile, der Esstisch mit Stühlen und ein einzelnes Sofa waren neben einem massiven Schrank die einzigen Einrichtungsgegenstände. Eine Leiter an der Seite führte wohl zu einem kleinen Dachgeschoss. Die Wände waren mit Holz verkleidet und wurden von wenigen Fotos geschmückt.

„Das ist für die nächsten Tage dein Reich, Felix. Oben ist ein Bett und hier hinten gibt's ein kleines Badezimmer mit Dusche", erklärte Svenja. Der kleine Verschlag, wo das Bad sein sollte, war mir gar nicht aufgefallen. „Danke, ich weiß gar nicht, wie ich das alles irgendwann wieder gut machen kann. Es ist perfekt. Ich werde ja nicht den Rest meines Lebens hier verbringen."

„Alles klar. Ich hab dir noch ein Prepaid Handy besorgt. Meine Nummer ist eingespeichert. Benutze es wirklich nur im äußersten Notfall. Ich bin gegen 18 Uhr wieder da", sie gab mir das Handy und deutete auf den Tisch, „hier sind alle Dokumente über Franz Korsik. Mehr hab ich bis jetzt noch nicht. Mach dich mit ihnen vertraut, aber bitte unternimm noch nichts. In deinem Zustand sind Alleingänge wirklich nicht das Richtige. Noch irgendwelche Fragen?"

Ich hatte keine Fragen mehr. Die Aussicht auf weiteren Schlaf und die Dokumente reichten mir momentan. „Nein, ich werd hier alles Nötige haben, nochmals Danke." Damit verabschiedete sich Svenja. Der Ortswechsel machte sich bereits jetzt positiv bemerkbar. Es war, als ob sich ein Schleier verzogen hatte. Die Luft erschien klarer, die Sonne heller, die Vögel fröhlicher. Meine alte Wohnung hatte mich heruntergezogen. Es war keineswegs, als ob sich die Probleme in Luft aufgelöst hätten, doch neuer Elan machte sich breit. Der täuschte allerdings nicht über die Müdigkeit hinweg. Die paar Stunden Schlaf reichten bei weitem nicht. Im Wintergarten entdeckte ich einen Liegestuhl. Genug von engen Räumen, stellte ich die Liege auf den Rasen und legte mich in die Sonne. Man konnte förmlich spüren, wie die Sonne ihre Energie an mich weitergab. Wohlig warm schlief ich auch ein. Es war ein ruhiger Schlaf, ohne beängstigende Träume.

Als ich wieder aufwachte, stand die Sonne schon hoch am

Himmel. Meine Arme und Beine fühlten sich an wie ausgewechselt. Nach ein paar Minuten stellte sich eine Klarheit ein, die mir bis jetzt fremd gewesen war. Ich war konzentriert und schien von den letzten Tagen komplett erholt. Jetzt gab es nur eines was mich interessierte: Die Informationen über Franz Korsik. Der Garten war sehr leicht einzusehen, deswegen entschied ich mich nach innen zu gehen. Ohne Umschweife setzte ich mich an den Tisch, um die Dokumente zu begutachten. Die Zeit verstrich wie im Fluge. Fotos, Daten und Orte wurden aufgesaugt. Nachdem ich einen ersten Überblick gewonnen hatte, ging es an die Detailarbeit. Die Uhr sagte 14 Uhr, mein Magen knurrte gewaltig. Selbst kochen war deutlich zu aufwendig. Ich setzte mich in Bewegung und ging den von Svenja beschriebenen Weg entlang. Es war merklich weiter, als aus dem Auto vermutet. Doch dann erspähte ich einen Döner Imbiss. Dies war nicht die Zeit für Experimente, also wurde ein Döner bestellt.

Gestärkt ging es zurück an die Arbeit. Franz Korsik hatte eine Zeit lang in einem Rewe Markt Regale eingeräumt. Er war gelernter Auto-Mechatroniker, offensichtlich fand er keinen passenden Job. Das Nachtleben zog ihn anscheinend an. Drei Kneipen hatten es ihm wohl am meisten angetan, „Die Schänke", das „Bistro Brazil" und die Raucherbar „Litfass". Alle lagen in einer Gegend, die in Bremen „Das Viertel" genannt wurde. Vielleicht gab es dort eine Möglichkeit ihm aufzulauern. Immer wieder fiel mir ein großes Foto dieses Mistkerls auf. Man konnte ihm überhaupt nicht ansehen, wozu er fähig war. Ein Wolf im Schafspelz. Je länger ich über den Papieren brütete, desto einfacher schien alles zu werden. Eine Sache machte mich jedoch stutzig, wieso konnte Svenja so viele Informationen über ihn sammeln, ohne dabei auf seine Wohnstätte zu treffen. Das war sehr merkwürdig, hier lagen dutzende Fotos, etliche Referenzen, sein ehemaliger

Arbeitsplatz, Personen mit denen er verkehrte. Wollte Svenja mir etwas verheimlichen? Glaubte sie vielleicht, ich würde ihn doch umbringen und nicht dem Recht entsprechend überführen wollen? Es war ein Rätsel. Am besten sprach ich sie einfach später darauf an. Eventuell gab es ja eine plausible Erklärung.

In diesem kleinen Bunker stand die Hitze förmlich. Ein gemütlicher Spaziergang durch die Schrebergartenanlage tat mir enorm gut. Es wurde später, doch die Temperaturen fielen nicht merklich. Gegen 17 Uhr kehrte ich zu meinem neuen Domizil zurück. Wie sollten wir unseren Plan gestalten? Wollte Svenja mir aktiv dabei helfen oder nur die nötigen Informationen und Ausrüstung beschaffen? Jede Minute zog sich quälend in die Länge. Wann kam sie endlich zurück. Ich wollte Nägel mit Köpfen machen. Wenigstens schien es so, als ob die abendlichen Kneipenbesuche die beste Möglichkeit wären, um Franz Korsik zu finden. Die Nacht hatte noch nicht einmal begonnen, es bliebe genügend Zeit heute loszulegen. Ich legte mich noch einmal in die Sonne, eine kleine Beruhigung der Nerven.

„Felix, Felix, aufwachen!", leicht berührte mich jemand an der Schulter. Ich musste wohl eingenickt sein. Als meine Augen sich langsam öffneten, sah ich Svenja vor mir stehen. Das goldene Sonnenlicht ließ sie erstrahlen. Mir war vorher gar nicht aufgefallen, wie wunderschön sie aussah. Das glänzende blonde Haar wehte leicht im Wind und umspielte ihr Gesicht. Für einen Moment gab es kein Übel auf der Welt, er war für die Ewigkeit. Viel zu schnell holte mich die Gegenwart zurück in die Realität. Ich brachte nur ein kurzes Stammeln heraus: „Eh, Hallo Svenja. Mh, schön dich zu sehen."

Sie lächelte mit ihren perfekten Zähnen: „Werd erstmal richtig wach. Na wenigstens hast du jetzt etwas Farbe im Gesicht. Rot steht dir gar nicht schlecht", das Lächeln verwandelte sich in ein herzhaftes Lachen. Sie ging an mir vorbei und verschwand im Haus. Ich hatte überhaupt keinen Gedanken an einen Sonnenbrand verschwendet. Hoffentlich war es nicht allzu schlimm.

Die angenehme Kühle des Hauses tat mir gut. Langsam erwachte mein Körper, die Energie, welche ich mittags gespürt hatte, kam Stück für Stück zurück. Svenja saß am Tisch, tief über ein paar Fotos gebeugt. „Bist du wieder fit? Die Polizei hat eben die blutige Kleidung gefunden. Weit weg von hier in der Neustadt. Ich hoffe, alles war so arrangiert, dass sie jetzt mehr Fragen als vorher haben und keine Antworten. Deine DNS war ja sowieso schon am Tatort. Selbst wenn sie irgendwann auf deinen Namen stoßen, können sie auf keinen Fall wissen, wo du jetzt bist", eröffnete mir Svenja. Dadurch steigerte sich mein Tatendrang ein weiteres Mal. „Sehr gut. Danke Svenja. Dann können wir uns ja jetzt voll auf die nächste Aufgabe stürzen. Wie hast du dir unsere nächsten Schritte vorgestellt. Ich kann ja schlecht, wenn ich ihn dann gefunden hab, hingehen und sagen: ‚Her mit dem Geständnis, sonst bring ich dich um.' Er wird mich dafür höchstens auslachen. Wer so eine Tat begeht, ist doch eiskalt, den bring ich nicht so leicht in die Bredouille." Verschiedene Szenarien spielten sich in meinem Kopf ab. „So schnell die ganze Geschichte auch vorbei sein soll, wir können uns keine Fehler erlauben. Ich könnte nie mit meinem alten Leben abschließen, wenn uns Franz Korsik ein zweites Mal durch die Lappen geht."

„Ich kann mir gar nicht vorstellen, was du gerade durchmachen musst. Dein ganzes Leben, einfach weg. Keine Freunde, keine Familie, selbst wenn du ihnen begegnest und sie sich zu erkennen geben, hast du ja gar keine Beziehung zu ihnen. Jeglichen sozialen Kontakt musst du komplett neu aufbauen", Svenja wurde mit jedem Wort etwas leiser, bis sie betrübt vor sich hin blickte. Musste ich jetzt tatsächlich sie aufbauen?

Hatte ich nicht schon genug zu tun? „Ich weiß ja noch nicht einmal, was ich gerne esse oder trinke. Dafür kann ich jeden Geschmack wieder neu entdecken. Döner schmeckt ganz gut", sagte ich mit einem leichten Grinsen im Gesicht. Da verwandelten sich auch Svenjas Gesichtszüge und es schien, als ob sie sich erinnerte warum sie hier war, um mir zu helfen. Trübsal blasen war ganz und gar nicht angebracht, sie musste mit gutem Beispiel vorangehen.

„Na schön, was haben wir denn hier alles?" Sie fasste zusammen, was recherchiert worden war. Keine Neuigkeiten, nur Dinge, die ich schon den Dokumenten entnommen hatte. Sollte ich sie direkt auf den Wohnsitz ansprechen? Vielleicht teilte sie ihn mir auch ganz von selbst mit, falls sie ihn bis jetzt zurückgehalten hatte. Wenn sie es nicht wusste, würde sie mir die Unterstellung übel nehmen? Mit ihr durfte ich es mir auf keinen Fall verscherzen, sie war der einzige Mensch, den ich kannte.

„Wir sollten ihn observieren, damit wir herausfinden wo er wohnt", ich hatte mich entschieden, ihr komplett zu vertrauen. Wenn ich es nicht tat, war das Unterfangen von vornherein zum Scheitern verurteilt. „Unsere beste Chance wird wohl sein, ihn in einer der drei Kneipen aufzuspüren. Dann bleiben wir an ihm dran, verfolgen ihn, bis sich eine Gelegenheit ergibt und er alleine ist. Notfalls dann auch in seiner Unterkunft."

„Das ist ein erster Ansatz", entgegnete Svenja, „Wir müssen aber sehr vorsichtig handeln. Heute können wir eh nur hoffen, den Mistkerl zu finden. Ich hab das Mikrophon für das Aufzeichnungsgerät noch nicht bekommen. Bis 22 Uhr kann ich dir helfen, dann muss ich los."

„Wir haben ja noch ein paar Stunden, lass uns die Zeit sinnvoll nutzen. Am besten wir fahren direkt zu einer der drei Kneipen und besprechen dort den weiteren Plan, so verpassen wir ihn auf keinen Fall. Das „Litfass" scheint die Angenehmste von den dreien zu sein." Ich entfernte mich vom Tisch, um meine Pistole aus der Tasche zu holen. Ich würde sie heute wahrscheinlich nicht brauchen, doch nichts sollte dem Zufall überlassen werden. „Wofür brauchst du die denn?", fragte Svenja erstaunt, „Die kannst du getrost hierlassen. Heute werden wir Franz Korsik nicht konfrontieren. Das hast du doch selbst gesagt." „Will ich ja auch nicht, aber sicher ist sicher. Falls irgendetwas passiert, will ich vorbereitet sein", war meine Antwort. Es entwickelte sich ein kleiner Streit. Svenja wollte nicht, dass ich die Pistole mitnahm. Es wäre viel zu riskant, falls sie jemand sehen würde oder ich mich gar vor der Polizei rechtfertigen müsste, könnte es sein, sie knüpften die Verbindung zwischen mir und der Tat in der Osternburger Straße. Ein Fingerabdruck reichte ja schon. Schließlich musste ich mich ihrer Argumente ergeben. Ich fühlte mich nicht so sicher, doch das Risiko war tatsächlich zu groß. Außerdem hatte Svenja ja eine Waffe dabei und es gab keine Probleme, da sie Polizistin war.

Gegen 20 Uhr trafen wir in der Bar ein. Es war eine modern eingerichtete Raucherbar. Sie ging länglich nach hinten weg. An der linken Seite zog sich eine lange Bar-Theke mit vielen Hockern. Um diese Zeit war es noch nicht sehr voll und ich lotste uns beide direkt an einen Fensterplatz neben dem Eingang. Hier hatten wir die optimale Position, wir konnten jeden sehen, der in die Bar kam und wir konnten durch das Fenster den Eingang des Bistro Brazil sehen. Svenja schlängelte sich nach hinten zu den Toiletten, um sich jeden Gast genauer anzuschauen. Franz Korsik befand sich nicht unter den Anwesenden. Wir hatten uns darauf verständigt, hier sitzen zu bleiben und später in „Der Schänke" nachzuschauen. Die Zeit verging ohne besondere Vorkommnisse. Wir erzählten über dieses und jenes. Anscheinend war mein episodisches Gedächtnis fast komplett gelöscht, ein paar ganz ferne

Kindheitsmomente waren mir geblieben, doch wirklich zuordnen konnte ich sie nicht. Mein semantisches Gedächtnis war wie ein Schweizer Käse. Deutschland war Fußballweltmeister, Angela Merkel wollte Helmut Kohl als längsten Bundeskanzler ablösen, Bob Dylan hatte als erster Musiker den Literatur Nobelpreis verliehen bekommen. Andere Fakten fehlten mir, wie Barack Obama, der erste afro-amerikanischen Präsident der USA , der Tod von Steve Jobs oder die Bankenkrise 2008. Das Gespräch wogte von einem spannenden Thema zum nächsten, fast vergaß ich, warum wir hier waren. Seit dieser schicksalhaften Nacht hatte ich mich nicht mehr als normalen Menschen gesehen. Jetzt saß ich in einer Kneipe und scherzte mit einer gutaussehenden Frau. Wir lachten und zum ersten Mal in meinem Leben fühlte ich mich frei.

Irgendwann riss mich Svenja aus diesem wunderbaren Traum: „Du hör mal, ich muss jetzt gleich los. Einer von uns sollte eben rüber zur Schänke laufen. Vielleicht ist der Typ ja heute dort. Am besten gehst du schnell, du musst ja noch den ganzen Abend hier drin rumsitzen, dann bekommst du ein wenig frische Luft."

„Ja alles klar", hörte ich mich selber sagen und konnte meinen Blick nicht von ihrem Gesicht wenden. Als ich es dann doch tat, fiel ich zurück in meine triste Wirklichkeit. Der gebrochene Mann auf Rachefeldzug. Draußen wurde es langsam dunkel. Die Temperaturen wurden angenehmer. Ich hatte ein paar Bier intus, die Wirkung des Alkohols war doch stärker, als ich erwartet hatte. Den 300m langen Weg nutzte ich um wieder klar im Kopf zu werden, die frische Luft tat wirklich gut. Beim alkoholischen Verzehr musste ich heute Abend definitiv aufpassen.

Die Schänke war recht leer. Nur an der Theke saßen drei Gestalten, die so aussahen, als ob sie auf dem Barhocker angewachsen wären. Den Barkeeper konnte ich ja nicht nach Korsik fragen, falls sie sich näher kannten, würde er ihn sicher warnen, bevor er mir irgendwelche Details preisgibt. Ich schaute noch kurz auf der Toilette vorbei, doch da war nichts zu finden. Gerade öffnete ich die Tür zum Gehen, als hinter mir jemand lautstark anfing zu reden: „Hey, Bürschchen! Wo geht's denn so schnell hin? Einfach nur das Klo benutzen, was? Das ham wer gerne." Den Gedanken hatte ich gar nicht in Erwägung gezogen, jemand könnte Geld von mir verlangen. Ich schnippte dem Barkeeper ein zwei Euro Stück entgegen. Gekonnt fing er es auf und nickte mir wohlwollend zu. Es konnte nur behilflich sein, sich mit dem Personal gut zu stellen, möglicherweise war dies nicht mein letzter Besuch in der urigen Kneipe. Deutlich frischer machte ich mich wieder auf den Rückweg. Meine Gedanken drehten sich nun wieder um das vorangegangene Gespräch und um Svenja. Wieso machte ich überhaupt diesen ganzen Schwachsinn. Ich hatte nichts davon und die anderen waren eh schon tot. Es gab nur noch Felix Steffens und Franz Korsik. Nach Durchsicht der Dokumente wusste ich mehr über ihn, als über mich. Warum tat ich mir das Ganze an? Wer wusste, ob es mir danach überhaupt besser ging? „Nimm das Geld und fang ein neues Leben an", sagte eine Stimme in meinem Kopf. Eine andere wiederum appellierte an mein Pflichtbewusstsein und entgegnete: „Du musst es zu Ende bringen, gerade weil du dich nicht mehr an deine Familie erinnern kannst. Keiner trauert um die beiden, so wie sie es verdient gehabt hätten. Bringe wenigstens den Übeltäter zur Strecke. Lasse Gerechtigkeit im Namen von Verena und Katharina obsiegen."

Während dieser pathetischen Gedanken verpasste ich fast den Eingang zum „Litfass". Svenja saß immer noch am selben Tisch. „Kein Glück in „Der Schänke". Drei zu bemitleidende Gestalten saßen an der Theke, keiner sah auch nur im

Entferntesten so aus wie Korsik", eröffnete ich. Sie schüttelte den Kopf und sagte: „Hier hab ich auch niemand Verdächtiges beobachtet. Dafür habe ich eine andere gute Nachricht. Ich hab grad mit einem Kollegen gesprochen. Bei dem hatte ich noch was gut, deswegen übernimmt er morgen meine Frühschicht. Ich kann also hier bei dir bleiben. Vier Augen sehen mehr als zwei." Dabei lachte sie und ihre perfekten Zähne kamen wiederum zum Vorschein. In mir breitete sich ein Gefühl der Geborgenheit aus. Wahrscheinlich freute ich mich mehr über diese Nachricht, als wenn sie mir gesagt hätte, Franz Korsik sei gerade in die Bar gekommen. In meinem Inneren hatte ein Kampf begonnen, den vorerst der neue Felix Steffens egoistisch gewonnen hatte. „Das ist ja super, alleine wäre es auch extrem langweilig geworden. Deine Gesellschaft find ich echt klasse, na gut, bis jetzt hat mir auch noch nie jemand anders Gesellschaft geleistet." Verschmitzt lächelte ich ihr entgegen. Sie fing an zu lachen und schlug mir freundschaftlich auf den Arm. Ich fiel in ihr Lachen ein, es begann der bis dato schönste Abend meines Lebens.

Die Themen wechselten rasant, anscheinend hatte mein semantisches Gedächtnis, doch nicht so viel abbekommen. Ein Bier folgte dem vorherigen, mittlerweile war ich in Hochstimmung. Je länger der Abend dauerte, desto seltener fiel unser Blick auf den Eingang des gegenüberliegenden Bistro Brazil. Das Litfass leerte sich langsam, ohne dass wir Notiz davon nahmen. Ich war überwältigt von den verschiedenen Gefühlen und Stimmungen. Bis jetzt hatte ich nur die negativen Seiten des Lebens kennengelernt. An diesem Abend verstärkte der Alkohol mein Wohlbefinden. Ich entwickelte eine überbordende Euphorie, die das Sein hochleben ließ. Ich hörte zu und lachte, diskutierte und erzählte Witze, bediente mich dem Sarkasmus und der Ironie. Das Leben war nicht nur zum Leiden da. Der Abend war schon zur Nacht geworden, die letzten Gäste verließen die Bar. Ein freundlicher Kellner bat uns zu bezahlen, das „Litfass" würde jetzt schließen. Ich bezahlte die komplette Rechnung, gab der netten Bedienung 20 Euro Trinkgeld und hielt, wie es sich für einen Gentleman gehörte, Svenja die Türe auf. „My Lady, wenn ich bitten darf. Dieses Etablissement wird nun seine Pforten versiegeln." Wir prusteten beide los. Immer noch lachend verabschiedeten wir uns. Ich hatte keinen Schimmer wo das Schrebergartenhäuschen lag. Svenja schien noch besser beisammen zu sein.

„So, lieber Felix, dann lass uns das nächste Bier im 'Brazil' trinken", ließ Svenja verlauten und hakte sich bei mir unter. Die kleine Stütze kam gerade recht, laufen konnte ich noch, doch nicht mehr perfekt geradeaus. Das „Brazil" sah etwas zwielichtiger aus. Kein Franz Korsik war zu sehen, also tranken wir unser Bier. Die Zeit spielte überhaupt keine Rolle mehr, es hätte 0 Uhr oder 5 Uhr sein können, mir war es einfach egal. Ich genoss die gute Gesellschaft und erfreute mich zum ersten Mal an meinem Leben. Wir blieben nicht lange, sondern machten uns direkt nach einem Bier auf dem Weg zu „Der Schänke". Der Barkeeper war derselbe wie vorher. Er erkannte mich auch wieder und grüßte freundlich. Die drei Gestalten saßen immer noch an ihren Plätzen. Zwei hatten sich zu ihnen gesellt und drei andere Gäste saßen an einem Tisch. Kaum mehr Leute als beim ersten Besuch. Der Gesuchte war nicht vor Ort. Bevor ich ein zweites Mal ohne Bestellung aus der Kneipe verschwände, bestellte ich zwei Bier. Wir setzten uns möglichst weit weg von den anderen Gästen. Ich holte die zwei Bier von der Theke, zusätzlich nahm ich noch zwei Jägermeister mit, die vom Hause kamen und mir mit einem Augenzwinkern vor die Nase gestellt wurden. Ich beschloss, zweimal zu laufen. Alle vier Gläser hätte ich wohl nicht in einem Stück zum Tisch gebracht. Nachdem die ersten

Schlücke im Magen waren, einigten wir uns darauf, die Spurensuche abzubrechen und den Rest des Abends gemütlich ausklingen zu lassen.

Als ich den Jägermeister trank, bekam ich ein eigenartiges Gefühl, fast so, als würde ich mich an etwas Vergangenes erinnern. Doch es war nichts greifbares, ein bekannter Geschmack ohne ein konkretes Erlebnis. Wir alberten noch ein bisschen herum, der Abend neigte sich dem Ende entgegen, als wir beide um die Wette gähnten. Um zu laufen, war ich definitiv zu betrunken. Svenja orderte ein Taxi und wies dem Fahrer den Weg. Sie selber musste in eine andere Richtung gehen. Zum Abschied gab sie mir einen Kuss auf die Wange und lächelte etwas verträumt. Überglücklich empfing mich das Lederpolster des Taxis. Die erleuchteten Straßen zogen an meinem Fenster vorbei, viel zu schnell, um mich auf einzelne Dinge zu fokussieren. Der Alkohol ließ meinen Blick trübe werden, die Welt um mich herum schien sich zu drehen. Nicht schnell, nur wie ein ganz langsames Karussell. Die Fahrt ging schneller vorbei als ich vermutet hatte. Der Taxifahrer wurde bezahlt und ich stand vor dem Eingang der Schrebergartensiedlung. Hätte ich mir doch besser genau eingeprägt, wo die richtige Parzelle war. Nichts brachte mich aus der Ruhe, eine Art Lebensfreude hatte Einzug gehalten. Die Kräfte, die entfesselt wurden, konnten nicht so einfach eingefangen werden. Während meines Spazierganges fing ich an, ein wenig zu philosophieren. Nichts hatte Hand und Fuß, meine Gedanken sprangen von hier nach dort. Alles ergab einen Sinn, um kurz darauf widerlegt zu werden. Es wird mir immer ein Rätsel bleiben, wie lange ich durch diese Anlage irrte. Schließlich fand ich das kleine Eigenheim unversehrt wieder. Die Liege stand noch auf dem Rasen, sie bot mir die erste Möglichkeit des Verschnaufens, welche ich auch sofort nutzte. Der Sternenhimmel wölbte sich am Firmament, unendliche Weiten, plötzlich war ich so ein kleines Licht im Universum. Diese schiere Größe erschlug mich regelrecht. Meine Taten hatten sowieso keinen Einfluss auf den Lauf der Dinge. Während des Abends war ich häufig an den Punkt gekommen, alles hinzuschmeißen. Meine Geschichte, Geschichte sein zu lassen. Hier im weiten Rund, hatte ich, in der Klarheit eines Alkoholrausches, die nicht zu verhindernde Wahrheit gesehen. Ich hätte mit Sicherheit schöne Momente im restlichen Leben haben können, ich hätte es mir gutgehen lassen können, ich würde lachen und singen und tanzen wie der glücklichste Mensch auf Erden. Doch ich wusste, ganz tief in mir gäbe es auch Momente der Verzweiflung, der Wut, der Trauer über diese unaussprechliche Tat. Wenn ich jetzt nicht handeln würde, könnte ich mein Leben lang nicht mit dieser Sache abschließen. Es würde mich immer und immer wieder verfolgen. Ich musste mich befreien, diese Last abstreifen, Gerechtigkeit walten lassen. Mit diesen letzten Gedanken verschwand ich in die Welt der Träume.

Kapitel 13

Normalerweise wäre es kein Problem einen Durchsuchungsbeschluss zu bekommen. Wenn Gefahr in Verzug vorlag, konnte Hajo sogar eigenmächtig handeln und erst nachträglich den gerechtfertigten Beschluss erwirken. Leider sah die Situation heute anders aus. Er hatte sich mit Staatsanwalt Bernd Vertongen getroffen, um die Details auszuarbeiten. Sie hatten ein paar Indizien beisammen, doch es war ein sehr wackeliges Gebilde. Der einzige konkrete Hinweis kam von der alten Dame, die noch nicht einmal genau sagen konnte, an welchem Tag sie Felix Steffens seinen Wohnungsschlüssel gegeben hatte. Erschwerend kam hinzu, dass sie ja nur aufgrund des Mantels eine Verbindung herstellen konnten. Es gab mit Sicherheit mehr als einen Trench Coat in Bremen. Jetzt half ihnen der gestrige Fund doch noch. Sie hatten eine wasserdichte Verbindung zwischen Mantel und Tatort. Aber zusammen mit dem auf Felix Steffens zugelassenen Sprinter musste der Richter doch zustimmen.

Der Staatsanwalt kannte den zuständigen Richter. Er war ein harter Brocken, polizeiliche Willkür konnte er gar nicht ausstehen. Zusätzlich mochte er es überhaupt nicht, für eine Lappalie in seinem wohlverdienten Feierabend gestört zu werden. Deswegen entschied sich Vertongen dafür, ihm erst morgen früh den Fall vorzulegen. Somit konnte er auch noch alle wichtigen Einzelheiten präsentierfähig aufarbeiten. Hajo schmeckte das natürlich überhaupt nicht. Er saß alleine im Büro, zerkaute ein Stunden altes Kaugummi und zerbrach sich den Kopf. Die Kopfschmerzen waren keinen Deut besser geworden. Die Uhr zeigte schon 20:37 Uhr. Zuhause hätte er nur Merle verrückt gemacht. Rastlos ging er zum Fenster und beobachtete die Straße. Langsam neigte sich der Tag dem Ende entgegen. Die Sonne stand tief am Himmel. Kein Wölkchen trübte den perfekten Sommerabend. Die beiden Kommissare hatten heute einen großen Schritt nach vorne gemacht. Leider konnten sie frühestens am nächsten Morgen die Früchte ihrer Arbeit ernten. Schließlich sah auch Hajo ein, dass er hier nur noch Zeit vertrödelte. Die Kopfschmerzen und eine penetrante Müdigkeit ließen ihn keinen klaren Gedanken mehr fassen. Es war Zeit die Segel zu streichen, morgen war ein neuer Tag. Hajo schloss das Büro hinter sich ab. Heute hätte er gerne auf das Fahrrad verzichtet, ihm kam aber gar nicht in den Sinn, einfach seinen Dienstwagen zu nehmen, so automatisiert war seine Gewohnheit. Zuhause genoss er noch ein Glas Rotwein mit seiner Frau, wo er auf andere Gedanken kam. Müde wie ein Stein fiel er ins Bett, die Nacht brachte ihm einen unruhigen Schlaf.

Die Kommissare trafen sich am nächsten Morgen um 7:30 Uhr vor dem Haus Nr.120 in der Contrescarpe. „Moin Knut, wie geht's? Ausgeruht?" fragte Hajo mit einem verschmitzten Grinsen, denn er wusste, Knut hatte sich die halbe Nacht mit Recherchen um die Ohren geschlagen. „Glaub mal nicht, dass du besser aussiehst", sofort hatte Knut die passende Antwort parat. Der Staatsanwalt wollte ihnen telefonisch das OK geben, sobald der Durchsuchungsbeschluss unterzeichnet war. Der Schlüsseldienst und die Spurensicherung waren für 8 Uhr bestellt.

„Gibt es irgend etwas Auffälliges über Felix Steffens? Und hast du etwas über den angeblichen Überfall herausgefunden?", fragte Hajo, ohne auf die Spitze seines Kollegen einzugehen. Ein kleiner Spaß lockerte das Ganze ein wenig auf, doch er wollte jetzt die Fakten hören. Der Fall war schwierig genug, ein paar neue Informationen kamen da gerade recht. Das ließ sich Knut nicht zweimal sagen: „Der Überfall hat nicht stattgefunden, auf alle Fälle war Felix Steffens nicht bei uns vorstellig, um es anzuzeigen. Er hat in diesem Punkt definitiv gelogen. Von der Seite passt es komplett ins Bild. Dann ist da aber noch das was ich über ihn selbst herausgefunden hab. Keine Vorstrafen oder sonstigen Kontakt mit der Polizei, noch nicht einmal ein Parkticket. Er ist ledig, hat keine Kinder. Psychologie Professor an der Universität Bremen, gerade macht er eine Auszeit, das weißt du ja schon. Seit 8 Monaten wohnt er hier in dieser Wohnung. Davor wohnte er in Oberneuland. Das Haus, in dem er wohnte, gehört ihm immer noch. Dafür brauchen wir auch noch einen Durchsuchungsbeschluss. Am besten rufst du direkt den Staatsanwalt an, dann kann er das in einem Rutsch erledigen. Ansonsten hab ich nichts Auffälliges gefunden. Keine Vereine, in denen er war, keine anderen Tätigkeiten, bei denen er sich registrieren lassen musste, nur Bibliotheksausweise. Davon massig, mindestens zwei Dutzend in ganz Deutschland verstreut. Einige Artikel über ihn waren aufschlussreich. Er lebte komplett für seine Arbeit, keine besonderen sozialen Kontakte, außer zu Arbeitskollegen und Studenten. Er hat zwei Bücher geschrieben, mit mäßigem Erfolg. Keine Koryphäe seines Fachs. Es gibt zwei Personen, die über Jahre hinweg Projekte mit ihm gemacht haben. Falls wir in den Wohnungen nichts Überwältigendes finden sollten, können wir diese beiden befragen. Wohnen auch in Bremen."

Hajo nickte zustimmend. Er hatte bei diesen Ermittlungen nichts anderes erwartet. Alles mussten sie sich mühsam erarbeiten, trotzdem wollte er testen, ob sie nicht doch hin und wieder Glück haben sollten. Hajo klingelte bei Steffens, Knut konnte sich ein stilles Lachen nicht verkneifen. Normalerweise erklärte Hajo ihm bei solch einer Gelegenheit, was er schon alles in seiner Dienstzeit erlebt hatte. Welche Zufälle sich schon ereignet oder Dummheiten Täter begangen hatten. Heute hielt er sich zurück, einmal, gespannt horchend, ob jemand an die Sprechfunkanlage ging, zum anderen wusste auch Hajo, wie gering die Chancen standen. Schließlich drehte er sich wieder um. „Man kann ja nie wissen. Gut, dann geh mal auf die andere Seite. Die Jungs wollen bestimmt Feierabend machen, ich lass dich dann durch die Hintertür rein. Erstmal den Staatsanwalt anrufen und einen zweiten Trupp zum Haus nach Oberneuland schicken. Gib mal bitte die Adresse."

Knut gab die Adresse weiter. Jeder erledigte was es zu tun gab. Die anderen Kollegen waren zwischenzeitlich eingetroffen. Knapp 10 Mann standen im Hausflur der Contrescarpe Nr. 120, es fehlte nur noch der Anruf des Staatsanwaltes. Man kannte sich untereinander, die Zeit würde mit Gesprächen über Werder Bremen oder die neuesten TV Shows überbrückt. Hajo hielt sich im Hintergrund. In solchen Situationen zerriss es ihn fast vor Anspannung. Ungeduldig spielte er mit seiner Armbanduhr, 8:20 Uhr. Was mochte den Staatsanwalt so lange aufhalten, normalerweise war der Richter Punkt 8 Uhr an seinem Arbeitsplatz. Inzwischen hatte sich die zweite Gruppe aus Oberneuland gemeldet. Keiner öffnete die Tür, es sah auch nicht so aus, als ob jemand im Haus wäre. Wenigstens konnten sie jetzt die Aktion gemeinsam starten.

Um 8:34 Uhr kam der erlösende Anruf. Hajo gab dem Schlüsselmeister das Kommando. Die gesamte Mannschaft machte sich an den Aufstieg ins 4.Stockwerk. Hajo grüßte beim Vorbeigehen Frau Frommers aus dem ersten Stock, sie schaute entgeistert den Polizisten hinterher. Zuerst betraten die Kommissare den Zweitwohnsitz des Verdächtigen. Hier ein paar Fotos, dort einige Bücher. Soweit sie sehen konnten, war keiner in der Wohnung. Hajo entschied sich für die linke Seite, somit öffnete Knut die ganz rechte Tür. Ein Badezimmer kam zum Vorschein. Er ging in das Zimmer und schaute sich erst einmal um. Hajo war in der Küche gelandet. Ihm fiel sofort die Sauberkeit und Ordnung auf. Entweder war Felix Steffens ein Ordnungsfanatiker oder diese Küche war nicht in Gebrauch. Zügig durchschritt er die Küche zur nächsten Tür. Dahinter befand sich ein Schlafzimmer mit Doppelbett. Es war schlicht eingerichtet, mit einem kleinen Balkon.

„Hajo, Haaajooo. Komm mal hier rüber ins andere Zimmer." Knut hatte sich lautstark bemerkbar gemacht. An seinem Tonfall konnte Hajo erkennen, dass es sich um etwas Wichtiges handelte. Er verlor sofort sein Interesse an dem soeben Gesehenen. Eiligen Schrittes suchte er sich den Weg in das richtige Zimmer. Knut stand umringt von Papierbergen mitten im Zimmer. Am hinteren Ende stand ein Schreibtisch, der auch mit Dokumenten überhäuft war. Hajo entdeckte erste Fotos und Zeitungsberichte, er traute seinen Augen nicht. Was war denn das alles? „Grauenhafter Mord bei Hann-Münden. Nach 43 Tagen Ungewissheit werden Mutter und Tochter an einer Weserböschung tot aufgefunden. Ihre Identität wurde anhand eines DNS Tests bestätigt, da ihre Gesichter keine Identifikation mehr möglich machten", las Knut aus einem Zeitungsartikel vor. Hajo griff sich Kopien eines Polizeiberichtes. Mit zitternden Fingern las er ein paar Zeilen, dann platzte es aus ihm heraus, damit hatte er weiß Gott nicht gerechnet: „Das kann doch nicht wahr sein, Knut. Wie konnte dir das hier durch die Lappen gehen? Deine Recherchen sind doch sonst nicht so schlampig. Das ändert alles. Diese verdammten Länderstrukturen, da weiß das eine Bundesland nicht, was das andere macht. Der Polizeidirektor wird uns den Arsch aufreißen. Wir müssen sofort die Dringlichkeit der Fahndung zur höchsten Priorität erklären. Wer weiß, was der Kerl sonst noch anstellt." Hajo musste sich einen Moment setzen. Was hatte das alles zu bedeuten? Sie mussten dringend das ganze Material durcharbeiten. War Felix Steffens etwa das Opfer in dieser grausamen Geschichte? Wilde Gedanken schossen durch seinen Kopf, er brauchte frische Luft. Hastig stieß er die anderen Kollegen beiseite, während er sich den Weg nach draußen bahnte. Nur wenige Fälle hatten ihn so mitgenommen wie dieser. Vor ein paar Minuten hatte er noch auf den entscheidenden Durchbruch gehofft, das konnte er jetzt vergessen. Die Ermittlungen fingen gerade erst richtig an.

Kapitel 14

Sanft streichelte die Sonne mein Gesicht. Als ich die Augen öffnete, empfing mich ein stechender Schmerz. Reflexartig schlossen sie sich wieder. Ich hatte einen ausgewachsenen Kater. Immer noch lag ich im Garten. Wahrscheinlich war es sogar besser gewesen, hier zu nächtigen. Die Leiter hochzuklettern, um in das Bett zu kommen, wäre bei dem Alkoholspiegel zu einer riskanten Wackelpartie geworden. Mein ganzer Körper schmerzte, so ein Liegestuhl ist halt auch kein gutes Ersatzbett. Ich quälte mich unter die Dusche. Freudig genoss ich das kühle Nass. Das Wasser linderte die Kopfschmerzen und ließ mich von Minute zu Minute frischer werden. Nach der Dusche fühlte ich mich um einiges fitter.

Der gestrige Abend hatte mich zum Nachdenken gebracht. Sicherlich war einiges auf meinen alkoholisierten Zustand zurückzuführen, doch das ein oder andere war hängen geblieben. Ich hatte gestern zum ersten Mal Spaß gehabt, Freude erlebt. Was für ein mächtiges Gefühl. Am liebsten wäre mir gewesen, der Abend hätte nie geendet. Eine völlig neue Erfahrung war, Svenja nicht nur als Mittel zum Zweck zu sehen. Vorher war ich ihr sehr dankbar, weil sie eine Hilfe war, die einzige, die mir zur Verfügung stand. Doch gestern war alles anders. Gestern mochte ich sie um ihrer selbst willen. Ihr Lachen, ihr Humor, ihr Aussehen. Es erregte mich in gewisser Weise. Es war ein Gefühl, dass ich nicht kannte. Ich wollte mehr davon.

Vorerst war mir eine unangenehme Angelegenheit vergönnt. Auch jetzt, im nüchternen Zustand, fiel meine Beurteilung der Situation genauso aus. Ich musste Franz Korsik dingfest machen, ansonsten würde es mich mein ganzes Leben lang verfolgen. Ich hatte mich für den Nachmittag mit Svenja verabredet. Heute würde ich definitiv bei alkoholfreien Getränken bleiben. Wer weiß, vielleicht war es eine wertvolle Erfahrung, um nicht angeekelt vor der Welt Reißaus zu nehmen. Gewalt und Grausamkeit, Trauer und Leid waren ja die einzigen Eindrücke, die ich bis dato erlebt hatte.

Somit verarbeitete ich den Rückschlag von gestern mit einer gelassenen Ruhe. Es wäre sehr unwahrscheinlich gewesen, diesen Mistkerl sofort zu erwischen. Wohl möglich, dass es gar nicht so schlecht gewesen war. Bis jetzt wusste ich immer noch nicht, wie ich reagiert hätte, wäre er in die Bar gekommen. Auf ihn loszustürzen hätte das Ende meines Vorhabens sein können. Ein anderer Aspekt war, ich hatte keinen Gedanken daran verschwendet, ob er mich erkennen würde. Wie sah ich damals aus? Hat er mich bei der Gerichtsverhandlung gesehen? Svenja musste mir diese Informationen geben. Eventuell brauchte ich eine Perücke.

Glücklicherweise hatte ich gestern schon ein paar Besorgungen im Netto gemacht, somit war alles Nötige vorhanden. Ein einfaches Frühstück mit Brot und Aufstrich reichte vollkommen aus. Nachdem die Stärkung verzehrt war, stand die Sonne schon im Zenit. Während ich gegessen hatte, durchforstete ich noch einmal Svenjas Informationen. Es ließ sich nichts Neues aus den Dokumenten ziehen. Mir blieben noch ein paar Stunden bis Svenja eintraf, deswegen machte ich mich auf den Weg zu dem Rewe, wo Korsik eine Zeit lang gearbeitet hatte.

Ich hatte die Entfernung leicht unterschätzt, was einen 75 minütigen Fußmarsch bedeutete. Meinem Kater tat das richtig gut, doch meine Füße fingen an zu schmerzen. Anscheinend war ich es nicht gewohnt weite Strecken zu laufen. Es war eine kleinere Filiale mit nur drei Kassen. Die Chancen standen gut, dass sich der ein oder andere noch an Korsik erinnern würde. Zuerst befragte ich eine Kassenangestellte. Sie war erst seit kurzem in dieser Filiale und verwies mich an den Filialleiter. Er war ein älterer Mann mit Nickelbrille. Seine Stirn glänzte, trotz des klimatisierten Verkaufsgebäudes.

„Guten Tag, womit kann ich behilflich sein?", begrüßte er mich überraschend freundlich. Vielleicht freute er sich über die willkommene Abwechslung.

„Guten Tag, ich hätte da ein paar Fragen über einen gewissen Franz Korsik. Er hat wohl vor ca.9 Monaten hier als Hilfskraft gearbeitet."

„Korsik, Korsik. Nein der Name kommt mir überhaupt nicht bekannt vor. Auf keinen Fall ein fest angestellter Mitarbeiter, die kenne ich alle beim Namen. Bestimmt alle der letzten 30 Jahre. Aber eventuell wurde er von der Leiharbeitsfirma geschickt. Die versorgen uns immer bei Engpässen, aber sagen sie mal, warum wollen sie das eigentlich wissen?", fragte er auf einmal leicht misstrauisch.

Gut, dass ich mir schon eine passende Antwort auf diese Frage ausgedacht hatte: „Ich bin ein alter Schulfreund von Franz und habe schon ewig keinen Kontakt mehr zu ihm gehabt. Zufällig bin ich ein paar Tage in Bremen und wollte ihn besuchen. Eine gemeinsame Freundin gab mir seine Adresse, doch dort wohnt er nicht mehr. Eine Nachbarin sagte, er hätte hier vor ca. 9 Monaten gearbeitet. Da wollte ich mal schauen, ob sie mir nicht weiterhelfen können." Während ich die Erklärung abgab wurde die Miene des Filialleiters wieder freundlicher.

„Na wenn das so ist, guck ich doch mal eben in meine Unterlagen. Da hab ich jeden aufgelistet, der für uns gearbeitet hat. Selbst wenn es nur für einen Tag war. Einen Moment bitte."

„Das ist sehr nett, danke schön." Der Mann nickte mir zu und verschwand nach hinten, in sein Büro. Das war schon merkwürdig, in den Unterlagen von Svenja stand rein gar nichts von einer Leiharbeitsfirma. Na gut, alles konnte sie halt auch nicht wissen. Gleich bekam ich ja meine Information. Doch selbst wenn der Leiter jetzt den Namen heraussuchte, würde er mir wohl kaum Neuigkeiten über Korsik geben können. Nach etlichen Minuten kam der Mann aus seinem Büro zurück.

„Nein, das tut mir leid. Ich bin extra noch die letzten zwei Jahre zurückgegangen. Mit dem Namen Korsik habe ich niemanden gefunden." Ernüchterung machte sich breit. Wenn diese Information falsch war, auf welche anderen Fakten konnte ich mich verlassen. Hatte Svenja mir nur ein paar Brotkrumen hingeworfen, um mich zufrieden zu stellen? Jetzt schien es auch klarer, warum sie nicht seine Wohnadresse besaß. Hatte ich mich etwa zu sehr auf Svenja verlassen?

„Da kann man nichts machen, schade, dann werd ich ihn wohl nicht wiedertreffen. Noch einen schönen Tag", ich brauchte mich nicht verstellen um Enttäuschung vorzuspielen. War ich zu unaufmerksam gewesen? Welche Dinge waren noch falsch? Woher wusste ich überhaupt wer Svenja war, alles über sie hatte ich entweder aus einer Hand voll Dokumenten und ihr selbst? Ich wurde wieder paranoid. Schnellstens musste ich aus diesem Supermarkt heraus. Plötzlich tauchten wieder die Kopfschmerzen vom Morgen auf. Frische Luft, war mein einziger Gedanke. Draußen hielt ich mich an einem Zaun fest. Was war hier gerade passiert? Ich fühlte mich an das Kellergeschoss erinnert. Irgend etwas überwältigte mich, die

Unsicherheit der ersten Stunde war zurückgekommen. Hilflosigkeit drängte sich in den Vordergrund. Ich musste mich zusammenreißen. Ein paar Ungereimtheiten waren ja noch lange kein Weltuntergang. Vielleicht war Svenja ja nur mit den Filialen durcheinander gekommen. Langsam beruhigte ich mich, der erste Schock war vorüber. So oder so, das konnte ich nicht länger verschweigen. Ich musste sie darauf ansprechen. „Keine voreiligen Schlüsse ziehen, abwarten was sie zu sagen hat", dachte ich mantrahaft zur Beruhigung.

Mir fehlte die Kraft, den gesamten Weg zurückzulaufen. An der nächsten Bushaltestelle betrachtete ich die Karte. Diese Linie würde mich bis auf 300m an die Schrebergartensiedlung bringen. Völlig erschöpft gelangte ich zu der Parzelle. Ob es die heutige Einsicht war oder der gestrige Alkoholkonsum, mein Körper fühlte sich ausgelaugt an. Es bestand kein Zweifel, ich musste herausfinden, ob ich einen Fehler gemacht hatte, bevor Svenja an den Pranger gestellt wurde. Trotz der Müdigkeit trieb ich mich an, die relevanten Papiere durchzugehen. Hier nichts, dort nichts. Es war kein Fehler meinerseits. Svenja hatte mir falsche Informationen untergejubelt, ob mutwillig oder nicht, sie würde sich erklären müssen. Ein paar Stunden blieben mir noch, der bitter nötige Schlaf musste nachgeholt werden. Der Schlafplatz unter dem Dach war unerwartet angenehm. Die Luft zirkulierte ein wenig und ließ aus diesem Grund die Temperaturen nicht so heiß erscheinen. Der Schlaf übermannte mich binnen einiger Sekunden.

Unsanft weckte mich Svenja: „Hey, aufstehen Schlafmütze. Du warst doch hoffentlich schon mal auf heute?"

„Ja klar", antwortete ich schlaftrunken. Mein Kopf war noch nicht sortiert und ich musste die Gedanken ordnen. Hatte ich geträumt oder war ich wirklich in dem Rewe Markt gewesen? Nach kurzer Bedenkzeit war mein Gedächtnis wieder auf dem neuesten Stand. Ich durfte jetzt keinen Fehler machen, wie würde ich ihr am besten meinen kleinen Ausflug von eben beibringen. Sich zu viele Gedanken zu machen half auch nicht, bestimmt gab es eine einleuchtende Erklärung.

„Du hast doch sicherlich Hunger? Ich hab uns einen Döner mitgebracht, den mochtest du doch so gerne. Die Stärkung tut dir hoffentlich gut. Wir haben heute noch einiges vor", kündigte Svenja von unten aus an. Langsam glitt ich die kleine Leiter hinunter. Oben war es doch deutlich wärmer, als ich gedacht hatte. Hier unten kam es mir 10°C kühler vor. Bei dem Anblick des Döners machte sich mein Magen bemerkbar. Nur das Frühstück heute Morgen war eindeutig zu wenig.

„Danke. Ich hab wirklich einen Bärenhunger. Mit dem Döner konntest du nichts falsch machen. Mich würden zwar auch andere Mahlzeiten interessieren, aber auf Nummer sicher ist auch in Ordnung." Genüsslich biss ich in den Döner. Das war bis jetzt der Leckerste, den ich gegessen hatte. Vielleicht kam der Gaumenschmaus durch meinen exorbitanten Hunger zustande. Ich fing an, das Gespräch in die gewünschte Richtung zu lenken: „Ich hab eben einen kleinen Spaziergang gemacht, der Kater hat mich heute Morgen kalt erwischt."

Svenja fing an zu lachen. „Du verträgst halt nichts", gab sie mit einem Augenzwinkern zurück. „Es war doch ein netter Abend, auch wenn wir den Mistkerl nicht gefunden haben. Hartnäckig bleiben, hat mein Ausbilder immer gesagt. Eine der wichtigsten Tugenden beim Polizeidienst ist die Geduld. Davon brauchen wir heute auch eine Menge."

„Heute werden wir den Alkohol links liegen lassen. Noch so einen Abend steh ich nicht durch", entgegnete ich ihr.

Ich konnte nicht mehr warten, meine Neugier war einfach zu groß: „Ich war mittags in dem Rewe, wo Franz Korsik vor ein paar Monaten gearbeitet hat. Der Filialleiter war sehr freundlich, doch er kannte Korsik nicht. Auch in seinen Unterlagen fand er den Namen nicht. Deine Information scheint falsch zu sein."

„Bist du dir sicher, dass du in dem richtigen Supermarkt warst? Meine Quellen sind normalerweise wasserdicht. Warum rennst du eigentlich alleine rum und spielst Detektiv? Ich hatte dir doch ausdrücklich gesagt, du sollst nicht alleine rumschnüffeln. Das ist viel zu gefährlich. Stell dir mal vor, das Schwein wohnt in der Nähe dieses Rewes und geht dort immer noch einkaufen. Was hättest du gemacht, wenn du ihm begegnet wärst? Hattest du dir einen Plan zurecht gelegt oder wärst du ihm einfach nur an die Gurgel gegangen? Sowas können wir gar nicht gebrauchen, du musst ihn auf dem falschen Fuß erwischen. Wenn er weiß, dass du hinter ihm her bist, wird er dreimal so vorsichtig werden."

Darüber hatte ich wirklich nicht nachgedacht. Mir war ja schon bei der falschen Information schwindelig geworden. Nicht auszudenken, er wäre wirklich vor Ort gewesen. Ich musste fokussiert bleiben, so einfach wollte ich mich nicht abspeisen lassen: „Apropos Wohnung, warum hast du eigentlich nicht rausbekommen, wo er wohnt? Du hast diverse Fotos und verschiedene Örtlichkeiten, aber seine Wohnung ist nicht dabei? Das dürfte doch nicht so schwer rauszubekommen sein, wenn man so viele Informationen hat."

„Was soll denn das werden? Willst du mir hier Vorwürfe machen? Ich bin doch auch keine Alleswisserin, was meinst du, wie ich an solche Informationen komme? Ich kann doch nicht jedes kleine Detail selbst überprüfen.

Wo wärst du denn ohne mich? Wahrscheinlich im Gefängnis, weil sie dich zusammen mit deinen blutigen Klamotten erwischt hätten. Zeig mal ein bisschen mehr Dankbarkeit und Respekt, sonst kannst du hier verschwinden und deinen Rachefeldzug alleine durchziehen." Sie hatte sich richtig in Rage geredet. Jetzt hatte ich doch alles falsch gemacht. Ich wollte sie nicht anklagen, sondern Klarheit. Es stimmte, wenn sie nicht auf meiner Seite wäre, hätte sie mich schon mehrere Male ins Messer laufen lassen können. Was hatte ich mir bloß dabei gedacht, meine einzige Verbündete anzugreifen? Ich versuchte die Wogen zu glätten: „Tut mir Leid, das ist viel zu aggressiv rübergekommen. Ich wollte einfach nur wissen, was jetzt wirklich stimmt. Zeitweise bin ich total verwirrt, weiß nicht mehr was ich glauben soll. So viele neue Eindrücke prasseln die ganze Zeit auf mich ein. Manchmal weiß ich nicht wo mir der Kopf steht. Es sind auch noch keine Erinnerungen zurückgekehrt. Ständig hoffe ich, mich an etwas zu erinnern, etwas Vertrautes zu erblicken. Kannst du dir vorstellen wie schwierig das ist, einfach alles um mich herum ist fremd." Je länger ich so redete, desto schlimmer kam mir meine Lage vor. Am Ende hatte ich Tränen in den Augen. Svenja musste wohl auch gemerkt haben, dass ihre Antwort mich getroffen hatte. Sie stand auf und kam um den Tisch herum, um mich zu umarmen. Meine Dämme brachen, jetzt weinte ich bitterlich in ihren Armen. Alles musste raus. Mir fiel auf, dass ich noch gar nicht richtig geweint hatte. Das war mehr als überfällig. Die ganzen Emotionen, das ganze Leid brach sich seinen Weg hinaus. Keine Ahnung, wie lange wir dort so standen. Dieser Moment sollte niemals enden, ich spürte eine Geborgenheit, die ich nicht für möglich gehalten hatte. Alles passte zusammen, ihre weichen Haare, der Duft, den sie verströmte, ihre Arme, die mich festhielten. Die Anschuldigungen waren vergessen, wir kämpften zusammen gegen den Rest der Welt.

Schließlich setzten wir uns wieder. Die Tränen waren getrocknet. Ein leichtes Lächeln umspielte ihre Mundwinkel, sie verzauberte mich. In diesem Moment wäre ich für sie durchs Feuer gegangen. Wir aßen unsere Döner auf und machten uns fertig für den Weg ins Viertel, um unseren Beobachtungsposten einzunehmen. Heute entschieden wir uns, getrennte Posten zu beziehen. Ich saß wie am Vortag im „Litfass" und behielt den Eingang des „Bistro Brazil" im Auge. Svenja nahm sich „Die Schänke" vor. Falls einer von uns Korsik entdeckte, wollten wir uns per Handy verständigen. Ich hatte ja noch das Prepaid von gestern.

Der Gedanke an letzte Nacht ließ mich wehmütig werden. Die gemeinsame Zeit war einfach zu schön gewesen. Spaß konnte ich noch genügend haben, jetzt gingen andere Dinge vor. Die Zeit drängte. Svenja hatte in Erfahrung bringen können, dass die Kommissare meine Wohnung gefunden hatten. Bis jetzt waren sie noch nicht in der Wohnung, doch der Durchsuchungsbeschluss konnte nicht mehr lange auf sich warten lassen. Wir mussten unser Vorhaben möglichst schnell in die Tat umsetzen. Es war erst 19 Uhr, wahrscheinlich dauerte es noch etwas, bis Korsik auftauchen würde. Sein Gesicht hatte sich in mein Gedächtnis eingebrannt, das machte es mir einfacher, die Menschen zu beobachten. Viel schwieriger war die Herangehensweise, falls wir ihn endlich gefunden hatten. Ich zermarterte mir den Kopf, wie man einen solchen Mistkerl überrumpeln könnte. Wir hatten uns darauf verständigt, keinen Kontakt mit ihm aufzunehmen. Nur beobachten und dem anderen Bescheid geben. Dann wollten wir ihn observieren, seine Wohnung finden, gemeinsam einen Plan schmieden.

Die Stunden vergingen, keine Spur von Korsik. Hatte er die Örtlichkeiten gewechselt? Oder war er gar dahinter gekommen, dass der Tote in der Osternburger Straße sein ehemaliger Komplize war? Vielleicht standen die beiden ja immer noch in ständigem Kontakt, dann müsste ihm der plötzliche Kontaktabbruch merkwürdig vorgekommen sein. Mein Kopf spielte mir den ein oder anderen Streich. Wirre Gedanken kamen und gingen. Das musste ein Ende finden. Ich hatte schon genug mit mir selbst zu tun. Eine innere Stimme drängte mich, diesen Rachefeldzug aufzugeben. Mein Verstand sagte mir das Gegenteil. Es waren immer wieder die gleichen zwei Gründe, Gerechtigkeit für Frau und Kind, sowie ein Abschluss mit meiner Vergangenheit. Sollte man nicht größtenteils auf sein Bauchgefühl hören? Es schrie geradezu: Lauf weg! Ich konnte nicht, ich war eine Marionette meiner selbst.

Plötzlich schlug das Handy Alarm. Aus meiner Gedankenwelt gerissen realisierte ich es erst nach einigen Sekunden. Svenja hatte mir eine Nachricht geschrieben: „Korsik ist gerade in „Die Schänke" gekommen, wir treffen uns vor der Sushi Factory, das ist links neben „Der Schänke." Schlagartig fing mein Herz wild an zu schlagen. Nervös trank ich einen Schluck von der Cola. „Wir haben ihn! Wir haben ihn!" schrie meine innere Stimme. Ich war kurz vor einem Kreislaufkollaps, so sehr bewegte mich diese neue Nachricht. Jeder Zweifel an Svenja war Makulatur. Wie gut, dass Svenja ihn gefunden hatte. Bei der Reaktion, die ich jetzt schon zeigte, wäre eine direkte Begegnung sicherlich eskaliert. Schnell bezahlte ich die Rechnung und verließ das „Litfass".

Nach ein paar Minuten Fußweg entdeckte ich Svenja am abgemachten Treffpunkt. „Ist er noch drin?", fragte ich sofort. Svenja sah mir nachdrücklich in die Augen: „Ja er ist immer noch drinnen. Komm bloß nicht auf dumme Gedanken. Wir setzen uns jetzt schön hier hin und warten bis er wieder herauskommt. Das könnte etwas dauern, aber so gehen wir auf Nummer sicher, falls er dich doch wiedererkennen würde."

„Aber du bist dir ganz sicher, dass er es ist?", hakte ich nach. „Ja natürlich, nach so langer Zeit kenn ich den Mann in- und auswendig", versicherte mir Svenja. Es begannen quälende Stunden. Bei der angespannten Lage wechselten wir kaum ein Wort. Unser Ziel war so nah und doch so fern. Heute Abend würde nur beobachtet werden. Wir hatten noch nicht einmal das Aufzeichnungsgerät dabei, falls sich eine gute Gelegenheit ergäbe. Herauszufinden, wo Korsik nächtigte, war das Wichtigste. Dort konnten wir ihn dann dauerhaft ausfindig machen.

Langsam verlor ich die Geduld. Es war schon nach 2 Uhr morgens. Wie viel wollte er denn noch trinken? Eine weitere Stunde verging; endlich kam er aus der Kneipe gestolpert. Jetzt sah ich ihn mit eigenen Augen. Er war es wirklich, da gab es keine zwei Meinungen. Anscheinend war er so betrunken, dass er kaum noch geradeaus laufen konnte. Das war ein großer Vorteil für uns, er würde uns niemals bei der Verfolgung bemerken. Svenja packte meinen Arm aus Vorsicht. Wahrscheinlich hatte sie Angst, ich würde sofort auf ihn losgehen. Meine Gefühle hatte ich unter Kontrolle. In mir stieg zwar eine nicht gekannte Wut empor, doch sie wirkte eher positiv auf mich ein, solange ich die Kontrolle besaß. Sehr fokussiert beobachtete ich jeden Schritt. Wir folgten ihm schon ein paar hundert Meter. Dann bog er links in die Vagtstraße ein. Er holte etwas aus seiner Tasche. Bei genauerer Betrachtung entpuppte es sich als ein Schlüssel. Wir mussten ganz nah dran sein. Bei Nummer 18 machte er schließlich halt.

Es dauerte eine Weile bis er die Tür aufgeschlossen hatte. Nun waren wir sicher, hier wohnte Franz Korsik, der Mörder und Vergewaltiger meiner Frau und Tochter. Die Messer waren gewetzt, morgen würde ich ihn mir vorknöpfen, dieses Schwein. Svenja brachte mich noch zurück in die Schrebergartensiedlung. Es wurde schon langsam wieder hell, während ich mich noch von einer Seite auf die andere wälzte. Hatte ich nicht heute schon eine Chance vertan? Und ging das nicht alles irgendwie zu einfach? Irgendwann übermannte mich der Schlaf, der meinen Zorn und die letzten Zweifel vertrieb.

Kapitel 15

Hajo fuhr mit dem Dienstwagen Richtung Polizeipräsidium. Er hatte Knut mit der Spurensicherung in der Wohnung zurückgelassen. Knut sollte die wichtigsten Informationen herausfiltern und für Hajo aufarbeiten. Polizeidirektor Vossweg hatte von der Hausdurchsuchung Wind bekommen, er wollte einen sofortigen Bericht. Nach der medialen Offensive waren die Ermittlungen ins Rampenlicht der lokalen Presse geraten. Dies war abzusehen gewesen, doch Hajo hatte damals auf eine schnelle Klärung des Falles gehofft. Davon waren sie im Moment sehr weit entfernt. Als Hauptverdächtigen hatten sie zwar Felix Steffens, aber die weiteren Umstände waren komplett unklar. Sie wussten ja noch nicht einmal sicher, ob es ein Mord war. Alles deutete in diese Richtung, das beruhigte Hajo ungemein. Er hatte sich in der Wohnung einen kurzen Überblick verschafft. Raphael Liebknecht und Franz Korsik hatten vermutlich die Frau und Tochter von Felix Steffens brutal ermordet. Durch einen Fehler der Polizei waren sie jedoch freigesprochen worden. Die Ähnlichkeit der Leichname war so verblüffend, dass man hier von einem Zusammenhang ausgehen musste. Hajos Kopf arbeitete ununterbrochen, er zog Schlüsse und verwarf sie gleich wieder. Als er den Dienstwagen einparkte, war für ihn klar, der Tote in der Osternburger Straße war einer der beiden Täter von damals. Er konnte Knuts Fehler immer noch nicht glauben, er war der gewissenhafteste Partner, den Hajo je gehabt hatte. Das war ein ganz dicker Patzer und er musste ihn jetzt ohne Knut beim Polizeidirektor ausbaden.

Das Gespräch mit dem Polizeidirektor verlief glimpflicher als erwartet. Es war keineswegs angenehm, er war jedoch mit der neuen Fülle an Beweisen zufrieden. Hajo war heilfroh als er Vosswegs Büro verlassen konnte. Diese Geschichte hatte selbst ihn überwältigt. Es gab eine große Tasse Kaffee, auf der sein Name stand. Ruhe zum Nachdenken bei einem starken Kaffee, alles ein bisschen sacken lassen. Schon während er dem Polizeidirektor seine Aufwartung machte, schwirrte diese Unstimmigkeit in seinen Gedankengängen herum, welche bis jetzt noch keine Beachtung gefunden hatte. Offenbar hatten sie es hier mit einem Rachemord zu tun. Es wurde minutiös ein Plan ausgearbeitet, der Körper zuerst eingefroren, eine geeignete Örtlichkeit ausgesucht, dann der Leichnam so zugerichtet wie Mutter und Tochter. Nach all diesem Aufwand, Steffens hatte ja sogar durch das Rinderblut noch einen speziellen Effekt hervorrufen wollen, ging er einfach so, mit einem auffälligen Trench Coat durch Bremen spazieren, wartete an einer Bushaltestelle und hatte nicht mal mehr seinen Wohnungsschlüssel? War ihm erst bei Beendigung seines Kunstwerkes klar geworden, was er verbrochen hatte? Ging ihm der Anblick des Toten so nahe, dass er einen psychotischen Schub erlitt oder zumindest stark psychisch beeinträchtigt war? Fragen über Fragen, irgendwie wollte das Bild nicht zusammenpassen. Aus einer anderen Welt erwachend, bemerkte Hajo, dass sein Kaffee kalt geworden war. Er goss sich die nächste Tasse ein. Sie brauchten mehr Informationen über den Mord bei Hann-Münden. Sie mussten die beiden vermeintlichen Täter ausfindig machen. Hajo wagte sich an den Computer, das war beileibe nicht sein Spezialgebiet. Er war froh, wenn er sich korrekt in seinen E-Mail account eingeloggt hatte, den er beruflich nutzen musste. Nachdem er den Browser gefunden hatte, quälte er sich auf Google herum. Nach wenigen Minuten gab er auf, er konnte nicht nachvollziehen, wie manche Menschen tagein, tagaus mit diesem Teufelsgerät arbeiteten. Er fand einfach gar nichts, selbst bei so einer simplen Aufgabe. Dann musste er wohl oder übel auf Knut warten, er würde ja bald eintreffen.

Hajo ging stattdessen zu einem alten Kollegen, der nie über den Rang eines Streifenpolizisten hinaus gekommen war. Ole Ritter kannte sich bestens in allen möglichen Registern aus, das wollte Hajo jetzt für sich nutzen.

„Moin Ole! Wie geht's?"

„Ja das gibt's doch nicht, das ist doch der gute alte Hans Joachim Sensbruck. Was führt dich denn in diese niederen Gefilde?"

„Komm jetzt übertreib mal nicht."

„Du lässt dich doch nur noch hier blicken, wenn du was von mir möchtest. Wo hakt's denn Herr Polizeihauptkommissar?", fragte der Beamte halb im Scherz. Er hatte nie ganz verwunden, dass er nicht die Kommissaren Laufbahn eingeschlagen hatte.

Hajo hatte weder Zeit, noch Muße auf die Frotzeleien einzugehen: „Du kennst mich halt zu gut, Ole. Wir haben ja diesen schwierigen Fall mit der entstellten Leiche. Heute haben wir einen ganzen Haufen neuer Beweise bekommen. Da könntest du mir einen riesigen Gefallen tun. Es springen auch zwei Werder Tickets dabei heraus." Ole Ritter war ein großer Werder Bremen Fan und Hajo kannte ihn gut genug. Er würde sich richtig ins Zeug legen, bei diesem Ansporn.

„Aber hallo, da bin ich dein Mann. Was soll ich machen?", erwiderte Ole. Hajo wusste, er hatte angebissen.

„Also gut, ich hab einen Raphael Liebknecht und einen Franz Korsik. Ich brauche alles, was du finden kannst. Den Wohnsitz, gemeldete Autos, sind sie verheiratet, allgemein Verwandte, von mir aus auch alte Schulzeugnisse, wenn du da ran kommst. Einfach alles."

„Ok, ok. Dafür brauch ich aber ein bisschen."

„Kein Problem, wenn du Überstunden machst, geht das klar. Ich kümmer mich darum. Sag bitte sofort Bescheid, wenn du fertig bist. Es ist wirklich dringend. Dank dir." Hajo war im Tunnel. Er drehte sich postwendend um und überließ Ole Ritter seiner Arbeit. Hajo kümmerte sich schon um die nächste Angelegenheit, er musste mit Rike Falkner, der Gerichtsmedizinerin, sprechen. Falls man durch den Zahnabdruck noch eine Identifikation vornehmen konnte, würden sie nach den Zahnärzten der beiden Übeltäter fahnden.

Hajo hatte schon mit Rike Falkner gesprochen, als Knut in das Büro kam. Er hatte ein dickes Bündel Papiere unter dem Arm. Seinem Gesichtsausdruck nach zu urteilen, war er heute schon sehr gefordert worden. Knut erläuterte anhand der zuvor durchgearbeiteten Dokumente, wie der genaue Tathergang vor ca. 2 Jahren vonstattenging. Hajo erzählte von Ole Ritter, dem Polizeidirektor und Rike Falkner, die bestätigt hatte, dass eine Identifikation durch zahnärztliche Unterlagen möglich wäre. Die beiden Kommissare entschlossen sich, während eines deftigen Mittagessens ihre Akkus aufzuladen. Die Pause tat den beiden gut, obwohl der Kopf niemals ruhte.

Mit neuen Kräften versehen ging es zurück ins Büro. Knut wollte die Kollegen aus Hann-Münden anrufen, welche den Fall bearbeitet hatten. Während er sich auf dem anderen Polizei Revier durchfragte, klingelte auch Hajos Telefon.

„Kommissar Sensbruck hier", antwortete er automatisiert. Ole Ritter war am Apparat, er war schon fertig mit seiner Recherche. Hajo konnte sich wieder einmal auf ihn verlassen.

„Moin, Ole hier. Ich bin soweit durch. Willst du eben vorbeikommen oder reicht dir das am Telefon."

„Telefon reicht volkkommen, warte, ich brauch was zum Schreiben", erwiderte Hajo schnell. So früh hatte er gar nicht mit den Ergebnissen gerechnet. „So jetzt kannst du loslegen."

„Ok, zu Franz Korsik: geboren am 16.8.1969; wohnt in der Vagtstraße 18 hier in Bremen; fährt einen Audi A8, Kennzeichen HB FK 8463; ledig und keine Kinder", Ole machte eine kleine Pause. Hajos Blick fiel auf Knut, der wild gestikulierend am anderen Ende des Raumes mit der Hann-Mündener Polizeistelle sprach. Anscheinend lief das Gespräch ganz und gar nicht nach seinem Geschmack. An Hajos Apparat setzte Ole wieder an: „Dann zu Raphael Liebknecht, geboren am 2.11.1972, verstorben am 23.1. dieses Jahres." „Moment mal", unterbrach ihn Hajo, „hast du gerade gesagt, Raphael Liebknecht ist am 23.1. verstorben?"

„Ja genau", bestätigte Ole. Hajos graue Zellen arbeiteten schon den ganzen Morgen auf Hochtouren, jetzt packte er noch eine Schüppe drauf. Wenn Raphael Liebknecht schon so lange tot war, konnte er die eingefrorene Leiche aus der Osternburger Straße sein. Hajo hakte nach: „Hast du etwas über die Todesursache, vielleicht sogar einen Autopsiebericht?"

„Na hör mal, hexen kann ich auch nicht. Es wurden keine Auffälligkeiten festgestellt. Ich denke, es war ein natürlicher Tod oder wurde zumindest als solcher eingestuft", erklärte Ole. Das half Hajo gar nicht weiter, er machte sich Notizen, um dem Ganzen auf den Grund zu gehen. Ole lieferte ihm noch ein paar weitere Details, wie die letzte Adresse und einige

Hinterbliebene. Hajo bedankte sich und beendete das Gespräch. Als er auflegte, schien Knut der Verzweiflung nahe. Er hielt die Sprechmuschel zu: „Die wissen da überhaupt nicht was sie tun, keiner hat eine Ahnung wo die betreffende Akte ist. Jetzt werde ich endlich zum zuständigen Beamten weitergeleitet. Wirklich unfähig diese Leute." Hajo machte eine beruhigende Handbewegung. Knut verlor schnell die Geduld, wenn er mit, seiner Meinung nach, inkompetenten Kollegen zusammenarbeitete. Hajo widmete sich den Notizen, die er gerade gemacht hatte. In seinem Kopf schwirrten mehrere Ideen herum. Natürlich war es auch möglich, dass Franz Korsik der Tote aus dem Kellergeschoss war. Falls Raphael Liebknecht auf natürliche Weise gestorben war, hätte nur noch Franz Korsik die Rachegelüste des Verdächtigen befriedigen können. Das mussten ihre Prioritäten sein, Liebknechts Grab ausfindig machen, falls nötig, exhumieren, und Korsik dingfest machen. Auch wenn er diese abscheuliche Tat begangen hatte, war er ein freier Mann, der gewarnt werden musste. Das Gerechtigkeitsgefühl in ihm sagte etwas anderes, doch Recht und Gerechtigkeit sind zwei völlig unterschiedliche Dinge, das hatte er viel zu häufig in seiner langen Karriere miterleben müssen.

In seinen Überlegungen war Hajo gar nicht aufgefallen, wie still Knut plötzlich geworden war. Seine Stirn lag in Falten, der Blick ging durch Türen und Wände hindurch, in eine weite Ferne. Während Hajo noch mit sich beschäftigt war, legte er den Hörer auf. Knut musste sich erst ein paar Sekunden sammeln, bis er Hajo darauf aufmerksam machte, dass er das Telefonat mit der Hann-Mündener Stelle beendet hatte.

„Hajo…ehm..Hajo, hör mal zu." Gänzlich aus seinen Gedanken gerissen, hatte Knut nun seine ganze

Aufmerksamkeit. Er wusste, wie Knut aussah und sprach, wenn es etwas wirklich Wichtiges zu besprechen gab. Nach den Neuigkeiten von Ole kam jetzt anscheinend das nächste dicke Ding auf ihn zu, er war bis in die Haarspitzen gespannt.

Die Luft knisterte vor Spannung. Hajo kam es wie eine Ewigkeit vor, bis Knut endlich fortfuhr: „Ich glaube, dieser Fall will uns in den Wahnsinn treiben. Ich habe ja gerade mit den Kollegen in Hann-Münden gesprochen. Es ist kein Wunder, dass niemand richtig Bescheid wusste. Am Ende hab ich mit zwei Büro Veteranen gesprochen, die beide schon über 40 Jahre in Hann-Münden arbeiten. Sie sagen, da besteht gar kein Zweifel. Diesen Fall, den wir suchen, den gibt es gar nicht."

Hajo traute seinen Ohren nicht: „Wie, den Fall gibt es gar nicht? Wir haben doch Polizeiberichte, Zeitungsartikel und Fotos."

„Ich weiß, aber es gibt keine Akten unter der Fallnummer, die auf den Kopien aus der Contrescarpe 120 stehen. Dort kann sich auch niemand an solch einen Fall erinnern. Und du weißt Hajo, so einen Fall vergisst man nicht so schnell. Schon gar nicht wenn er erst 2 Jahre her ist. Bei solchen Ermittlungen ist ja das halbe Polizeirevier traumatisiert. Ich kann mir das auch nicht erklären", stammelte Knut weiter. Er war völlig von der Rolle. Eben noch hatte er sich Stunden durch einen der schlimmsten Beweisfundorte seines Lebens gearbeitet und jetzt ruft jemand April, April. Hajo brachte auch kein Wort mehr heraus. Wie erstarrt saßen beide an ihren Schreibtischen. Keiner fand die richtigen Worte, ja gab es überhaupt die richtigen Worte? Nach etlichen Tagen hatten sie endlich einen Haufen neuer Hinweise gefunden. Schlagartig wurde wieder alles zunichte gemacht.

Hajo fasste als erster wieder einen vernünftigen Gedanken. Es half ja alles nichts, sie mussten mit dem arbeiten, was sie wussten. „Wir müssen einfach da weitermachen, wo wir sonst auch weitergemacht hätten. Vielleicht ist Felix Steffens in einer Art psychotischem Zustand und glaubt selber, was dort alles geschrieben steht. Wir werden ja von der Spurensicherung bald erfahren, was echt ist und was eine Fälschung. Höchste Priorität hat trotzdem Franz Korsik. Falls er noch am Leben ist, müssen wir ihn warnen, eventuell sogar Polizeischutz bereitstellen, wenn er das nicht ablehnt. Wir müssen auch Raphael Liebknechts Leiche finden. Wer weiß, vielleicht ist Steffens irgendwie an diesen Leichnam gekommen, erfindet eine Geschichte, die er selbst glaubt und inszeniert alles. Das würde auch die Verwirrung nach der Tat erklären, wieso er so einen langen Fußmarsch macht, auch noch ohne Schlüssel. Das wird den Polizeidirektor gar nicht freuen, aber wir können nichts daran ändern. Falls alles nur ein Ablenkungsmanöver ist, sitzen wir tief in der Scheiße, wir haben keine weiteren Ansätze. Die Wohnung von Felix Steffens ist alles was wir haben, alle müssen Überstunden machen, keiner geht nach Hause. Ich will, dass jedes verdammte Papier und alle Spuren sofort untersucht werden. Heute gibt es keine Ausreden, wir dürfen nicht mehr jedem kleinen Hinweis hinterher hecheln, wir müssen endlich Herr der Lage werden.“

Kapitel 16

Als ich aus dem Schlaf erwachte, fühlte sich mein Körper erholt an. Jegliche Nachwirkungen der alkoholischen Eskapade waren verschwunden. Dies war ein guter Tag. Ich sprühte nur so vor Tatendrang, der gestrige Erfolg trug sicherlich einiges zu bei. Der Wandel von einem unbeholfenen, verwirrten Wesen, hin zu einem starken Mann, der wusste was er wollte, verblüffte mich. Ich schaute an mir herunter, in diesen beiden Händen lag mein Schicksal und das Schicksal des Franz Korsik. In mir stieg ein Gefühl der Macht empor. Ich wollte nichts mehr dem Zufall überlassen. Die gestrigen Zweifel waren nicht fort, doch behinderten sie keineswegs meine Entschlusskraft. Ich sah ihn vor mir liegen, um Gnade winselnd. Es sollte ein qualvolles Geständnis werden. Er sollte leiden, genauso wie meine Familie gelitten hatte.

Svenja machte mir ein wenig Kummer. Obwohl sie sich gestern allen Fragen gestellt hatte, blieb ihre Antwort aus. Sie hatte mich emotional berührt, sie war für mich da, mein einziger Trost. Doch jedes Mal, wenn ich an den genauen Wortlaut zurückdenke, hörten sich ihre Antworten wie Ausreden an. Sie griff mich an, um von ihren Fehltritten abzulenken. Hatte sie noch mehr zu verbergen? Sie war mir enorm hilfreich gewesen, doch jetzt brauchte ich sie nicht mehr. Ich hatte das Aufnahmegerät hier in der Hütte, genauso wie meine Pistole. Franz Korsiks Wohnung fand ich garantiert, diese Adresse würde ich mein Lebtag nicht vergessen. Svenja wollte sich erst abends mit mir treffen, da blieb genügend Zeit, meinen Plan durchzuführen, ohne sie. Svenja konnte mir sowieso nicht mehr helfen, der Rest lag bei mir. Es war auch besser so, selbst wenn ich ihr vollkommen vertraut hätte. Sie durfte nicht noch weiter in meine Machenschaften hineingezogen werden. Im Gegensatz zu mir hatte sie ihr Leben noch vor sich. Meines war eh schon ein Scherbenhaufen. Ich nahm gerne die gerechte Strafe in Kauf, solange Korsik, dieses Schwein, auch bezahlte.

Ein gutes Frühstück war eine solide Grundlage, man hätte es auch Mittagessen nennen können, die Uhr zeigte 12:38. Ich brauchte ein Auto, ohne war mein Plan nicht durchführbar. Da sich meine Autoknacker Fähigkeiten auf ein Minimum beschränkten, blieb mir nur ein Leihwagen. Natürlich würde ich damit die Polizei auf mich aufmerksam machen, doch wenn alles funktionierte, wäre heute Abend alles erledigt. Es war kaum zu erwarten, dass die Polizei so schnell arbeitete. Somit platzierte ich das Aufnahmegerät möglichst unauffällig an meinem Körper und steckte die Pistole ein. Der Stadtplan konnte sicherlich auch von Nutzen sein. Es fühlte sich an, als ob ein Ritter in die letzte Schlacht ziehen würde. Eine Mischung aus Nervosität und Bestimmtheit. Man sah das Unausweichliche auf sich zukommen, es gab keine Möglichkeit umzudrehen. Das Schicksal lag in meinen Händen. Dieser Satz ging mir sehr oft durch den Kopf. Das Schicksal hatte mir übel mitgespielt, so viele Male musste Felix Steffens es ertragen. Jetzt war ich an der Reihe.

Die Autovermietung machte keinerlei Probleme. Mein Führerschein reichte ihnen als Dokument und bezahlt wurde in bar. Sie empfahlen mir einen VW Passat, da ich keine großen Ansprüche stellte, reichte das Modell mir vollkommen aus. Das Autofahren bereitete mir sogar Spaß. Ich hatte nach so einem Gedächtnisverlust mit Schwierigkeiten gerechnet. Doch dieser Teil war offenbar nicht betroffen. Nachdem ich meine Fahrkünste im Bremer Stadtverkehr getestet hatte, parkte ich den Wagen. Mein Orientierungssinn war mangelhaft, ob immer schon oder durch den Vorfall, ließ sich nicht sagen. Ich suchte den Weg zur Vagtstraße 18. Das sollte kein Problem darstellen. Mein Mund war trocken, die Nervosität stieg rasant. An der nächsten Ecke befand sich ein Kiosk, Wasser würde mir gut tun. Nachdem ich meine Kehle befeuchtet hatte, stieg ich wieder ins Auto. Die Klimaanlage ließ meine Schweißperlen trocknen. Jetzt war die letzte Gelegenheit umzukehren. Niemand würde mich aufhalten, wenn ich einfach mit dem Wagen Reißaus nähme. Doch das war keine Option, ich hatte mich schon lange entschieden. Der Motor heulte auf, zügig schlängelte sich der Wagen im Stadtverkehr zu Korsiks Haus.

Tagsüber sah die Gegend deutlich freundlicher aus. Gestern Nacht war es mir wie ein zwielichtiges Viertel vorgekommen, jetzt war es eine ganz normale Straße. Zwei Kinder spazierten mit ihrer Mutter an meinem Wagen vorbei. Ein paar Häuser weiter standen drei ältere Herren und diskutierten heftig miteinander. Nur sehr wenige Autos fuhren hier entlang. Ich freute mich über einen freien Parkplatz, genau vor Korsiks Haus.

Der Zündschlüssel steckte noch, meine Hände zitterten. Die Pistole hatte ich griffbereit hinten in meine Hose gesteckt. Dann schaute ich noch in das Handschuhfach, wo das restliche Bargeld verstaut war. Alles noch da. Es konnte jetzt ganz schnell gehen, sobald das Geständnis auf Band war, wollte ich fliehen. Falls sie mich erwischten, war es eben so. Freiwillig gab ich meine Freiheit nicht auf. Diese Schweine hatten dann bekommen, was sie verdienten. Ich schaltete das Aufnahmegerät ein, Svenja meinte, der Akku würde mehr als zwei Stunden Dauerbetrieb durchhalten, und stieg aus dem Auto.

Die letzten Schritte hin zur Tür waren geschafft. Nur noch die Klingel. Mein Finger bewegte sich in Zeitlupe auf den Knopf zu. Es läutete. Sekunden wurden zu Stunden. Die Tür hatte zwei schmale Fenster, die einen Blick auf den dahinterliegenden Flur freigaben. Draußen schien die Sonne, wodurch der Flur sehr dunkel erschien. Auf einmal entdeckte ich einen Schatten. Er kam immer näher, es war eine Person. Die Türe schwang nach innen auf, da stand er. Mit einem leicht verschlafenen Gesicht hatte Franz Korsik die Tür geöffnet. Wir standen kaum zwei Meter voneinander entfernt. Er sah so unschuldig aus, wie ein gewöhnlicher Mensch. Ich wusste es besser. „Moin, kann ich Ihnen helfen?", begrüßte er mich, als ob nichts gewesen wäre. Eine anfängliche Starre schlug nun in Wut um. Meine Hände ballten sich zu Fäusten, nur die Ruhe. Anscheinend hatte er mich nicht wiedererkannt. Das war ein großer Vorteil, ich hatte immer noch das Überraschungsmoment. Auf einmal sah ich die Fotos vor mir, die Leiche im Kellerraum, ein Schwall an Gedanken und Gefühlen schien mich beherrschen zu wollen. Alles war weg, wie wollte ich das Gespräch beginnen? Plötzlich wurde mir schwindelig. Das Geländer vor der Haustüre stützte mich. Dann ging alles ganz schnell. „Ach du meine Güte, Sie sehen ja furchtbar aus. Geht es Ihnen nicht gut? Kommen Sie, hier, nehmen Sie meinen Arm. Sie setzen sich erstmal und ich hole Ihnen ein Glas Wasser."

Ohne zu wissen wie mir geschah, saß ich auf einem Stuhl bei Korsik Zuhause und der Mörder meiner Familie brachte mir ein Glas Wasser. Wie surreal dieser Moment war. Mein unfreiwilliger Schwächeanfall ebnete mir den Weg in sein Esszimmer. Der erste Schritt war geschafft. Ich musste mich gewaltig zusammenreißen. Langsam erholte sich mein Körper von dem Schock. Der Schwindel war vergangen, mein Blick wurde schärfer. Die wild umher springenden Gedanken sortierten sich.

„Hier ist das Glas Wasser. Trinken Sie etwas. Das wird Ihnen gut tun." Artig nahm ich das Glas. Zuerst schlückchenweise, dann in großen Zügen. Das Wasser brachte mich wieder komplett in die Gegenwart zurück. „Dankeschön", waren die ersten Worte, die aus meinem Mund kamen. Es sollten die einzig netten Worte bleiben.

„Erkennst du nicht wer ich bin?", fing ich mit ruhiger Stimme an. Die Zuversicht war wieder da. Wenn auch ungeplant, hatte ich ihn genau da, wo ich ihn haben wollte. Er schaute mich ungläubig an: „Sollte ich?" Das kam wie ein Schlag ins Gesicht. Selbst jetzt, aus nächster Nähe, schien er den Mann und Vater seiner Opfer nicht zu erkennen. War ich einfach zu unwichtig für ihn gewesen? Spielte das Leid, welches er in der Welt verbreitet hatte, gar keine Rolle? Dieser Gedanke brach etwas los in mir. Eine nicht gekannte Wut ergriff meinen Körper. Er kniete halb vor meinem Stuhl. Plötzlich entlud sich all der aufgestaute Zorn, mit einem ruckartigen rechten Schwinger erwischte ich ihn komplett unvorbereitet. Meine Faust traf mit voller Wucht seine linke Schläfe. Bevor er überhaupt realisiert hatte, was geschehen war, lag er rückwärts auf dem Boden. Es war wohl ein Volltreffer, denn er schien für einen kurzen Moment das Bewusstsein verloren zu haben. Ich war nicht darauf gefasst, wie viel Schmerz ich mir selbst zufügen würde. Meine rechte Hand schmerzte brutal, doch die Wut und der Zorn wischten alles weg.

Jetzt zog ich meine Pistole hervor, durch Tricks ihm ein Geständnis zu entlocken war mit dem Faustschlag zunichtegemacht worden. Es musste wohl die Brechstange richten. Korsik kam wieder zu Sinnen: „Was zum Teufel sollte das denn? Ticken Sie nicht mehr ganz sauber?" „Schnauze", war meine Antwort, die großen Nachdruck erhielt, als er meine Waffe erblickte. Er kroch zur nächsten Wand und lehnte sich dagegen. Mit der linken Hand hielt er seine malträtierte Schläfe. „Erkennst du jetzt, wer ich bin?", schrie ich ihm ins Gesicht. Um noch mehr Macht zu demonstrieren, stand ich auf. Meine aggressive Stimmung, war in offene Wut übergegangen. „Bitte, bitte. Ich hab keine Ahnung wer Sie sind. Nehmen Sie sich einfach das Wertvollste, aber lassen Sie mich bitte in Ruhe", wimmerte er mir von unten entgegen.

In einer ruhigen Bewegung hob ich die Pistole an, sodass ihr Lauf direkt auf seinen Kopf zeigte. Ihm musste wohl etwas nachgeholfen werden: „Ich bin Felix Steffens, du Scheißkerl. Hilft dir das auf die Sprünge?" Die Versuchung war groß, einfach abzudrücken. Diesen Unmenschen unter die Erde zu bringen, das wäre Gerechtigkeit gewesen. Es wäre aber auch die einfachere Lösung für ihn. Er sollte sein ganzes Leben lang leiden. „Es tut mir leid, der Name sagt mir nichts", stammelte er kaum verständlich. Also gut, er wollte ein Spiel spielen, das konnte er haben, schließlich machte ich die Spielregeln.

Ich trat ihm in die Seite. Mein Gott, fühlte sich das gut an. Schmerzverzerrt krümmte Korsik sich auf dem Boden. Wie er so am Boden zappelte, stieg ein Hochgefühl in mir auf. Ich hatte es geschafft die Oberhand zu gewinnen. Er würde die verdammte Tat gestehen, das schwor ich bei meiner Frau und meiner Tochter. Ich schaute kurz aus dem Fenster, nichts Ungewöhnliches ereignete sich draußen, wir waren ungestört. Korsik brachte kein Wort mehr über die Lippen. Hatte er endlich eingesehen, dass es für ihn keinen Ausweg mehr gab? Holten ihn seine schlimmen Verbrechen ein? Hatte er sie vielleicht sogar verdrängt? Nein, so einer genießt das Töten und Vergewaltigen. Er hatte jede Sekunde ausgekostet.

„Erinnerst du dich jetzt? Verena und Katharina hießen sie. Damals in Hann-Münden, du Ausgeburt der Hölle. Zusammen mit deinem Kumpel Liebknecht", frischte ich sein Gedächtnis auf. Mit Sicherheit wusste er, wovon ich redete. Hatte er vielleicht den Verdacht, ich würde ein Mikro tragen? Das konnte ich mir beim besten Willen nicht vorstellen. Oder es war so ein Gangster Trick wie bei der Maffia, gib niemals etwas zu, egal was passiert. Vom Boden kam nur noch ein leises wimmern. Es musste ein anderer Ansatz her. Ich schlug einen sanfteren Ton an, blieb aber direkt: „Na los, komm da vom Boden weg. Setz dich auf den Stuhl." Mit der Pistole deutete ich auf den Stuhl, von dem ich aufgestanden war. Es dauerte verdammt lang, bis er sich auf den Stuhl geschleppt hatte. Er hatte angefangen zu schwitzen wie ein Schwein. Das Gesicht war immer noch schmerzverzerrt, die Augen wirkten rot nach dem Geheule auf dem Boden.

Gerade als ich einen neuen Versuch starten wollte, klingelte das Telefon. „Denk nicht mal dran", bedeutete ich Korsik. Es klingelte und klingelte, schließlich sprang der Anrufbeantworter an: „Moin, moin. Hier Franz Korsik. Ich bin zur Zeit nicht da, bitte hinterlasse eine Nachricht nach dem Piepton", es piepte. Dann sprach eine kräftige Männerstimme das Band voll: „Ja Guten Tag Herr Korsik. Hier spricht Polizeihauptkommissar Sensbruck. Ich muss Sie in einer sehr wichtigen Angelegenheit sprechen. Wenn sie dieses Band abhören, rufen Sie bitte beim Polizeipräsidium an und lassen sich zu mir durchstellen. Nochmal, es ist auch für Sie von äußerster Wichtigkeit. Danke."

Das traf mich komplett unvorbereitet. So dicht waren sie mir schon auf den Fersen. Es war alles andere als eine gute Nachricht. Ich musste mir etwas einfallen lassen. Den Plan mit einem schnellen Geständnis konnte ich vergessen. Hier war es viel zu riskant. Wie gut, dass ich ein Auto hatte. Es gab nur einen Ort, an den ich fliehen konnte, die Schrebergartenhütte. Korsik musste natürlich mit. „Hey Korsik! Gib mir ein Handtuch. Zack, zack!", befahl ich ihm. Unter dem Handtuch konnte ich gut meine Waffe verstecken. Ich folgte ihm ins Badezimmer. Ein kleines Handtuch reichte völlig aus.

„So, jetzt machen wir einen kleinen Ausflug. Wenn du einmal schreist oder versuchst zu fliehen, dann erschieß ich dich. Glaub mir, dir würde ich keine Träne nachweinen. Draußen steht mein Auto. Wir gehen beide zur Fahrerseite, dann steigst du vorne ein. Danach setze ich mich hinter dich. Die Pistole ist die ganze Zeit auf dich gerichtet. Wenn wir beide sitzen, geb ich dir den Autoschlüssel. Du fährst wohin ich es dir sage, verstanden?"

Es hatte ihm komplett die Sprache verschlagen, ein heftiges Kopfnicken ließ mich wissen, er hatte verstanden. Langsam gingen wir durch die Vordertür. Ich trieb ihn vor mir her wie ein Raubtier seine Beute. Er machte keine Anstalten, etwas Unüberlegtes zu tun. Jetzt war der Parkplatz direkt vor dem Haus Gold wert. Ich schloss das Auto auf und öffnete ihm die Fahrertür. Als er sich gesetzt hatte, tat ich das gleiche. Die Pistole unter dem Handtuch versteckt, legte ich mir den Sicherheitsgurt an, falls er mich mit dem Bremspedal aus dem Gleichgewicht bringen wollte. Ich reichte den Schlüssel nach vorne. Korsik startete den Motor und wir verschwanden im eintönigen Bremer Straßenverkehr.

Kapitel 17

Nach Hajos kleiner Brandrede hatte auch Knut wieder neuen Mut gefasst. Das Unverständnis über den Verlauf des Tages war zwar geblieben, doch die Kommissare gewannen ihren Tatendrang zurück. Ja mehr noch, sie stürzten sich kopfüber in die Aufklärung dieses so grausam inszenierten Schauspiels. Der Wille nach Erkenntnis wurzelte tief in ihnen.

„Jetzt, wo ich weiß, dass dieser Franz Korsik komplett unschuldig ist", übernahm Hajo mal wieder das Kommando, „müssen wir ihn umgehend erreichen. Hast du seine Telefonnummer?"

„Nein hab ich nicht, aber ich such sie dir eben raus, vielleicht steht er ja im Telefonbuch", antwortete Knut energisch. Er suchte per Handy die Telefonnummer und hatte nach wenigen Sekunden Glück. Hajo wunderte sich aufs Neue, wie Knut mit der heutigen Technik umzugehen wusste. Das Telefon schellte, es war nur der Anrufbeantworter. Er hinterließ eine dringliche Nachricht und kehrte zu den anderen Hinweisen zurück. Hajo machte eine Bestandsaufnahme: „Also gut, was haben wir jetzt genau? Vor allem, was können wir erstmal links liegen lassen? Da wären zum einen all diese Beweise über den fiktiven Fall, das stellen wir zurück. Ob wir da reale Informationen erhalten ist sehr fraglich. Es gibt Wichtigeres im Moment. Uns ist da gestern eine gravierende Sache durch die Lappen gegangen, wir brauchen alle Telefonverbindungen des Anschlusses in der Contrescarpe. Da machst du dich als erstes ran. Dann geben wir eine Fahndung für den Sprinter raus. Ich kann mir nicht vorstellen, dass Steffens so dumm ist, ihn zu benutzen, aber man weiß ja nie. Ich werde schnurstracks zur Spurensicherung marschieren. Eventuell haben sie was Neues, denen muss dringend mitgeteilt werden, auf welche Spuren sie sich konzentrieren sollen. Das sollte nicht allzu lange dauern. Wir treffen uns danach beim Auto und fahren zu Korsiks Wohnadresse. Mach dich auf einen langen Tag gefasst." Knut hatte schon mit seinen beiden Aufgaben begonnen, während Hajo eilig das Büro verließ.

Sein Kopf brummte gewaltig, er hatte angefangen zu schwitzen, Hajo hatte so etwas noch nie erlebt. Binnen weniger Sekunden hatten sich ihre Mordermittlungen in einen Personenschutz verwandelt. Vorerst jedenfalls, solange er keine gegensätzlichen Beweise fand, nahm er an, die Leiche im Keller war Raphael Liebknecht, der ja eines natürlichen Todes gestorben war. Hier läge dann eine Leichenschändung vor, doch das interessierte ihn im Moment überhaupt nicht, denn er ging davon aus, dass Felix Steffens auf der Jagd war. Wie sich diese ganze Geschichte entwickelt hatte, war ihm vollkommen unklar. Nichts desto trotz schwebte Franz Korsik in höchster Lebensgefahr. Sie suchten jetzt nicht mehr eine Person, sondern zwei. Auf dem Weg zur Spurensicherung entschied er sich dafür, zusätzlich eine Fahndung nach Korsiks Wagen herauszugeben. Nachher sollte ihm niemand vorwerfen, er hätte fahrlässig gehandelt. Vor dem Eingang der Spurensicherung schnaufte er durch. Seine alten Knochen wollten nicht mehr so, wie er wollte.

Siegfried Petzold, genannt Siggi, stand über seinen Schreibtisch gebeugt, falls man diesen noch so nennen mochte. Überall stapelten sich die Akten, lagen lose Papiere herum oder verschlossene Tüten mit Beweismaterialien. Genau diesem Mann wollte Hajo einen Besuch abstatten. Siggi hatte hier den Überblick, auch wenn es gerade keineswegs danach aussah.

„Mensch Hajo, da hast du uns ja was Schönes eingebrockt",
wurde Hajo von ihm begrüßt. „Wir werden uns hier die Finger
wund arbeiten. An deinem Blick kann ich es schon erkennen,
jetzt kommt die nächste Hiobsbotschaft."

„Moin Siggi, tja, das kann man so oder so sehen. Einerseits
werdet ihr wohl weniger Arbeit haben, andererseits ist
wahrscheinlich das meiste, was ihr aus der Wohnung geholt
habt, ein Hirngespinst. Dieses ganze Material über den Mord
an der Frau und dem Kind. Da hat uns einer gewaltig an der
Nase herumgeführt", teilte Hajo vorsichtig mit. Er wusste, die
Jungs hatten sich schon den ganzen Tag richtig reingehängt.
„Das ist jetzt nicht dein ernst? Sechs Leute arbeiten seit fast
sieben Stunden ununterbrochen, da, und ich zitiere hier, es
allerhöchste Priorität hat. Dann können wir bestimmt zwei
Drittel wieder aussortieren", empörte sich Siggi. Hajo mochte
den kleinen Kerl, deswegen wollte er kaum aussprechen, was
er noch anfügen musste: „Ganz so einfach ist die Lage nicht.
Falls wir aus den realen Spuren keine neuen Hinweise
bekommen, müssten wir diesen fiktiven Fall aufrollen. Da
draußen läuft wahrscheinlich ein psychisch Gestörter herum,
der alles für bare Münze hält."

„Du willst also, dass wir Spuren und Informationen aus einem
fiktiven Fall herausfiltern? Na, das wird ja immer schöner hier.
Als ob wir nicht schon genug mit dem verwitterten Keller zu
tun gehabt hätten. Weißt du eigentlich, wie viel nutzloses Zeug
wir analysieren mussten? Nein der feine Kommissar hat ja nur
seinen Verdächtigen im Auge."

Hajo kannte Siggi schon seit vielen Jahren. Er war ein von
Grund auf herzensguter Mensch. Wenn er sich aufregte,
verpuffte seine Aggression auch schnell wieder. Deswegen
versuchte Hajo ihn etwas aufzumuntern: „Nimm's sportlich, so

einen kuriosen Fall hattest du doch auch noch nicht auf deinem Tisch. Vielleicht schreibt ja sogar ein Fachmagazin über die gute Arbeit der Spusi in diesem Fall." Siggi musste ein wenig grinsen: „Du weißt ganz genau, dass das niemals passieren wird. Nun gut, kann man nichts machen. Machst du ja auch nicht mit Absicht. Dann stellen wir den ganzen Kram zurück und kümmern uns zuerst um die harten Fakten. Wir haben wieder DNS von zwei Männern und einer Frau gefunden. Morgen wissen wir es ganz genau, aber erste Untersuchungen legen nahe, es handelt sich hier um dieselben Personen wie im Kellergeschoss, abzüglich der Leiche. Da müssen wir zur Bestätigung aber noch die komplette DNS Analyse abwarten, trotz", er machte mit seinen Händen zwei Anführungszeichen, was jetzt wiederum Hajo ein Grinsen ins Gesicht trieb, „allerhöchster Priorität bekommen wir das Ergebnis heute nicht mehr rein. Da wir ja so viel Beweismaterial sichern mussten, konnten wir die genaueren Analysen noch nicht durchführen. Eine Sache hab ich allerdings noch für dich", er machte eine kunstvolle Pause, um Hajo noch ein wenig auf die Folter zu spannen, „wir haben in jedem Raum mehrere dieser mysteriösen Löcher in den Wänden gefunden. Diesmal waren sie etwas versteckter, doch es waren pro Raum zwei bis drei. Sie hatten ungefähr die Größe eines zehn Cent Stückes. Da du ja auf sowas stehst, hab ich einen Grundriss der Wohnung angefertigt und alle Löcher eingezeichnet. Natürlich hab ich auch die Höhe daneben geschrieben."

Siggi kannte Hajo gut, der hatte in dieser ganzen Hektik den Löchern keine Beachtung mehr geschenkt. Mit diesen Neuigkeiten rückten sie wieder in seinen Fokus. „Dank dir Siggi, du machst hier eine Spitzenarbeit. Tut mir leid, diese ganzen Umstände, wir waren auch schon kurz davor zu verzweifeln. Normalerweise sind meine Opfer tot, bei diesem Fall könnte ich zur Abwechslung mal ein Leben retten. Du hast mir dabei sehr geholfen. Falls ihr irgendwas Bahnbrechendes findet, ruf bitte Knut auf dem Handy an."

„Alles klar, mach ich", bestätigte Siggi. Bevor er geendet hatte, war Hajo schon fast aus dem Zimmer heraus. Den Grundriss in der Hand, bahnte er sich den Weg zum Fuhrpark. Auf dem Weg dorthin, ließ er noch Franz Korsiks Auto zur Fahndung ausschreiben. Der zuständige Beamte guckte Hajo an, nach dem Motto: „Na ihr lasst aber im Moment eine Menge zur Fahndung ausschreiben."

Knut saß schon im Wagen. Er tippte auf seinem Handy herum, während Hajo sich auf dem Beifahrersitz anschnallte. „Hast du etwas Neues von der Spurensicherung?", fragte Knut, während er auf den Grundriss von Steffens Wohnung deutete. „Nichts, was uns jetzt hilft. Sie haben noch mehr Löcher in den Wänden gefunden, wie in dem Kellergeschoss. Anscheinend waren in der Wohnung dieselben Personen, wie in der Osternburger Straße. Sie warten noch den DNS Test zur Bestätigung ab, sind sich aber ziemlich sicher", erklärte ihm Hajo. Knut startete den Motor und fuhr los. „Erst zur Vagtstraße 18, Sense?", wollte er wissen. Hajo bejahte dies, schon halb versunken in Gedanken. Er beschäftigte sich mit den Löchern. „Was hast du denn überhaupt herausgefunden?", bemerkte er nach einiger Zeit. Knut erzählte es ihm: „Der Sprinter ist zur Fahndung raus. Die Telefonliste hab ich auch. Nach dem Leichenfund hat er nur ein Gespräch geführt mit einer gewissen Svenja Kramm. Hab in der Kürze der Zeit noch nichts über sie herausgefunden. Vorher hat er eine Menge telefoniert, allerdings endeten seine Telefonate schon zehn Tage vor dem Leichenfund. Eine Art Funkstille vielleicht. Davor allerdings konnte ich noch mehrere

Gespräche mit dieser Svenja Kramm feststellen. Ansonsten ein ziemliches Durcheinander. Da muss man sich länger dransetzen."

Hajo war mit dem Gehörten zufrieden. Svenja Kramm würde ganz oben auf ihrer Liste stehen. Sobald sie Korsik getroffen hatten, war sie ihr nächstes Ziel. Zügig erreichten die beiden Franz Korsiks Wohnung. Ihm gehörte wohl das komplette Haus. Hajo klingelte, während Knut schon wieder mit seinem Handy beschäftigt war. Niemand öffnete die Tür, der Flur war ziemlich dunkel, weswegen man kaum erkennen konnte was innen geschah. Plötzlich stieß Knut ein Geräusch der Überraschung aus. „Was ist los?", fragte Hajo. Knut streckte ihm sein Handy entgegen. Darauf zu sehen war ein Bild von einer blonden Frau, ungefähr 30 Jahre alt, hübsch anzuschauen. Dazu erklärte Knut folgendes: „Das hier ist Svenja Kramm. Die hab ich gestern in der Contrescarpe 120 gesehen. Als du schon weg warst, ist sie von oben heruntergekommen. Sie ist unter einer ganz anderen Adresse gemeldet. Höchstwahrscheinlich war sie in der Wohnung von Felix Steffens, als wir dort geklingelt haben. Zu dem Zeitpunkt war sie ja noch gar nicht auf unserem Radar, also hab ich sie einfach gehen lassen. Kann ja schlecht jeden verhaften, der dort ein- und ausgeht. Sie sagte, sie hätte eine Freundin besucht. Ich hab den Namen auf dem Klingelschild nachgeprüft, er existierte, so hab ich mir nichts dabei gedacht."

„Ja schon ok Knut. Der Korsik ist ja anscheinend nicht Zuhause, dann wollen wir doch gleich zu dieser Svenja Kramm weiterfahren. Wenn sie in der Wohnung war, muss sie Kontakt mit Steffens gehabt haben oder sie hatte seinen Schlüssel, weswegen er vielleicht keinen eigenen hatte. Das passt schon wieder nicht zu der peinlich genauen Inszenierung in der

Osternburger Straße. Mal gucken, ob wir sie antreffen, lass uns fahren."

Die beiden stiegen in das Auto. Svenja Kramm wohnte in der Poststraße 13, nicht weit von ihrem aktuellen Standort. Hajo machte sich Sorgen, weil sie Franz Korsik nicht angetroffen hatten. Es half alles nichts, mit Svenja Kramm hatten sie die nächste heiße Spur. Gestern noch enthielten die Ermittlungen zu wenige Spuren, heute konnten sie gar nicht jedem neuen Hinweis nachgehen, so viel prasselte auf die beiden ein. „Was hast du denn bis jetzt über Svenja Kramm herausgefunden?", fragte Hajo. Knut verzog ein wenig das Gesicht: „Nun ja, die Zeit war knapp. Außer ihrer Adresse hab ich eigentlich nur noch in Erfahrung bringen können, dass sie Schauspielerin ist. Sie tritt im Goethe Theater auf. Keine wirklichen Hauptrollen, aber sehr regelmäßig. Deswegen wohnt sie wahrscheinlich auch in der Poststraße. Eine Verbindung zu Steffens konnte ich bis jetzt noch nicht finden."

„Dann wollen wir mal hoffen, dass sie zu Hause ist. Vielleicht kann sie etwas Licht in das Dunkel bringen, sie scheint ja sehr regelmäßigen Kontakt zu Steffens gehabt zu haben. Dann bekommen wir einen besseren Einblick in seine psychische Verfassung. Wer sich so eine Scheinwelt erschafft, kann doch ansonsten nicht vollkommen normal sein", schloss Hajo das Thema ab. Sie hatten schon fast die gesuchte Adresse erreicht.

Hajo klingelte beim Namen Kramm, sie wohnte wohl nicht alleine, wie das Klingelschild verriet. Zeitgleich stellte Knut noch eine Streife ab, die Korsiks Haus beobachten sollte. Hajo konnte sich nicht daran erinnern, jemals das ganze Präsidium so auf Trab gehalten zu haben. Aber schließlich ging es um Leben und Tod, da konnten sie keine Rücksicht nehmen. Eine Frauenstimme ließ sie über die Sprechanlage ins Haus.

In der nächsten Tür erwartete die Kommissare eine junge Frau mit schwarzen Haaren.

„Guten Tag, wir würden gerne mit Svenja Kramm sprechen", begann Knut das Gespräch. Eine freundliche Antwort folgte: „Das tut mir leid, aber die hat sich schlafen gelegt und wollte unter keinen Umständen gestört werden."

„Da hat sie leider keine Wahl", erklärte Knut, während er seinen Polizeiausweis vorzeigte, „wir müssen dringend mit ihr sprechen. Dürften wir reinkommen?"

„Oh, ja klar, wenn das so ist. Kommen Sie rein. Hier können Sie sich setzen", entgegnete die junge Frau nervös. Dabei deutete sie auf einen Tisch in der angrenzenden Küche, „ich werde sie sofort holen. Eine Minute bitte."

„Dankeschön", die beiden setzten sich an den Tisch in der recht geräumigen Küche. Nach ein paar Minuten kam Svenja Kramm in die Küche. „Guten Tag, womit kann ich behilflich sein?", sie gab jedem die Hand und setzte sich ebenfalls.

„Gut, dass wir sie angetroffen haben. Wir ermitteln in einem Mordfall. Es geht um Ihren Freund Felix Steffens", übernahm Hajo das Gespräch. Er beobachtete genau, wie sie sich bei diesem provokanten Anfang verhielt. Ihr Gesicht zeigte Bestürzung: „Oh mein Gott, Professor Steffens ist tot? Wie ist das denn passiert? Ich hab doch vor ein paar Tagen noch mit ihm gesprochen."

„Nein, nein, Frau Kramm. Felix Steffens ist nicht tot.", Erleichterung machte sich auf ihrem Gesicht breit. Hajo fuhr fort: „Wir suchen ihn nur dringend als Zeugen. Er wurde gesehen, als er vom Tatort weggegangen ist. Seit ein paar Tagen ist er unauffindbar. Sie sagten Professor Steffens? Wie darf ich das verstehen?", natürlich wusste Hajo, dass Steffens

Psychologie Professor war, doch er wollte es von ihr gesagt bekommen.

„Er ist mein Psychologie Professor an der Universität. Er hilft mir bei meiner Bachelor Arbeit. Ich kann ihnen aber auch nicht sagen, wo er jetzt ist", Svenja Kramm spielte die Unschuld vom Lande. Hajo schien es etwas zu perfekt zu sein, noch hatte sie ihn nicht überzeugt, er hakte nach: „Psychologie Professor? Laut unseren Informationen sind Sie Schauspielerin und vom Goethe Theater engagiert."

„Ja das stimmt auch. Vor einigen Jahren bin ich aus meinem Traum aufgewacht, eine berühmte Schauspielerin zu werden. Das, was ich jetzt verdiene, hält mich gerade so über Wasser. Da hab ich mich entschieden, Psychologie zu studieren. Als Psychologe verdient man deutlich mehr", sie ließ sich nicht aus der Fassung bringen. Auf jede Frage hatte sie eine gute Antwort parat. Hajo fragte weiter: „Professor Steffens hat sie vor vier Tagen angerufen, worum ging es in dem Gespräch?"

„Da ging es um meine Bachelor Arbeit. Ich schreibe über das Asperger Syndrom, er wollte mir noch eine interessante Fallstudie ans Herz legen. Die habe ich dann auch sofort nachgeschlagen, wenn Sie wollen zeig ich sie Ihnen", kam es gebetsmühlenartig von ihr. Das war Hajo doch eine Spur zu perfekt. Direkt noch einen Beweis zur Hand zu haben, der das Telefongespräch untermauert. Und wieso sollte Steffens, einen Tag nachdem er einen Mord inszeniert hatte, sich um die Bachelor Arbeit einer beliebigen Studentin kümmern? Das war sein einziger Anruf, sonst nichts. All seine Erfahrung schrie: Hier ist etwas faul im Staate Dänemark. Leider hatte er nichts gegen sie in der Hand, ein letztes Ass hatte er noch im Ärmel, mal gucken ob sie das aus der Fassung brachte: „Wie erklären sie denn, dass sie gestern in seiner Wohnung waren?"

161

„Das hab ich doch ihrem Kollegen gestern schon gesagt, sie haben doch nicht geglaubt, ich hätte Sie nicht wiedererkannt", sie nickte in Knuts Richtung, „ Ich war bei meiner Freundin Marta, Marta Waalen. Sie wohnt in demselben Haus wie Professor Steffens. Gestern haben Sie ja kein Wort darüber verloren, dass es um den Professor geht."

Sie war richtig abgezockt, jedes Detail passte zusammen. Nach Hajos Erfahrung, passte nie alles zusammen. Sie hatte dieses Gespräch erwartet, ihre Schauspielkünste waren ja sogar beruflicher Natur. Doch was hatte sie denn für ein Motiv, in dieser wahnsinnigen Geschichte involviert zu sein? Im Moment konnten sie hier gar nichts machen. Svenja Kramm wurde noch informiert, sie würden alles überprüfen, was sie gesagt hatte. Auch das schien keine Reaktion bei ihr hervorzurufen. Als sie wieder im Auto saßen, bestätigte Knut Hajos Bauchgefühl. Hier stimmte aber ganz gewaltig etwas nicht. Diese Frau durften sie nicht mehr aus den Augen lassen. Knut würde Svenja Kramm beschatten, vielleicht führte sie die beiden sogar zu Steffens selbst. Um ihr auf den Fersen bleiben zu können behielt Knut das Auto vor Ort. Hajo setzte sich mit dem Grundriss von Steffens Wohnung in die nächste Straßenbahn Richtung Polizeipräsidium.

Kapitel 18

Nachdem wir einige hundert Meter gefahren waren, konnte ich mich wieder auf meine eigentliche Aufgabe konzentrieren. Die Polizei war mir tatsächlich dicht auf den Fersen. Sie mussten meine Wohnung durchsucht haben, dabei fanden sie natürlich alles über den Fall. Es war mir egal, ich saß zur Zeit am längeren Hebel. Das einzige, was mich interessierte, war das Geständnis. Während der Autofahrt gab ich Korsik nur Anweisungen zur Fahrtrichtung. Dadurch gewann ich etwas Zeit, um über die letzten Minuten nachzudenken. Er verhielt sich ganz und gar nicht wie ein brutaler Killer. In meiner Vorstellung hatte es das Szenario gegeben, in dem Korsik mir vormachte, von nichts zu wissen. Doch da war er ein trotziger, mich auslachender Psychopath gewesen, nicht ein winselnder Jammerlappen, der keinen Mut fand, sich zu äußern.

Die Autofahrt verlief reibungslos. Bevor wir ausstiegen, schärfte ich Korsik genauestens ein, dass er sich ruhig verhalten sollte. Als wir die Hütte erreicht hatten, schloss ich ihn vorerst im fensterlosen Badezimmer ein. Es musste doch in dieser Hütte etwas zu finden geben, womit ich ihn ausbruchsicher fesseln konnte. Ich durchsuchte die Küchenzeile, dann den Schrank. In einer Schublade wurde ich schließlich fündig, zwischen verschiedenen Werkzeugen lagen mehrere Kabelbinder. Korsik saß noch genauso verkümmert auf der Toilettenschüssel, wie ich ihn zuvor zurückgelassen hatte. Er schien in einer Art Schockstarre zu sein, anscheinend war ihm nie in den Sinn gekommen, seine Vergangenheit könnte ihn einholen. Ich zerrte ihn aus dem kleinen Badezimmer hin zu einem Stuhl. Dort wurden seine Hände mit den Kabelbindern hinten am Stuhl festgebunden. Er stieß einen dumpfen Schrei des Schmerzes aus, als die Kabelbinder immer fester in seine Handgelenke schnitten. Es war ein Genuss, er sollte so viel leiden, wie nur möglich. Rachegelüste stiegen in mir empor, jetzt war er gekommen, der Tag der Abrechnung. Auch wenn ich mich nicht mehr daran erinnern konnte, über ein ganzes Jahr hatte ich mich auf diesen Moment vorbereitet. Die Kontrolle behalten war oberstes Gebot, Fehler durfte ich nicht machen. Nachdem der erste überbordende Schwall an Zorn und Wut verebbt war, nistete sich tief in meinem Inneren eine machtvolle Ruhe ein.

Als Korsik noch im Badezimmer gewesen war, hatte ich alle Beweise aus der Wohnung beiseite gelegt. Jetzt sollten sie ihm präsentiert werden. Ich schob seinen Stuhl in die Mitte des Raumes, davor wurde der Tisch platziert. So konnte man gut um das komplette Gebilde gehen. Alles war unter meiner Kontrolle. Ganz langsam fing ich an, einzelne Fotos und Zeitungsberichte auf dem Tisch auszubreiten. Zum ersten Mal, seit Korsik meinen ersten Schlag einstecken musste, schien er aus seiner Lethargie zu erwachen. Der Blick glitt von einem Objekt zum nächsten. Ich beobachtete ihn mit Argus Augen. Es schien nicht so, als ob er diese Geschichte zum ersten Mal sah, doch es lag Unverständnis in seinem Blick. Zeit, ihm auf den Zahn zu fühlen: „Kannst du dich jetzt erinnern? Entführt, vergewaltigt und brutal ermordet habt ihr sie", während ich diesen Satz aussprach, ballten sich meine Hände zu Fäusten. In was für eine schreiend ungerechte Welt bin ich hier bloß geraten. Stotternd versuchte Korsik einen Satz herauszubringen: „Ich...ich weiß wirklich nicht, was...was das Ganze soll." Ich knallte meine Faust auf den Tisch und schrie ihm ins Gesicht: „Lüg mich nicht an ‚du Schwein! Wir wissen beide, was du getan hast!"

Korsik zuckte angstvoll zusammen, was ihm weitere Schmerzen bereitete, da er dabei vergaß, wie stramm er gefesselt war. Schluchzend richtete er sich wieder auf. Mein Ton war immer noch angsteinflößend, aber lange nicht mehr so laut: „Du weißt was ich will. Wenn ich ein Geständnis höre, bist du in wenigen Minuten raus aus dieser misslichen Lage. Wenn nicht", ich machte eine Pause, um meinen Worten Nachdruck zu verleihen. Gleichzeitig spielte ich mit der Pistole vor seinem Gesicht herum, „wenn nicht, dann haben wir beide hier eine Menge Spaß zusammen. In meinem Kalender sind für heute keine Termine mehr eingetragen. Wenn ich's mir recht überlege, habe ich die ganze nächste Woche Zeit, nur für dich. Überleg es dir, du kannst entscheiden, wann wir beide nach Hause gehen."

Es kam keine Antwort. Langsamen Schrittes ging ich nach draußen. Korsik sollte im eigenen Saft schmoren. Zugleich wollte ich draußen nachschauen, ob jemand auf uns aufmerksam geworden war. Obwohl es nach 18 Uhr war, brannte die Sonne immer noch unerbittlich herab. Von einem schattigen Plätzchen aus beobachtete ich die anderen Parzellen. Alles schien ruhig, keine Menschenseele war zu sehen. Nach ungefähr zehn Minuten betrat ich erneut die Hütte.

Innen war es sehr stickig. Das gefiel mir, auf mein eigenes Wohl konnte ich nicht achten, Korsik würde diese Luft zusätzlich einheizen. Sein Hemd war schon komplett durchgeschwitzt. Ich setzte mich ihm gegenüber auf einen Stuhl. Unsere Blicke trafen sich, hoffentlich zeigten meine Augen die Entschlossenheit, die tief in mir verwurzelt war. Dann fing er unvermutet an zu reden: „Hören Sie, Herr

165

Steffens, wir sind doch beide vernünftige Menschen. Das, was Ihnen passiert ist, tut mir unendlich leid. Ich finde gar keine Worte, diese Grausamkeit zu beschreiben, aber ich bin das nicht gewesen. Vielleicht gibt es ja noch einen anderen Franz Korsik, ich kann mir das auch nicht erklären. Ich flehe sie an, bitte glauben Sie mir!"

„Willst du mich eigentlich verarschen?", ich konnte es nicht fassen. Da machte dieses Arschloch doch tatsächlich mit dieser Show weiter. Ich stand energisch auf, dabei flog der Stuhl nach hinten. Blitzartig ging ich um den Tisch herum, nahm seinen Kopf und drückte ihn mit der Nasenspitze auf einen Zeitungsartikel mit Foto. „Siehst du das, du Dreckssschwein. He, bist du das hier oder nicht? Der Kerl sieht doch verdammt genauso aus wie du."

„Ja, ja, ich kann es mir doch auch nicht erklären. Das muss einer dieser unmöglichen Zufälle sein."

„Hältst du mich eigentlich für völlig verblödet? Ein Mann, der so heißt wie du und auch noch genauso aussieht? Wie viele Zufälle soll es denn noch geben? Die DNS, die am Tatort gefunden wurde, welche vom Gericht ausgeschlossen wurde, die war auch zufällig dieselbe, nicht wahr?"

„Ja, die DNS, Sie können mich testen lassen. Ich bin das nicht gewesen, die DNS stimmt nicht überein", seine Stimme wurde wieder hoffnungsvoller. Er hatte definitiv einiges an schauspielerischem Talent. Wenn ich die Fakten nicht haargenau gekannt hätte, würde er mich eventuell überzeugen können. Natürlich kam eine weitere DNS Probe gar nicht in Frage. Ich hatte weder Zeit noch Mittel, einen Vergleich anzustellen, das wusste Korsik. Er versuchte mich hinzuhalten. Je länger ich ihn gefangen hielt, desto eher fände mich die Polizei. Schade, dass ich nur eine Pistole hatte und keinen

166

Revolver, sonst hätte ich eine Runde russisch Roulette mit ihm gespielt. Das Risiko, die Kugel zu erwischen, war klein und falls es doch passierte, wäre mein Problem auch gelöst. Aber nein, Gerechtigkeit konnte nicht der Tod sein, er sollte noch sein ganzes Leben als Kindervergewaltiger im Knast verbringen.

„Erzähl kein Scheiß Korsik, wir beide wissen, die DNS wurde als Beweismittel ausgeschlossen. Sie nützt keinem etwas. Außerdem, hast du vielleicht ein kleines DNS Überprüfungssystem Zuhause rumstehen?", ohne die Antwort abzuwarten fuhr ich fort, „Nein, das hatte ich auch nicht angenommen."

„Ok, ok, hier steht, Franz Korsik sei Auto Mechatroniker. Ich bin Mediziener, habe studiert. Das kann man leichter nachprüfen. Ich bin in der Forschung tätig. Gucken sie meine Hände an, die haben nie einen Automotor berührt. Keine Schwielen gar nichts", anscheinend hatte ihn neue Hoffnung beseelt. Er versuchte, hinter dem Rücken seine Hände zu spreizen. Das gelang ihm eher schlecht als recht. Meine kurzzeitige Aggression war verflogen, ich setzte mich wieder auf den Stuhl.

„Du warst die letzten Monate arbeitslos, da macht man auch nichts mit den Händen. Ich kann mir auch aus dem Internet ein Mediziner Diplom ausdrucken und meinen Namen reinschreiben", erklärte ich ihm. Doch er wusste nicht, dass er da einen wunden Punkt getroffen hatte. Svenjas Informationen waren in puncto Arbeitsverhältnis nicht korrekt gewesen. Waren noch mehr Hinweise falsch? Wie hatte sich denn die Situation in den letzten Minuten so entwickeln können? Ich diskutierte hier mit dem Mörder meiner Familie, mir durfte das jetzt nicht entgleiten. Zusätzlich war ich, seit der Ankunft in

Korsiks Haus, wie in einem Rausch unterwegs. Erst jetzt wurde mir bewusst, wie wenig Zeit mir noch blieb. Svenja wollte gegen Abend hier vorbeikommen, wie würde sie reagieren? Korsik zu entführen war überhaupt nicht unser Plan gewesen. Wir wollten ihn überrumpeln und in ein unbewusstes Geständnis treiben. Von unbewusst konnte keine Rede mehr sein, so ein Mist. Mittlerweile war auch der Akku vom Abhörgerät leer. Mir schwammen langsam die Felle davon. War Korsik so abgebrüht? Hatte er diese Situation erkannt und schamlos ausnutzen wollen? Es spielte keine Rolle, das Abhörgerät musste aufgeladen werden. Ich sah auch keinen Nutzen mehr darin, es zu verstecken. Erneut verließ ich Korsik und ging ins Badezimmer. Das Mikro wurde entfernt, danach wusch ich mir mit kaltem Wasser das Gesicht. Das Unterfangen zehrte an meinen Kräften. Gesammelt betrat ich wieder das Zimmer, vielleicht machte er einen Fehler, wenn er ins Reden kam.

„Nenn mir einen guten Grund warum ich dir glauben sollte", fing ich an.

„Ich habe Ihnen doch schon mehrere genannt", entgegnete er.

„Ich brauche etwas Handfestes, was ich hier überprüfen kann. Keine langwierigen Tests oder andere Personen, die mir deine Lebensgeschichte erzählen."

„Wie soll ich das denn bitte anstellen? Wir sind hier in einer Schrebergartenhütte und meine Hände sind gefesselt. Ich kann Ihnen ja noch nicht einmal etwas im Internet zeigen", er wirkte verzweifelt.

„Dann erklär es mir", trieb ich ihn weiter an.

„Sie glauben mir ja sowieso nicht. Ich forsche seit vier Jahren mit denselben drei Kollegen zusammen. Die können alle bestätigen, dass ich in keinerlei Gerichtsverfahren verwickelt war. Wenn ich die Daten richtig gelesen habe, waren wir sogar teilweise zeitgleich zu diesem Verfahren in den USA auf Forschungsreise. Ich hab eine Telefonnummer im Kopf, die könnten Sie anrufen und sich alles bestätigen lassen. Das müssen Sie doch in Betracht ziehen, machen Sie nicht den größten Fehler ihres Lebens. Ich bin ein unschuldiger Mann. Es dauert doch nur ein paar Minuten", er versuchte sein Bestes. Was kostete mich schon ein Anruf? Bis jetzt konnte ich wirklich noch keine Anzeichen von Unaufrichtigkeit erkennen. Dieser Mann schien von seiner Unschuld überzeugt zu sein. „Also gut, her mit der Nummer."

Das Telefon war eigentlich nur für Notfälle gedacht, doch hier musste ich eine Ausnahme machen. Keineswegs hatte er mich von irgendwas überzeugt. Die Beweislast gegen ihn war einfach zu erdrückend, selbst wenn ich jetzt einen dubiosen Mann am anderen Ende der Leitung hätte, der mir alles bestätigen würde, könnte ich seiner Geschichte keinen Glauben schenken, doch vielleicht waren dann Zweifel angebracht. Korsik gab mir die Nummer, es klingelte. 30 Sekunden vergingen, keine Antwort. Nach 60 Sekunden hatte immer noch niemand den Hörer abgehoben. Das sah Korsik ähnlich, der schmierige Schleimscheißer hätte mich fast soweit gehabt, zu zweifeln. „Tja Korsik, ich hab dir eine Chance gegeben. Du hast sie nicht genutzt. Jetzt werde ich andere Saiten aufziehen", erklärte ich ihm in Ruhe. Das Telefon verschwand wieder in meiner Hosentasche. Ein Ass hatte ich noch im Ärmel, mal gucken wie er auf den grausamen Mord seines Kollegen Raphael Liebknecht reagierte.

„Bitte, bitte! Versuchen Sie es nochmal. Er ist ganz bestimmt da, vielleicht hat er es nicht klingeln gehört", seine Stimme wurde immer mehr zu einem Winseln. Ich legte das Abhörgerät auf den Tisch, steckte das Netzteil in die Steckdose, richtete das Mikrofon auf ihn aus. Dann setzte ich mich auf den Stuhl.

„Hast du von dem rätselhaften Mord in der Osternburger Straße gehört?", fragte ich als erstes. Mit einem kaum sichtbaren Nicken bejahte er dies.

„Weißt du auch warum der Mord so rätselhaft ist?" Diesmal schüttelte er den Kopf.

Ich zeigte mit dem Finger auf ein Tatort Foto aus Hann-Münden. Da lagen meine Frau und Tochter mit entstellten Gesichtern. Ich bekam eine Gänsehaut, doch jetzt musste ich Stärke zeigen. „Genau so sah die Leiche in der Osternburger Straße aus. Kannst du dir vorstellen woher ich das weiß?", ich blickte ihm bei diesem Satz ganz tief in die Augen. Ich hoffte, meine Augen würden eiskalt aussehen. Diesen Blick hielt ich ein paar Sekunden. Plötzlich erweiterten sich Korsiks Pupillen. Mit einem Mal stand ihm die blanke Angst ins Gesicht geschrieben. Er versuchte, noch ein bisschen weiter zurück zu rutschen.

„Ja genau, das bin ich gewesen. Dort unten habe ich über deinen guten Freund Raphael Liebknecht gerichtet. Er wollte auch nicht aussprechen, was damals geschehen war. Da musste ich andere Maßnahmen ergreifen, das fand er gar nicht so nett. Man war das eine Sauerei, ich hab mich da ein bisschen gehen lassen. Dagegen sah meine Frau noch wie eine Schönheit aus." Korsik wusste ja nicht, wie das alles zustande gekommen war, dadurch konnte ich ihm noch mehr Angst einflößen. „Alles, was ich hören will, ist ein Geständnis. So schwer kann das doch gar nicht sein, oder?"

Er schwitzte erbarmungslos, nicht nur der Temperaturen wegen. Jetzt hatte ich ihn, das konnte man spüren. Ich ließ den Moment ein wenig nachwirken. In seinem Hirn schien es gewaltig zu qualmen. Schließlich antwortete er in einem gequälten Tonfall: „Ja, ja alles was Sie wollen. Ich bin es gewesen. Nur bitte, tun Sie mir nicht das Gleiche an." Mehr schien er nicht sagen zu wollen, doch das reichte nicht. Ich wollte die ganze Geschichte. So ein Geständnis zerpflückte jeder x-beliebige Anwalt. Ich brauchte Details, von Anfang bis Ende. „Na also, es geht doch", munterte ich ihn auf, „jetzt erzähl mir wie ihr es angestellt habt. Von Anfang an, wo habt ihr sie entführt, wie viele Male habt ihr sie vergewaltigt?", bei diesem Satz verlor ich fast meine Beherrschung. Tränen der Wut und Trauer schossen mir in die Augen, ich war so kurz vor dem Ziel. Sprich die verdammten Sätze, dann kann ich alles hinter mir lassen, „wo habt ihr sie ermordet?", schloss ich fast weinend. Er schaute mich erschrocken an, hatte er Angst, ich würde ihn so oder so töten? Würde ich bei seinen Ausführungen die Kontrolle behalten können? Darüber hatte ich gar nicht nachgedacht. Jetzt war es schon schwer genug. Dann fing Korsik auch noch an zu weinen, er konnte sich nicht mehr im Zaum halten. Er schrie mich geradezu an: „Ich kann nicht! Verdammt nochmal, ich kann es Ihnen nicht sagen, denn ich bin es nicht gewesen. Verstehen Sie nicht, egal was Sie anstellen, Sie werden es niemals von mir hören können, weil ich es ganz einfach nicht weiß", nach dem letzten Satz sackte er in sich zusammen. Mit dieser Antwort hatte ich nicht gerechnet. Dieser verdammte Bastard, ich konnte meine Aggressionen nicht mehr kontrollieren. Der Stuhl flog ein weiteres Mal, den Tisch packte ich mit beiden Händen und kippte ihn auf die rechte Seite. Alle Dokumente flogen durch den Raum. Der Weg zu Korsik war frei. Ich packte seine Haare und schlug mit voller Wucht zu. Er kippte samt Stuhl hinten herüber. Seine Nase fing blitzartig zu bluten an, er hatte aber

171

noch genug Körperspannung um das Aufschlagen des Hinterkopfes auf den Boden zu verhindern.

Ich erschrak vor mir selbst, war ich das gewesen? Alles fühlte sich so fremd an. Mein Körper schien auf Autopilot zu laufen, ich hatte komplett die Kontrolle verloren. So etwas durfte mir nicht passieren. War genau das bei Raphael Liebknecht passiert? Hatte ich eben gar nicht so dramatisch übertrieben? Schlief in mir ein Monster? Auch wenn ich gute Gründe hatte, so etwas durfte nicht passieren, so wollte ich nicht sein. Ohne mich um Korsik zu kümmern verschwand ich nach draußen. Frische Luft, an etwas anderes konnte ich nicht denken. Meine Kehle schnürte sich zu. Nur langsam erholte ich mich von dem Schock. Die friedvolle Schrebergartenatmosphäre half, mich allmählich zu beruhigen. Meine Lungen sogen die warme Sommerluft tief und kraftvoll ein. Die erste Bestürzung wich, ein erhabenes Gefühl machte sich breit. Das Adrenalin ließ meinen Körper fast schweben. Eine solche Macht über diesen Unmenschen zu haben war gigantisch. Je länger dieses Hochgefühl anhielt, desto mehr Angst bekam ich vor dem fremden Mann im Spiegel.

Kapitel 19

In der Straßenbahn schaute Hajo nachdenklich auf den Grundriss von Steffens Apartement. Seine Gedanken beschäftigten sich nicht nur mit diesen mysteriösen Löchern. Das ganze Gespräch bei Svenja Kramm passte zu diesem vertrackten Fall. Was hatte sie zu verbergen? Selbst bei ihr als Schauspielerin wirkten die Antworten einstudiert. Ihre Mimik und Gestik war brillant, aber der Inhalt war zu perfekt. Das Warum, bereitete ihm noch mehr Sorgenfalten als er sowieso schon hatte. Bis hierhin tappten sie völlig im Dunkeln. Steffens war ja eventuell einfach nur ein psychisch gestörter Mensch, sie hingegen schien vollkommen normal zu sein. Natürlich war er kein Psychologe, aber dieser Fall war nicht mit einer psychischen Störung zu erklären. Knut hatte seinen Laptop dabei, somit konnte er nachprüfen, ob ihre Aussagen der Wahrheit entsprachen. Hoffentlich vernachlässigte er nicht seine eigentliche Aufgabe, die Observation der Verdächtigen.

Nachdem Hajo am Bahnhof die Straßenbahnen gewechselt hatte, war er nun an der Haltestation Polizeipräsidium angekommen. Froh, die stickige Bahn hinter sich gelassen zu haben, lief er eiligen Schrittes in sein Büro. Sie durften keine Zeit verlieren, auch polizeiliche Ermittlungen hatten ein gewisses Momentum, ihres hatte gerade richtig an Fahrt aufgenommen und durfte keinesfalls wieder nachlassen. Im Büro lagen zwei Notizen für ihn bereit. Einmal wurde Steffens Sprinter in der Nähe seines Hauses gefunden, ansonsten keine neuen Erkenntnisse aus der Oberneuländer Eigentumswohnung. Die Zweite galt dem Fahrzeug von Franz Korsik, es wurde in der von ihm angemieteten Garage gefunden. Zwei heiße Eisen waren also aus dem Feuer, allerdings hatte Hajo auch nicht viel von ihnen erwartet.

Er setzte sich erneut an den Computer. Den Rückschlag seiner Computersuche des Vormittags hatte er sehr gut überwinden können, da es ja gar nichts zu finden gegeben hatte. Somit versuchte er, Franz Korsik genauer unter die Lupe zu nehmen. Nach einigen Anläufen fand er einen Artikel im British Medical Journal. Korsik schien über Bremens Grenzen hinaus bekannt zu sein. Er war in der medizinischen Forschung tätig, ein Spezialist im Bereich Neurologie. Der Bericht war ca. ein Jahr alt und handelte von einem Forschungsconvent an der Stanford Universität in Kalifornien. Korsik hatte dort einen Vortrag mit drei anderen seiner Kollegen gehalten. Dann wurde Hajo der Artikel zu fachspezifisch. Er hatte wenigstens die nächste Verknüpfung mit der Universität hergestellt, auch wenn Bremen keinen neurologischen Fachbereich besaß, gab es, wie schon bei vielen vorherigen Hinweisen, eine Verbindung. Die Universität stand im Mittelpunkt, das sagte ihm sein Instinkt. Selbst Svenja Kramm behauptete, Studentin bei Steffens zu sein. Knut teilte ihm sicher bald mit, ob das eine Lüge war. Immer wieder fiel sein Blick auf den Grundriss, keine Eingebung, gar nichts. Er brauchte dringend einen Kaffee, es war schon nach 19 Uhr, es würde eine Nachtschicht werden.

Hajo saß mit geschlossenen Augen in seinem bequemen Bürostuhl, nippte am Kaffee und versuchte, seinen Akku wieder aufzuladen. Unvermittelt klingelte das Telefon, Hajo hätte fast seinen Kaffee verschüttet. „Hauptkommissar Sensbruck am Apparat", meldete er sich. Es war nicht wie erwartet Knut. Eine Frauenstimme, die Hajo nur allzu gut kannte, meldete sich am anderen Ende der Leitung: „Ja hier ist Hauptkommissarin Sensbruck, ich suche nach einer vermissten

Person." Hajo guckte auf den Kalender, es war Freitag und er hatte die Verabredung am Abend komplett vergessen. Jetzt musste er seine Frau vertrösten: „Ach, hallo Schatz. Es ist ja schon so spät, das habe ich gar nicht bemerkt."

„Wir sind um 20 Uhr mit den Hansens verabredet, das hast du doch nicht vergessen, oder?"

„Nein, natürlich nicht. Wir haben nur gerade einen Durchbruch in unseren Ermittlungen, da hab ich die Zeit völlig aus den Augen verloren. Jetzt da ich weiß wie spät es ist, muss ich wohl einsehen, dass ich es heute nicht mehr schaffen werde."

„Och Hajo! Wir gehen so selten mit anderen Paaren essen, ausgerechnet heute. Da hab ich mich schon die ganze Woche drauf gefreut."

„Es tut mir wirklich leid, Liebling. Es geht hier um Leben und Tod. Unser Mordverdächtiger wird wahrscheinlich wieder zuschlagen, uns rennt die Zeit davon."

„Bei dir geht es doch immer um Leben und Tod, das bringt der Beruf nun mal mit sich. Na gut, dann geh ich halt alleine, aber das musst du doppelt und dreifach wieder gut machen."

„Natürlich, du bist die Beste. Womit hab ich dich nur verdient", er schmierte ihr noch ein bisschen Honig um den Bart und verabschiedete sich. Das war nochmal glimpflich ausgegangen, wie gut dass sie angerufen hatte, sonst hätte er später sein blaues Wunder erlebt. Er wendete sich wieder dem Kaffee zu. Die Ermittlungen erforderten seine ganze Aufmerksamkeit, Merle verstand das. Mit ihr hatte er wahrlich das Glückslos seines Lebens gezogen. Wieder ging das Telefon, auf dem Display sah er, dass es Knut war.

„Knut, was hast du für mich?"

„Moin Sense. Svenja Kramm hat das Haus verlassen. Sie fährt grad mit der Bahn Richtung Domsheide. Ich fahr mit dem Wagen hinter der Straßenbahn her."

„Sehr gut, auf alle Fälle dranbleiben. Um diese Zeit ist in der Innenstadt nicht mehr ganz so viel los, du darfst sie nicht aus den Augen verlieren, wenn sie aussteigt. Was hast du über sie herausgefunden?"

„Alles was sie uns gesagt hat, kann ich bestätigen. Ich kenn da jemanden bei der Uni, der mir ihre Credits geschickt hat. Tatsächlich hat sie drei Kurse bei Steffens erfolgreich absolviert. Die sind über die letzten vier Jahre verteilt, sie schreibt im Moment an ihrer Bachelor Arbeit, ich kann dir aber nicht sagen, wie sehr Steffens daran beteiligt ist. Diese Marta Waalen ist auch eine Psychologie Studentin, inwieweit sie mit Svenja Kramm befreundet ist, kann ich nicht sagen. Ich halte es trotzdem für sehr wahrscheinlich, dass sie in Steffens Wohnung war und nicht bei Marta Waalen. Was sagt dir dein Bauchgefühl? Darauf kannst du dich doch immer verlassen."

„Ja, es sagt das Gleiche. Sie war in der Wohnung und hat einige Beweise verschwinden lassen. Vielleicht führt sie uns direkt zu Steffens. Ein bisschen Glück würde uns verdammt gut zu Gesichte stehen. Ich hab mich sogar an den Computer gesetzt und recherchiert."

„Dann muss es wirklich verdammt schlecht um uns stehen, wenn du dich an den Computer wagst", erwiderte Knut halb im Scherz. Ihre Lage war tatsächlich prekär, eine mysteriöse Leiche, ein fiktiver Doppelmord, ein psychotischer Psychologe, ein verschwundener Mediziner und sie jagten einer Schauspielerin hinterher. Wie viel Zeit blieb ihnen noch, den nächsten Mord zu verhindern?

176

„Harte Zeiten verlangen nach harten Maßnahmen", gab Hajo zurück. „Bleib an ihr dran. Falls es Neuigkeiten gibt, melde ich mich. Das gleiche gilt auch für dich."

Damit war das Gespräch beendet. Svenja Kramm war in Aktion. Steckte sie mit Steffens unter einer Decke? Oder versuchte sie ihn aufzuhalten? Hajo war sich zu hundert Prozent sicher, die Studentin hatte ihnen etwas verschwiegen. Vielleicht sollte er sich um einen Durchsuchungsbeschluss bemühen? Doch momentan fehlten Beweise, für ein Bauchgefühl gab es keinen Beschluss. Wieder fiel sein Blick auf den Grundriss. „Verdammt nochmal, was willst du mir sagen", schrie er leise den Plan an. Normalerweise konnte er sich auf seine Kombinationsgabe verlassen, hier wollte ihm kein plausibler Grund einfallen. Warum gab es in manchen Räumen zwei Löcher und in anderen drei? Und wieso machte jemand überhaupt so große Löcher in die Wände? Vielleicht verrannte er sich aber auch in diese Geschichte.

Die Zeit verstrich, Hajo ging alle Beweise wieder und wieder durch. Von Knut gab es auch keine Neuigkeiten. Langsam schritt Hajo von einer Seite des Raumes zur anderen, er wartete auf die zündende Idee. Ein Kollege kam ins Büro und brachte ihm die Telefonverbindungen von Svenja Kramm. Es war eine verdammt lange Liste. Stück für Stück betrachtete er die Nummern, einige wiederholten sich in regelmäßigen Abständen. Sein Blick verharrte auf einer dieser Nummern. Wo hatte er die schon einmal gesehen? Er war sich sicher, diese Nummer war ihm bekannt. Sein Kopf wollte nicht mehr, sein Konzentrationsvermögen sank von Stunde zu Stunde. Es war ein langer Tag und kein Ende in Sicht. Früher waren ihm solche Verbindungen im Nu aufgefallen. Er hatte sich überhaupt nicht anstrengen brauchen, sie erschienen einfach

177

vor seinem inneren Auge. Endlich machte es klick! Das war doch die Nummer von Franz Korsik. Er hatte sie heute Nachmittag selbst gewählt. Sein Notizblock bestätigte die Vermutung. Svenja Kramm und Franz Korsik hatten mehr als zehn Mal miteinander telefoniert. Das war kein Zufall, nie im Leben. Jetzt hatten sie die reale Verbindung zwischen Steffens und Korsik gefunden, es war Svenja Kramm. Das war enorm wichtig, vielleicht reichte es jetzt sogar für einen Durchsuchungsbeschluss. Vielleicht hatte sie Steffens psychischen Zustand für sich genutzt? Raphael Liebknecht oder wer der Tote im Kellergeschoss auch war, diente als Köder, damit Felix Steffens den zweiten fiktiven Täter umbrachte. Hätte Steffens nicht bei Kramm angerufen, wären wir doch niemals auf diese Verbindung gestoßen. Falls der Mord aufgeklärt worden wäre, müsste Felix Steffens die Zeche zahlen. Hajos Gehirn arbeitete jetzt auf Hochtouren. „Wie in alten Zeiten", dachte er. Das musste er Knut mitteilen, so könnte alles einen Sinn ergeben, selbst wenn er immer noch kein Motiv von Kramm erkannte. Das konnte alles Mögliche sein, würde diesen Fall jedoch wieder zu einem normalen Mord machen und all diese Inszenierungen erklären. Der Grundriss der Wohnung geriet wieder in sein Blickfeld. Wie Schuppen fiel es ihm von den Augen, warum hatte er daran nicht schon früher gedacht. Mit einem Bleistift zeichnete er zu jedem Loch zwei gerade Linien, die in einem breiten Winkel in die jeweiligen Räume fielen. Damit deckte er fast jeden Zentimeter der Wohnung ab. Verdammt nochmal, es waren Kameras. Wenn in all diesen Löchern Kameras gewesen waren, konnte man jeden Winkel der Wohnung beobachten. So konnte Svenja Kramm alles sehen, was vor sich ging. Falls Steffens auf die falsche Fährte kam, konnte sie ihm das Nötige eintrichtern.

Bestimmt fertigte sie nach und nach diese ganzen Dokumente an, ein perfektes Motiv für Steffens. In seiner ganzen Euphorie musste Hajo einen Gang zurückschalten. Das wäre schon eine gigantische Arbeit gewesen, um einen Mord zu begehen. In der Polizeischule hatte er gelernt, der einfache und offensichtliche Weg ist normalerweise auch der richtige. Dieser Fall hatte aber keine einfachen oder offensichtlichen Wege. Nichts wollte zusammenpassen, hatte er das Rätsel jetzt gelöst? Oder schusterte er sich alles so zusammen, damit es für ihn Sinn ergab, aber nicht der Wahrheit entsprach? Wie auch immer, Hajo war wieder mitten im Geschäft. Dies war einer dieser genialen Sense Momente, die in den letzten Jahren extrem selten geworden waren.

Es spielte keine Rolle wie der genaue Ablauf war, die Löcher waren für Kameras gewesen, da war er sich nun sicher. Svenja Kramm hatte diese noch entfernen können, dann hatten die Kommissare sie allerdings gestört und es blieb mehr in der Wohnung zurück als ihr lieb war. Wenn Kramm die Videos hatte, mussten sie da ran. Vielleicht ist dort aufgenommen worden, wo Felix Steffens sich zur Zeit aufhält. Jetzt brauchte er keinen Beschluss mehr, hier lag wirklich Gefahr in Verzug vor. Sehr wahrscheinlich waren alle Aufnahmen auf einem Computer gespeichert, was ihn vor ein wirkliches Problem stellte. Er selbst kam da nicht weit und Knut konnte er von der Observierung nicht abziehen. Wer war Freitags so spät noch verfügbar? Da kam ihm nur einer in den Sinn, auch wenn er wahrscheinlich dafür gelyncht werden würde, es war Siggi von der Spurensicherung. Siggi kannte sich mit Rechnern spitzenmäßig aus, er war hoffentlich noch im Hause.

Hajo schnappte sich Grundriss, Telefonliste und noch ein paar andere Dinge, um dann im Eiltempo Richtung Spurensicherung zu marschieren. Das Präsidium war wie ausgestorben. Als er in den Raum von heute Morgen kam, sah er niemanden. Es war schon mehr eine kleine Halle, als ein Raum. Verschiedene verstellbare Trennwände machten ihn sehr unübersichtlich.

„Siggi, bist du hier?", schrie Hajo aus voller Kehle. Aus einer entfernten Ecke rief jemand zurück: „Nein bin ich nicht mehr!" Etwas zögerlich schleppte sich Siggi Hajo entgegen. Beide liefen aufeinander zu, Siggi ergriff erneut das Wort: „Das kann doch nicht dein ernst sein Hajo, irgendwann möchte ich auch mal nach Hause. Was liegt dir auf dem Herzen, aber schnell bitte, ich will Feierabend machen."

„Daraus wird nichts Siggi, du musst mir helfen. Es geht um das Leben von Franz Korsik", versuchte Hajo ihn zu überzeugen. Er erklärte seine Vermutungen und schilderte die Lage. Je mehr Hajo erzählte, desto skeptischer sah Siggis Gesicht aus. Als die Ausführungen geendet hatten, erwiderte Siggi: „Das hört sich aber alles sehr hypothetisch an. Was ist das denn bitte für ein Fall, ich hab hier unten ja schon ne Menge mitbekommen, aber wenn du es so erzählst, ist das der pure Wahnsinn. Bei diesen Beweisen hört sich deine Theorie leider gar nicht so abwegig an."

„Siehst du, so abwegig ist das gar nicht. Gib dir einen Ruck."

„Na was solls, dann lösen wir halt eben den verworrensten Fall aller Zeiten. Ich bin dabei, wann hab ich schon Mal die Möglichkeit ein Leben zu retten."

„Ich wusste, man kann sich auf dich verlassen. Dann schnell zum Auto, alles andere klären wir unterwegs.", kam es voller Erleichterung aus Hajos Mund gesprudelt. Die beiden liefen umgehend zum Fuhrpark.

Im Auto setzte Hajo sofort das Blaulicht aufs Dach und bretterte los. Als erstes rief er Staatsanwalt Vertongen an.

180

Nachdem er seine skurrile Geschichte vorgetragen hatte, bestätigte der Staatsanwalt die Gefahr in Verzug. Zusätzlich wollte er sich schnellstmöglich mit dem Richter in Verbindung setzen, hier lag nun akute Lebensgefahr für Franz Korsik vor. Die ganze Situation konnte jeden Moment eskalieren. Auch Vertongen auf seiner Seite zu wissen, gab Hajo den nächsten Motivationsschub. Danach wurde Knut benachrichtigt. Er war immer noch Svenja Kramm auf den Fersen, sie schien sehr vorsichtig zu sein und wechselte mehrfach die Straßenbahnen. Das Ziel war noch nicht abzusehen. Hajo wollte sich wieder melden sobald sie etwas gefunden hatten. In Rekordzeit legte er die Strecke vom Polizeipräsidium bis zur Poststraße zurück.

Hajo und Siggi klingelten an der Tür. Dieselbe Frau von heute Nachmittag machte ihnen die Tür auf. „Es tut mir leid, aber Svenja ist grade nicht Zuhause."

„Das wissen wir, uns interessieren diesmal Frau Kramms Räumlichkeiten. Wir müssen sofort an ihren Computer", erwiderte Hajo freundlich aber bestimmt.

„Ja aber das dürfen Sie doch gar nicht. Dafür brauchen Sie doch einen Durchsuchungsbeschluss", entgegnete die Frau. Hajo hatte keine Zeit für solch einen Blödsinn: „Nein, den brauchen wir nicht Fräulein. Bitte zeigen sie uns Frau Kramms Computer, es geht hier um Leben und Tod." Hajo konnte sehr beeindruckend wirken, wenn er es für nötig hielt. Mit dieser Art hatte er die Frau so eingeschüchtert, dass sie die beiden zum gesuchten Computer führte, ohne weiteren Kommentar. Siggi startete den PC. Die beiden setzten sich gespannt vor den Flachbildschirm. Es dauerte eine Ewigkeit bis er hochgefahren war. Hajo war viel zu nervös die ganze Zeit sitzen zu bleiben. Er durchsuchte in der Zwischenzeit das Zimmer. Es war gemütlich eingerichtet, aber für Hajos Geschmack viel zu

181

unordentlich. Überall lagen Kleidung, Bücher und Papiere herum. Er durchwühlte einige dieser Berge, dann wurde er fündig. „Hab ich's dir nicht gesagt Siggi?" An Hajos Hand baumelten eine Reihe von Kameras, die er am hinteren Ende gepackt hielt. Sie sahen mehr wie kleine Taschenlampen aus, hatten aber für die Löcher genau die passende Größe. Es handelte sich um kleine digitale Kameras. „Jetzt brauchen wir nur noch die Aufnahmen, da gibt es sicherlich den entscheidenden Hinweis für uns", frohlockte Hajo. Für ihn war das hier wie ein Rausch. Oft schon hatte er erlebt, dass es ihn, wenn seine Theorien Stück für Stück mit Beweisen untermauert wurden, in Ekstase versetzte. Er starrte gebannt auf den Bildschirm und lechzte nach dem nächsten Adrenalin Kick.

Siggi fand sich gut zurecht, der PC war noch nicht einmal Passwort geschützt. „Ziemlich fahrlässig für eine Mörderin", bemerkte er direkt. Beim durchstöbern der Dateien stießen die beiden auf ein groß angelegtes Verzeichnis mit dem Namen Felix Steffens. Sofort öffneten sie den Ordner. Nach und nach klickte sich Siggi durch die Unterordner, welche Dutzende Dateien enthielten. Hajo war sprachlos, vor ihnen spielte sich Magisches ab. Er hatte mal wieder einen astreinen Volltreffer gelandet. Auf dem Bildschirm tummelten sich Zeitungsartikel, bearbeitete Fotos, Fotomontagen, Polizeiberichte, alles das, was sie in Felix Steffens Wohnung gefunden hatten. Siggi war sprachlos vor Aufregung, nie zuvor war er so dicht bei Ermittlungen dabei gewesen. Er schmiedete heute das Eisen als es noch heiß war, nicht nachdem es abgekühlt, vergraben und wieder freigelegt worden war. Eine derartige Faszination ließ ihn auf den Bildschirm starren wie ein zu Stein gewordener Mensch die Medusa anblickt. Es lag knisternde Spannung in der Luft, keiner brauchte etwas zu sagen. Diese Dateien sagten mehr aus als tausend Worte. Immer neue Bilder öffneten sich vor Hajos Augen, bis er schließlich den Weg in die Realität zurückfand: „In Ordnung Siggi, ich denke das reicht. Such mal lieber nach den Videos. Diese Dokumente haben wir ja größtenteils schon."

„Alles klar Chef", in seiner Stimme klang ein großes Maß an Ehrfurcht mit. Siggi hatte schon einige Geschichten über Hajos Kombinationsgabe und out-of-the-box Denkens gehört, doch er hielt viele Geschichten für Übertreibungen. Jetzt erlebte er persönlich einen magischen Sensbruck Moment. Er durchsuchte weitere Unterordner und ließ alle Text- und Bilddateien links liegen. Vollkommen eingenommen von dieser Entwicklung fiel ihm erst viel zu spät ein, nach den richtig großen Ordnern zu suchen. Videomaterial brauchte deutlich mehr Speicherplatz als Texte oder Bilder. Mit den neuen Parametern fand er ziemlich zügig die gewünschten Dateien. In der Tat verbargen sich hier drei verschiedene Unterordner: Osternburger Straße 23, Contrescarpe 120 und Schrebergartenhütte.

Hajos Synapsen zuckten in Bruchteilen von Sekunden: „Geh auf die Schrebergartenhütte!" Siggi folgte dem Befehl wortlos. Er ließ drei, vier Videos simultan auf dem großen Bildschirm laufen. Anscheinend gab es zwei verschiedene Perspektiven, der Zeitstempel war vom Mittwoch, also zwei Tage alt. Entweder war der Raum leer oder Felix Steffens war zu sehen. In einem Fenster waren Steffens und Kramm in dem Raum anwesend. Sie taten nichts Auffälliges. „Mach mal das letzte Video an, Siggi", forderte Hajo. Das letzte Video war von heute Morgen, man sah Felix Steffens beim Frühstücken zu. Nicht sehr spannend, aber aufschlussreich. Heute Morgen war er also noch in dieser Hütte gewesen. Einen besseren Anhaltspunkt auf seinen Aufenthaltsort hatten sie seit Beginn der Ermittlungen nicht gehabt. Hajo klopfte Siggi auf die Schultern, sie hatten den erhofften Durchbruch gelandet.

„Ehm Hajo, ich hab da noch was. Ich probier das hier mal aus", brachte Siggi vor lauter Nervosität kaum heraus. Er klickte einen Link an, der auch in diesem Ordner gespeichert war. Der Browser öffnete sich und zwei Videos wurden nebeneinander geladen. „Du Hajo, ich glaub, das ist ein Live Feed", merkte Siggi an. Die beiden starrten gebannt auf die Videos. Mit dem, was sie nun erblickten, hätte keiner von ihnen gerechnet. Es waren die zwei Perspektiven von eben, doch jetzt erblickten sie einen gefesselten Mann, der mit einem Stuhl hinten rüber gefallen war. Er blutete im Gesicht und sah sehr mitgenommen aus. Es war Franz Korsik, keine Frage, Hajo hatte ihn kurz zuvor noch auf seinem Computer gesehen, wie er in Stanford seine Forschungsergebnisse präsentierte. Dann kam eine zweite Person in den Bildausschnitt, es war Felix Steffens. Jegliche Befürchtungen hatten sich bestätigt. Hajo war wie versteinert, er hatte nur einen Gedanken: „Wo ist diese verdammte Schrebergartenhütte?"

184

Kapitel 20

Sanft berührte das Gras meine Haut. Die Sonnenstrahlen streichelten mein Gesicht. Die Augen waren geschlossen, trotzdem sah ich meine Welt. Bilder wirbelten umher, eine Mischung aus Zwängen und Überreizung. Ich hatte keinmal ernsthaft versucht, die letzten sechs Tage zu reflektieren. Eins führte zum anderen, jetzt lag ich mit dem Rücken im Gras, versuchte die letzte halbe Stunde zu verarbeiten, während im Haus ein verletzter Mörder, den ich entführt hatte, seine Taten bestritt. Wie konnte es überhaupt so weit kommen? Es schien alles vom Schicksal vorherbestimmt, ich hatte nie eine Wahl gehabt. Alle Entscheidungen mussten so getroffen werden, da sie die richtigen und vernünftigen waren. Oder etwa nicht? Wie oft war ich an diesem Punkt, alles in Frage zu stellen? Wie oft musste ich mich dann dem gerechten Weg ergeben? Was war denn schon Gerechtigkeit? Es war definitiv ein Gefühl in mir. Anscheinend waren jedoch Gefühle gar nicht so mein Ding. Wenn sie mich überwältigten, konnte ich nichts dagegen tun. So entstanden Situationen, die anders hätten verlaufen sollen, falsche Entscheidungen, die ich traf. Wieso war ich mir denn so sicher, dass es bei dem Gefühl Gerechtigkeit nicht dasselbe war. Oder entstanden die Gefühle erst durch diesen Gerechtigkeitssinn? War es doch die Vernunft, die über Recht und Unrecht entschied. Weswegen konnte ich mir denn sicher sein, meine Vernunft wäre in jedem Fall die Richtige? Vielleicht war mein ganzes Wesen unvernünftig?
Mir blieb wieder mal keine Zeit, dieses Dilemma näher zu ergründen. Franz Korsik lag blutend in der Hütte. Ich hatte nur die Wahl weiter zu machen. Wenn ich ihn jetzt laufen lassen

würde, wäre er wieder fein raus und ich müsste ins Gefängnis wegen Entführung und Körperverletzung. Ganz zu schweigen von dem anderen Mord, der eventuell auch auf meine Kappe ging, sogar mit ziemlicher Sicherheit mein Werk war. Vor einem halben Jahr oder vor ein paar Monaten hätte ich noch umdrehen können, jetzt in diesem Moment waren mir die Hände gebunden. Kraftlos setzte ich mich auf. So ausgelaugt durfte ich mich nicht Korsik zeigen. Er musste meine Willensstärke spüren. Er sollte denken, ich wäre zum Äußersten bereit. War ich das vielleicht sogar? Dieser Gedanke durfte erst gar nicht in mir wachsen. Ein paar Sprünge in die Luft weckten meine Glieder. Dann klatschte ich mir mit der flachen Hand ins Gesicht. The Show must go on.

Zuerst kümmerte ich mich um Korsik. Er atmete schwer, doch seine Verletzungen waren nicht schwerwiegend. Nachdem der Stuhl wieder aufgestellt war, sammelte ich die wild verstreuten Dokumente vom Boden auf. Der Tisch kam auch wieder an seinen angestammten Platz. Die Ausgangsposition war hergestellt, von neuem breitete ich die Beweise auf dem Tisch aus. Das hätte ich mir gerne erspart, leider musste ich die grausame Geschichte nochmal genauestens mit Korsik durchgehen. Die Hau-drauf-Methode funktionierte wohl nicht, daher war es zwingend notwendig, das Gespräch zu suchen. Nachdem das Abhörgerät auf seine Funktionalität getestet war, fing ich ruhig an zu reden: „Weißt du Korsik, ich habe mich gerade ein bisschen gehen lassen. Ich will dir noch eine Chance geben. Fangen wir noch einmal ganz von vorne an. Meine Frau und Tochter waren am besagten Tag nachmittags im Schwimmbad. Dort wurden sie noch von mehreren Leuten gesehen. Sie kamen nie wieder Zuhause an. Wo habt ihr sie euch geschnappt, Korsik?"

186

Ich legte meine Finger unter sein Kinn um seinen Kopf anzuheben, sodass wir uns in die Augen sahen. Seine Augen wirkten leer. War ihm alles egal oder erkannte er seine ausweglose Situation? Letzteres wäre ein großer Fortschritt für mich. Da er keine Anstalten machte zu antworten, redete ich weiter: „Wenn du dich nicht mehr so genau daran erinnern kannst, versteh ich das. Wahrscheinlich besser, als du es für möglich hältst. Wohin habt ihr die beiden gebracht? In ein abgelegenes Haus? Vielleicht in einen schalldichten Keller? Ihr hattet sie sechs Wochen lang, da musstet ihr euch doch um sie kümmern?"

Er schien etwas sagen zu wollen. Seine Augen bewegten sich über den Tisch. Er schien aus diesem komatösen Zustand aufzuwachen. Er nuschelte zu sehr, als dass ich ihn hätte verstehen können, aber sein blutiger Mund bewegte sich. „Du musst lauter sprechen Korsik, ich kann dich nicht verstehen."

Er setzte etwas lauter an: „Das war ich nicht." Bevor ich wieder wütend wurde sprach er weiter: „das war Liebknecht. Ich hatte nichts mit der Entführung zu tun, keine Ahnung, wo er sie festgesetzt hat. Ehrlich nicht."

Sehr gut, das war der erste Schritt. Ich hatte ihn dazu gebracht, endlich etwas preiszugeben. Seiner Version der Geschichte glaubte ich natürlich kein Stück. Es spielte keine Rolle, zum ersten Mal gab er die Verbindung zwischen sich und Liebknecht zu. Ein Erfolgserlebnis, das ich dringend brauchte. Nur nicht locker lassen: „Na also, Korsik. Es geht doch. Außer der Wahrheit will ich doch gar nichts hören. Ich kann es halt nur nicht leiden, wenn man mir dreist ins Gesicht lügt. Das verstehst du doch, nicht wahr?", eilig nickte er mir entgegen. Zeit für die nächste verbale Offensive, „du hattest also gar nichts mit der Entführung zu tun, gut, gut. Dann stellt sich mir aber eine andere Frage, wie ist denn bitteschön deine DNS an die beiden Körper gekommen und vor allen Dingen auch in die Körper?", bei den letzten Worten versagte mir fast die Stimme. Gerade so brachte ich den Satz zu Ende und verlor nicht die Beherrschung. Korsik schaute mich nicht mehr an, sein Blick ging nach unten, „du weißt schon. Die DNS, die ausgeschlossen wurde. Du weißt, dass du es warst. Ich weiß, dass du es warst. Die ganze verdammte Welt weiß, dass du es warst. Nur unser tolles Rechtssystem sagt, diese Beweise sind unzulässig. Lass uns mit den Spielchen aufhören. Ich würde dich liebend gerne genauso zurichten wie Liebknecht, doch ich bin ein besserer Mensch als du. Ich gebe dir hier eine letzte Chance."

Er schien hin und her gerissen zu sein. Wahrscheinlich wog er seine Möglichkeiten ab. Egal, wie viel Zeit er sich lassen wollte, Hauptsache seine Entscheidung war die richtige. Ich sammelte mich aufs Neue, um weiterhin ruhig und gelassen zu wirken. Die Zeit verstrich in Zeitlupe, es schien Tage her, seit ich ihn gefesselt hatte. Endlich fing er wieder an zu reden: „Sie haben recht, ich hab keine andere Wahl. Ich muss Ihnen sagen, was sie hören wollen", er machte eine weitere Pause. Ich lehnte mich zurück, die Pistole griffbereit auf dem Tisch. „Es mussten ca. 5 Wochen gewesen sein, nachdem Liebknecht die beiden entführt hatte. Er hatte mich zu sich nach Hause eingeladen. Wir waren alte Saufkumpane und hatten schon das ein oder andere Ding zusammen gedreht. Wir hatten richtig einen sitzen, da erzählte er mir, er habe eine Überraschung. Er führte mich hinunter in den Keller. Ich dachte, er wollte mir heiße Ware zeigen, die er bei seinem letzten Bruch einkassiert hatte. Doch dann schloss er die Tür auf. Trotz meines Bewusstseinszustandes konnte ich nicht fassen, was sich hinter dieser Tür verbarg. Zwei Betten standen in dem Zimmer, rechts und links an den Wänden. Auf der linken Seite lag eine Frau, sie schien durch einige Schläge verletzt worden zu sein. Die linke Hand war mit einer Kette an der Wand festgemacht."

Er rückte tatsächlich mit der Sprache raus. Ein Schwall aus Emotionen schwappte durch meinen Körper. Vor seinen weiteren Ausführungen bekam ich regelrecht Angst. Musste ich mir das alles hier antun? Ohne zu hören was er sagte, konnte ich mir nicht sicher sein, ob er genug gestanden hatte, um sicher verurteilt zu werden. Meine Hände klammerten sich am Stuhl fest, damit ich nicht wieder die Kontrolle verlor.

„Auf der rechten Seite kauerte ein kleines Mädchen. Auch sie war an der Wand fest gekettet. Sie schien unverletzt zu sein, doch ihre Haare waren wild zerzaust. In ihren Augen stand das blanke Entsetzen. Der erste Schock ließ mich einige Schritte nach hinten taumeln. Verwirrt schaute ich Liebknecht an, er strahlte über das ganze Gesicht. 'Mit denen können wir heute ein bisschen Spaß haben', grölte er mir entgegen. Angewidert torkelte ich wieder nach oben. Liebknecht war richtig verärgert, er empfand es als Beleidigung, dass ich seine teuren Schätze abgelehnt hatte. Ich machte ihm Vorwürfe, wie er mich in so eine Sache mit reinziehen könnte. Ich muss gestehen, im ersten Moment galten die Sorgen mir allein."

Das war der erste Satz den ich ihm zu hundert Prozent abkaufte. Mein Körper war zu einer Salzsäule erstarrt. Die ganzen Tage hatte ich mich auf diesen Moment eingeschossen, doch nichts und niemand hätte mich auf diese Aussage vorbereiten können. Korsiks Augen schienen Gleichgültigkeit auszudrücken, er hatte sich aufgegeben.

„Jemandem etwas klauen ist das eine, doch für sowas muss man lebenslänglich in den Knast. Das wollte ich nicht, betrunken machte ich mich sofort auf den Heimweg. Dann, eine Woche später, kam Liebknecht bei mir Zuhause vorbei. Er schien richtig mit Drogen vollgepumpt zu sein. Er war aggressiv und paranoid drauf. Bevor ich wusste, was das ganze Theater sollte, hielt er mir auch schon eine Knarre unter die Nase. Ich sollte ihn begleiten. Er steckte mich in seinen Kofferraum und fuhr zu sich nach Hause. Als wir bei ihm waren, sollte ich erstmal eine Nase Koks ziehen. Eigentlich rühr ich das Zeug nicht an, aber bei den Aussichten hatte ich kein Problem damit. Dann schickte er mich nach unten in den Keller. 'Ich dachte, du wärst cool drauf Franz, aber da hab ich mich wohl getäuscht', spuckte er mir ins Gesicht, 'das Risiko kann ich nicht eingehen.' Er schloss die Tür des Verlieses auf. 'Du nimmst die beiden jetzt schön ran, dann sitzen wir im gleichen Boot.' Ich musste mich entscheiden und sah keinen anderen Ausweg. Langsam betrat ich die Zelle..." „STOP", schrie ich in Korsiks Richtung. Ich konnte es nicht ertragen, wenn er weiter redete hätte ich für nichts mehr garantiert. Schweißgebadet eilte ich nach draußen. Fast hätte ich mich übergeben. Auf dem Rasen kniend, rang ich nach Luft. Es wurde schwarz vor meinen Augen, die letzten Tage waren einfach zu viel für meinen Körper. Ich hatte endlich bekommen was ich wollte, doch es war lange nicht genug. Das Geständnis war so noch nichts wert, es musste beendet werden. Ich sammelte mich noch ein paar Minuten bevor es weitergehen konnte. Korsik blickte geistesabwesend auf den Boden als ich in die Hütte trat. Innerlich bereitete ich mich schon auf den schlimmsten Moment der Erzählung vor, den Korsik gleich aussprechen würde. Dabei kamen mir schon die ersten Tränen, meine Unterlippe fing an zu zittern. Wohl wissend, legte ich die Pistole auf die Küchenzeile, weit genug entfernt, um sicher vor

190

einem plötzlichen Kontrollverlust zu sein. „Weiter", flüsterte ich in Korsiks Richtung.

„Langsam betrat ich die Zelle. Ich verstand nun den Zweck der Drogen, ohne hätte ich bestimmt keinen hoch bekommen. Zuerst war die Frau an der Reihe, sie ließ es stumm über sich ergehen. Im Hintergrund hatte Liebknecht seinen Spaß. Nachdem ich mich in ihr ergossen hatte, drehte ich mich zu ihm um. Er feuerte mich regelrecht an. Ich sah hinüber zu dem kleinen Mädchen", Korsik kam leicht ins Stocken, was mir in diesem Moment gar nichts ausmachte. In mir hatte sich eine Leere ausgebreitet, doch ich spürte, sie könnte sich ganz plötzlich mit Aggression füllen. Erst jetzt bemerkte ich die Tränen, welche meine Wangen herunterliefen. Wie viel konnte ich ertragen? Wie viel hatten die beiden ertragen müssen? Sie hatten unermesslich viel mehr ausgehalten, die wochenlange Folter endete in einem qualvollen Tod.

„Mein von Kokain benebelter Verstand weigerte sich. Ohne ein Wort an Liebknecht zu verschwenden nahm ich Reißaus. Liebknecht war ein skrupelloses Arschloch, aber dumm war er nicht. Ich hörte ihn laut lachen, während ich das Haus fluchtartig verließ. Er wusste, eine Vergewaltigung reichte, um mich als Mittäter hinzustellen. Ich wollte diese Schandtat einfach nur vergessen. Erst Tage später hörte ich, dass eine Frau und ein Kind verunstaltet an der Weser gefunden worden waren. Ich wusste es nicht, doch vermutete, es seien die beiden aus dem Keller. Liebknecht schärfte mir ein, zu schweigen. Ohne etwas zugeben zu müssen wurde die Anklage fallengelassen. Keine Ahnung, ob er da seine Finger im Spiel hatte oder mit dem Teufel im Bunde war. Wir waren frei, mein Geist jedoch befreite sich nie von dieser Tat. Bis heute wache ich nachts schweißgebadet auf und habe diesen Kellerraum vor

Augen. Ich wählte den leichten Weg, nicht den richtigen."
Kraftlos fiel Korsik in sich zusammen. Ich schaltete das
Mikrophon aus, es war vollbracht. Es war sicher nicht das, was
ich erwartet hatte. Er hatte wahrscheinlich hier und da seine
Rolle besser dargestellt, als sie in Wirklichkeit gewesen war,
doch es reichte mir fürs erste. Auch ich war sehr erschöpft.
Kommentarlos ging ich nach draußen, eine angenehme Brise
erwartete mich. Noch immer konnte ich das Gehörte nicht
richtig verarbeiten. Diese Trauergeschichte ein weiteres Mal zu
durchleben, vor allem so wirklichkeitsgetreu, erschütterte mich
in meinen Grundfesten. Hatte ich jetzt gewonnen? Oder hatte
Korsik mich mit einer Halbwahrheit abgespeist? Diese Aussage
ließ ihn so gut dastehen, wie es bei einem Vergewaltiger nur
möglich war. Auch mit dem Mord wollte er nichts zu tun
haben. Hatte er gewonnen oder waren wir beide Verlierer?
Wenn ich mir vorstellte, Korsik würde genau das sagen, was
ich wollte, hätte ich dann gewonnen? Konnte ich überhaupt
gewinnen? Sollte ich es jetzt nicht einfach gut sein lassen? Ich
war komplett überfordert. Die Sonne stand tief am Himmel, es
musste eine Entscheidung gefällt werden.
Schweren Herzens trat ich Korsik ein letztes Mal gegenüber,
das schwor ich mir. Er sah gezeichnet aus, der Schweiß hatte
sein Blut zu großen Flecken werden lassen. Jetzt griff ich
wieder zur Pistole und setzte mich. „Das reicht nicht Korsik",
erklärte ich ihm in ruhigem Tonfall. Er fing leicht an mit dem
Oberkörper zu zucken. Was zuerst wie ein entkräftetes Weinen
aussah, entwickelte sich zu einem ironischen Lachen. Er schien
wahnsinnig geworden zu sein. Lautes Lachen erfüllte die
Hütte, meine Gefühle wurden auf die nächste Probe gestellt.
Laut rief er mir ins Gesicht: „Was wollen Sie denn noch?

Ich hab Ihnen die ganze verdammte Geschichte erzählt, wenn Sie das nicht glauben wollen, können Sie mich gleich erschießen."

Leicht runzelte ich meine Stirn. Ganz genau beobachtete ich seine Mimik und Gestik. Er schien nichts mehr zu verlieren zu haben. Doch ich hatte auch nichts mehr zu verlieren. Bei diesem Geständnis bekam er vielleicht fünf oder sechs Jahre, dann war er wieder auf freiem Fuß. Viel zu kurz, für meinen Geschmack.

Plötzlich gab es ein Geräusch, das von draußen vor der Tür kam. Blitzschnell drehte ich mich herum, die Pistole im Anschlag. Die Türklinke wurde nach unten gedrückt. Meine Zeit war abgelaufen, Svenja kam gehetzt in die Hütte gestürmt. „Was ist hier denn los? Felix, bist du von allen guten Geistern verlassen?", sprudelte es überrascht aus ihr heraus. Sie blickte sich um, schloss dann die Türe. Zuerst musterte sie Korsik, der blutverschmiert und immer noch leise vor sich hin lachend, ihr in die Augen schaute. Unerwartet fing er an zu reden: „Dem Himmel sei Dank, Frau Kramm, bitte helfen sie mir. Dieser Verrückte hält mich hier fest. Er foltert mich!", weiter konnte er nicht reden, da Svenja flinken Schrittes auf ihn zu ging und ihm mitten auf den Solarplexus schlug. Sofort blieb ihm die Luft weg, er japste vor sich hin. Total verblüfft betrachtete ich dieses Schauspiel. „Das wollte ich schon seit langer Zeit tun, du ekliges Mistschwein", zischte sie verachtend in sein Ohr. Danach packte sie mich am Arm und zog mich aus der Hütte heraus.

„Bist du total verrückt? Den Kerl hier in die Schrebergartenhütte zu bringen. Wir hatten doch einen Plan? Was hast du dir nur dabei gedacht?", völlig entsetzt schaute sie mir in die Augen. „Das wollte ich ja eigentlich auch gar nicht", versuchte ich mich zu erklären, „Ich habe ihn in seinem Haus überrascht, wollte ein schnelles Geständnis und dann abhauen. Du hattest schon so viel für mich getan, da wollte ich dich nicht weiter in diese Sache mit reinziehen. Na ja, dann ist alles ein bisschen aus dem Ruder gelaufen."

„Das hab ich grade gesehen", fuhr sie mir dazwischen. Danach erläuterte ich ihr die Abläufe des Tages, angefangen vom Anrufbeantworter bis hin zu Korsiks unzufriedenstellendem Geständnis. Verzweiflung brach aus mir heraus, ich kam mir wie Sisyphus vor. Immer wieder durchlebte ich diese Gräueltaten aufs neue. Svenja umarmte mich, sie wollte mich trösten: „Na gut, daran können wir nichts mehr ändern. Mit dieser Aussage sollten wir uns nicht abspeisen lassen. Mit einem Spitzenanwalt und guter Führung ist er nach zwei oder drei Jahren wieder raus. Wir müssen ihn heftig in die Zange nehmen."

„Das hab ich schon versucht, er ist ein verdammt zäher Bursche. Sag mal, wieso wusste er eigentlich wer du bist?", fragte ich sie. Das war mir eben schon merkwürdig vorgekommen, erst jetzt fand ich die passende Gelegenheit, die Frage beiläufig einzustreuen. „Das hast du ja auch vergessen, mein armer Felix. Ich war es, der den Mistkerl verhaftet hat. Vielleicht dachte er, da ich bei der Polizei bin, würde ich ihn befreien und aufs Revier bringen. Da hat er sich diesmal gewaltig getäuscht", stellte sie den Sachverhalt dar. Das genügte mir vorerst als Antwort, wir hatten weiß Gott wichtigere Dinge zu erledigen.

„Na schön, was schlägst du vor?", spielte ich den Ball zu ihr zurück. Ich war mit meinem Latein am Ende, vielleicht hatte sie, als Polizistin, noch ein paar Tricks auf Lager. „Ich bin da genauso unerfahren wie du. Solche Praktiken wenden wir bei der Polizei natürlich nicht an und selbst wenn, als Streifenpolizistin liegt das nicht in meinem Aufgabenbereich. Aus dem Bauch heraus würde ich vorschlagen, wir heizen ihm richtig ein. Er muss glauben, es gehe für ihn hier um Leben und Tod. Du hast nichts mehr zu verlieren und würdest letztlich auch, falls du nicht dein gewünschtes Ergebnis bekommst, seinem Leben ein Ende setzen."

„Das hat bis jetzt noch nicht funktioniert. Mit diesem Geständnis wollte er nur Zeit schinden. Mittlerweile ist er schon deutlich angeschlagen, wenn ich überzeugender rüber komme, könnte es funktionieren", ein wenig Zuversicht regte sich in mir. Svenja gab mir neue Kraft und die Bestätigung, ich beging hier keinen Fehler. Mit neuer Energie betraten wir selbstbewusst die Hütte. Korsik atmete immer noch schwer, doch wieder ergriff er das Wort: „Was wird hier gespielt? Warum bereiten Sie diesem makaberen Spiel kein Ende?" Seine Worte waren an Svenja gerichtet. Anscheinend hatte er es immer noch nicht verstanden. „Ich steh auf seiner Seite, Arschloch", dabei nickte sie in meine Richtung. Der letzte Funke Hoffnung, den man noch in Korsiks Augen hatte sehen können, verschwand. Die ganze Zeit hatte ich die Pistole in meiner Hand behalten. Nachdem das Aufnahmegerät eingeschaltet war, begann ich von Neuem: „Du willst mir erzählen, dein Geständnis eben entspricht der Wahrheit?" Korsik wollte schon zu einer Antwort ansetzen, doch mit einer Geste gab ich ihm zu verstehen, dass er schweigen sollte. Dann fuhr ich fort: „Svenja und ich sind beide der Meinung, das alles ist gequirlte Scheiße. Deine DNS wurde auch in meiner Tochter gefunden. Wie soll die denn bitteschön da rein gekommen sein, wenn du sie gar nicht angefasst hast?" Ich wurde immer lauter und ungestümer. Es war ein schmaler Grat zwischen einem gespielten Kontrollverlust und einem tatsächlichen. „Ihr seid zusammen in dem Fahrzeug gesehen worden, das die Leichen transportiert hat und du willst mir hier erzählen, du bist selbst ein Opfer von Liebknecht gewesen? Das kannst du deiner Oma weismachen, aber doch nicht mir!" Ich packte ihn an seinen Haaren, damit er mir in die Augen schauen musste.

„Frau Kramm wird dir hier nicht helfen. Dein Leben liegt in meinen Händen. Wenn du nicht das sagst, was ich hören will, war es das. Verstehst du mich?", brüllte ich ihm entgegen. Um meiner Aussage weiteren Nachdruck zu verleihen, steckte ich den Lauf der Pistole in seinen Mund. Seine Augen wurden groß, das blanke Entsetzen blickte mich an. So gut er konnte versuchte er zu nicken. Svenja setzte noch einen drauf. Sie ging mit ihrem Mund ganz dicht an sein Ohr. Für mich kaum zu hören flößte sie ihm die nächste Dosis ein: „Du solltest wissen Korsik, ich hätte es viel lieber, wenn er dich einfach abknallt wie einen räudigen Hund. Mehr hast du nicht verdient, du Mörder, du Kinderficker!"

Ich nahm die Pistole aus seinem Mund. Svenja setze sich auf den Stuhl gegenüber, während ich stehen blieb. Die Pistole zielte weiterhin auf Korsiks Oberkörper. „Los jetzt", schrie ich ihn an. Er schien keinen anderen Ausweg mehr zu sehen. „Ok, ok, ich sag ja alles. Ich war mit dabei, als wir die beiden entführt haben. Es war auf dem Schwimmbad Parkplatz. Wir legten uns auf die Lauer und warteten einen guten Moment ab. Die beiden hatten Pech, uns war egal, wen wir bekamen."

Erbost unterbrach ich ihn: „Pech, das nennst du Pech. Glaubst du, es wäre besser gewesen, wenn ihr jemand anders genommen hättet?" Sofort antwortete er: „Nein, so war das nicht gemeint. Ich wollte nur sagen, dass wir nicht speziell sie ausgewählt haben. Ihr Hintergrund spielte keine Rolle", er zögerte. Mit der Pistole wies ich ihn an, weiter zu erzählen. „Den Kellerraum gab es wirklich, da haben wir sie dann hingebracht. Ich war wirklich nicht dafür, auch ein Kind mitzunehmen, aber es ging alles so schnell, wir konnten es nicht mehr laufen lassen."

Er machte mich immer wütender: „Versuch dich hier nicht rauszureden, Korsik. Das macht es nur schlimmer. Wir wissen, dass du ein skrupelloses Tier bist." Er war richtig eingeschüchtert, nur ein heftiges Nicken brachte er zustande. Dann machte er weiter: „Wir wollten Spaß mit ihnen haben, Angst einjagen. Da stand Liebknecht besonders drauf. Wenn er die Mutter vergewaltigte, guckte er immer das Kind an. Wenn das Mädchen nicht zuschaute, schlug er sie, bis sie es tat."

Mir wurde schlecht. Wie war jemand imstande, so etwas grausames zu tun. Dann gefiel ihm das auch noch. Ich merkte, wie meine Beine wackelig wurden. Lange musste ich nicht mehr durchhalten. „Ich will keine Geschichten von Liebknecht hören, der hat seine gerechte Strafe schon bekommen. Hier geht es ganz allein um dich" ,tobte ich geradezu. Ich stand kurz vor der Raserei. Korsik war wieder an der Reihe: „Am Wochenende haben wir die Nächte durchgemacht. Da hab ich mich dann auch mit der Frau vergnügt, wir haben getrunken und sie hat uns bedient. Sie war an einer langen Kette festgemacht und war nackt. Ständig haben wir sie betatscht."

Trotz seiner Furcht hatte ich das Gefühl, bei dem Gedanken an meine Frau Erregung in seinen Augen zu erkennen. Ich schlug mit der Faust auf den Tisch. Ich hatte vergessen, was ich ihm an den Kopf schmettern wollte. Diese Pause nutzte Svenja um sich einzuschalten: „Erzähl uns nicht solche Lappalien. Du hast bereits gestanden, sie vergewaltigt zu haben. Was hast du mit dem Kind gemacht? Wie habt ihr die beiden umgebracht? Das wollen wir wissen!"

Korsik schien zwischen Todesangst und Erregung festzustecken: „Nach einigen Wochen bekamen wir dann auch mit, dass die beiden gesucht wurden. Überall hingen Fotos und die Zeitungen waren voll davon. Irgendwann wurde uns die Sache zu heiß. Wir überlegten, was wir am besten tun sollten. Wir mussten sie einfach loswerden. Wir wollten ihre Identifikation möglichst erschweren, also haben wir ihre Gesichter unkenntlich gemacht. Das ist dann etwas ausgeartet. Nach einigen Schlägen mit einem schweren Stein waren ihre Gesichter schon Matsche."

Als er den letzten Satz aussprach musste ich mich fast erbrechen. Meine Beine zitterten, ich konnte kaum noch die Pistole halten. Innerlich tobte ein Orkan in mir. Zorn, Leid, Wut, Unverständnis, Trauer, vermischten sich zu einer toxischen Masse. Nicht mehr fähig mich zu bewegen, geschweige denn zu artikulieren, nahm Svenja das Zepter in die Hand. Mir hätte dieses Geständnis vollkommen gereicht, doch sie versuchte ihn weiter zu treiben. Hatte sie seine Erregung auch bemerkt und wollte die ganze Bestie aus dem Sack lassen? Wollte sie Korsik in seiner rohen Gewalt präsentieren? Ein lüsterner Mörder und Vergewaltiger? Wie ein Zuschauer musste ich hinnehmen, wie sie den letzten Nagel in seinen Sarg trieb: „Es geilt dich doch auf, davon zu reden. Du hast es genossen, die beiden zu erschlagen. Erzähl uns, was du mit dem Kind gemacht hast? Was hast du mit dem Kind gemacht?" Sie schrie den letzten Satz aus Leibeskräften. Damit traf sie anscheinend den richtigen Punkt. Das lange Verhör, die Schmerzen und den nahen Tod vor Augen trieben ihn in eine Art Wahnsinn. Seine Augen veränderten sich, wo kurz zuvor noch Angst gewesen war, loderte jetzt eine Flamme der Gewalt. Das Untier kam zum Vorschein, er hatte uns gegenüber tatsächlich die ganze Zeit sein wahres Ich zurückgehalten. Doch nun bahnte es sich umso schlimmer den Weg nach draußen. Er spannte seine Muskeln an, dabei lehnte er sich so weit wie möglich nach vorne. Dann brach es aus ihm heraus: „Ja, ja, und nochmals ja. Ich habe die Kleine gefickt. Es hat mir Spaß gemacht, ach, was sag ich, es war das geilste Gefühl, das ich jemals hatte. Meinen dicken Prügel rammte ich ihr in das kleine Loch."

Ich konnte nicht verarbeiten, was er da von sich gab. Alles lief in Zeitlupe ab. Spucke und Blut spritze Korsik aus dem Mund. Er konnte kein Mensch sein, alles war mir egal. Die Welt um mich herum schien nicht mehr zu existieren. Wie ein Geist schwebte ich in diesem Augenblick, einem ewigen Augenblick. Auch Svenja hatte diese Reaktion nicht erwartet. Korsik war schlimmer als wir vermutet hatten, in meiner Vorstellung war das gar nicht mehr möglich gewesen. Die Leiche von Liebknecht tauchte vor meinem inneren Auge auf. Kein Wunder, dass es auch bei ihm komplett aus dem Ruder gelaufen war. Er hatte es verdient. Damals war ja der ganze zusätzliche Schmerz in mir, den ich zwei Jahre mit mir herumgetragen hatte. In diesem Moment verstand ich es. Alles schien klar zu sein. Es gab gar keine andere Möglichkeit. Das Schicksal hatte es genau so haben wollen. Alles was ich die letzten sechs Tage durchgemacht hatte. In sechs Tagen hatte man mir das Leiden von zwei Jahren auferlegt. Wenn ein Mensch diese Pein einmal aushalten muss, ist er schon verflucht. Ich hatte es zweimal durchleben müssen. Wie ungerecht war diese Welt eigentlich? Es spielte keine Rolle mehr, mein Moment war gekommen. Mein Körper hatte das

Kommando übernommen, ich war nur noch ein Mitreisender. Mein Zeigefinger beugte sich. Der Abzug wurde durchgedrückt. Ich schloss meine Augen, dann drückte ich ein zweites, drittes, viertes Mal ab, bis das Magazin leer war. Schon nach dem ersten Schuss spürte ich eine Wärme in der Brust. Die letzten Reste des Schmerzes schienen aus meinem Oberkörper zu entweichen. Es wirkte wie ein physisches Gefühl, so schwer lastete es auf mir. Die Augen konnte ich nicht mehr öffnen. Auch die Beine gaben nach, jegliche Kraft strömte aus meinem Körper. Ich hatte meine Aufgabe erfüllt, Felix Steffens hatte mit dieser Welt abgeschlossen. Ich fiel auf die Knie, meine Wiedergeburt stand bevor. Alle weltlichen Konsequenzen waren mir gleichgültig, die Erde war jetzt ein gerechterer Ort. Die Pistole fiel aus meiner Hand, es gab nur einen Gedanken, Ruhe. Es war vollbracht. Ich wollte schlafen, mehr als alles andere.

Kapitel 21

Siggi und Hajo saßen wie gebannt vor dem Bildschirm. Felix Steffens richtete gerade den Stuhl von Korsik auf. Danach stellte er den umgestoßenen Tisch zurück auf seinen angestammten Platz. Hajo reagierte als erster. „Gibt es auch einen Ton dazu?", fragte er Siggi. Der machte sich sofort an die Arbeit. Als nächstes wurde Knut angerufen. Hajo verlor keine Zeit: „Hier ist Hajo. Steffens hat Korsik in seiner Gewalt. Sie sind in einer Schrebergartenhütte. Wir können sie beobachten, aber haben keine Ahnung, wo sie sind." Knuts Antwort erfreute Hajo ganz und gar nicht: „Das ist super, ich habe nämlich Svenja Kramm aus den Augen verloren. Ich bin bei den Drei Pfählen, sie ist hier ausgestiegen und dann Richtung Norden entwischt. Ich werd die umliegenden Siedlungen überprüfen. Vielleicht finden wir etwas Auffälliges." Auf dem Bildschirm war zu sehen, wie Steffens einige Dokumente auf den Tisch legte. Hajo beendete das Gespräch und fokussierte sich auf die Übertragung. Erst jetzt entdeckte er die Pistole. Steffens schien es todernst zu meinen.

Mittlerweile hatte Siggi für den Sound gesorgt. Beide schwiegen während Steffens an einem elektronischen Gerät herumfummelte. Siggi flüsterte in Hajos Richtung: „Ein Aufnahmegerät." Hajo versuchte zu erkennen, was für Dokumente auf dem Tisch lagen. An einem großen Foto erkannte er es, Steffens breitete den fiktiven Mord aus. Nachdem alles an seinem Platz war, fing er an zu reden: „Weißt du Korsik, ich habe mich gerade ein bisschen gehen lassen. Ich will dir noch eine Chance geben. Fangen wir noch einmal ganz von vorne an. Meine Frau und Tochter waren am besagten Tag

201

nachmittags im Schwimmbad. Dort wurden sie noch von mehreren Leuten gesehen. Sie kamen nie wieder Zuhause an. Wo habt ihr sie euch geschnappt, Korsik?" Mehr brauchte Hajo nicht zu hören, Felix Steffens glaubte tatsächlich, diese Beweise wären echt. Er wollte Korsik zu einem Geständnis treiben. Doch wie sollte jemand ein Geständnis ablegen, ohne dass es die Tat jemals gegeben hatte? Das konnte nur in einer Katastrophe enden. Er ordnete Siggi an, den Verlauf des Verhöres weiter zu beobachten. Falls sich etwas an der Situation änderte, sollte er sich umgehend melden. Hajo selbst orderte ein Team der Spurensicherung, die Svenja Kramms komplette Wohnung sichern sollten. Dann eilte er zu seinem Auto, in diesem Moment rief Knut an. Er schwang sich auf den Fahrersitz und nahm ab: „Perfektes Timing, was hast du für mich?" Knut hatte tatsächlich schon etwas erreicht: „Ich habe eine Parzelle gefunden, die Svenja Kramms Eltern gehört. Das ist hier in der Gegend mit Sicherheit die beste Chance auf einen Treffer. Weder Steffens, noch Korsik haben Kontakte zu einem Schrebergartenhaus. Am sinnvollsten, wir treffen uns an der Tannenbergstraße. Von da aus geht's dann zu Fuß weiter."
„Alles klar. Du wartest da auf mich, keine Alleingänge, verstanden? Steffens hat eine Pistole. Ich ruf auch noch Verstärkung, das ist eine extrem heikle Situation", befahl Hajo. Knut versicherte ihm, er würde auf ihn warten. Beide Kommissare machten sich im Akkordtempo auf den Weg. Hajo trat das Gaspedal durch, das Blaulicht rotierte auf seinem Wagen. Fast wäre er an der Sielwall Kreuzung mit einer Straßenbahn zusammengestoßen. Erschrocken zügelte er das Tempo ein wenig. Nach wenigen Minuten hatte er sein Ziel fast erreicht. Sicherheitshalber schaltete er jetzt das Blaulicht aus, falls es bis in die Siedlung scheinen würde.

Am abgemachten Treffpunkt wartete Knut schon auf ihn. Komplett fokussiert bemerkte er erst nach ein paar Sekunden, dass sein Handy klingelte. „Ja bitte", brachte er nur heraus. Es war Siggi mit neuen erschreckenden Beobachtungen: „Moin Hajo, ich bin's. Svenja Kramm ist mittlerweile an der Hütte eingetroffen. Die Lage spitzt sich zu. Wie du vermutet hast, heizt sie die Lage noch einmal richtig auf. Steffens hält gerade den Lauf seiner Pistole direkt in Korsiks Mund. Ihr müsst euch beeilen, keine Ahnung wie lange das noch gut geht."

„Danke Siggi, ich weiß Bescheid", gab er zurück. Sofort trennte er die Verbindung und teilte Knut alles Wissenswerte mit. Sie hatten keine Zeit mehr auf die Verstärkung zu warten, sie mussten jetzt handeln. Im Zwielicht des sommerlichen Abends liefen die beiden Polizisten mit gezückter Waffe die Tannenbergstraße entlang. Hajo musste schon ordentlich pumpen, als Knut die Hand ausstreckte und dann den Zeigefinger auf den Mund legte. Er ging voraus, da er die genaue Position der Parzelle kannte. Es war erstaunlich ruhig für so einen schönen Abend. Sie hörten gedämpfte Schreie. Man konnte einen Mann und eine Frau ausmachen. Knut setzte ihren Weg mit deutlich verlangsamten Tempo fort. Sie durften nicht zu früh entdeckt werden. Das Überraschungsmoment war von außerordentlicher Bedeutung in so einer Situation. Er zeigte Hajo an, um welches Haus es sich handelte. Die Geräusche wurden immer lauter, verstehen konnte man jedoch noch nichts. Es waren noch ungefähr 25 Meter, bis sie die Hütte erreichten. Sie pirschten sich immer näher heran. Die Fenster waren, soweit man sehen konnte, alle mit Vorhängen verdeckt. Jetzt waren sie ganz nah dran, nur noch ein paar Meter. Sie hörten eine Frau brüllen, es handelte sich wohl um Svenja Kramm, denn sie waren nun nah genug, um zu verstehen was sie sagte: „Es geilt dich doch auf, davon zu reden. Du hast es genossen die beiden zu erschlagen. Erzähl uns, was du mit dem Kind gemacht hast? Was hast du mit dem Kind gemacht?"

Die Lage schien zu eskalieren. Die beiden standen nun, mit dem Rücken gegen die Hauswand gelehnt, neben der Eingangstür. Hajo schwitzte stark, was war die richtige Entscheidung? Sollten sie hineinstürmen, mit der Gefahr, Steffens würde seine Pistole abfeuern oder lieber noch ein bisschen warten, bis die geordnete Verstärkung eintraf. In einem inbrünstigem Ton schrie ein Mann heraus: „Ja, ja, und nochmals ja. Ich habe die Kleine gefickt. Es hat mir Spaß gemacht, ach, was sag ich, es war das geilste Gefühl, das ich jemals hatte. Meinen dicken Prügel rammte ich ihr in das kleine Loch." Hajo hatte genug gehört, was auch immer da drin gespielt wurde, der Höhepunkt war erreicht. Er machte ein schnelles Zeichen, daraufhin riss er die Tür auf und Knut sprang in das innere der Hütte. Während Hajo die Tür geöffnet hatte, schallte der erste Schuss durch die Schrebergartensiedlung. Dann folgte ein zweiter und weitere. Hajo stürmte hinter Knut in die Behausung. Langsam sackte Felix Steffens mit dem Rücken zur Tür auf die Knie. Knut schien unverletzt, er hatte weiterhin Steffens im Visier, bei dem sich wiederum langsam größer werdende Blutflecken auf dem Rücken ausbreiteten. Die Szenerie war wie eingefroren. Hajos Augenmerk fiel auf Svenja Kramm, sie hatte ihren Stuhl beim aufstehen umgestoßen. Völlig entsetzt wechselten ihre Blicke von Knut zu Steffens, dann wieder zurück. Ihr Gesicht war kreidebleich, zu keiner Reaktion imstande. Der Raum war gesichert, diese Ermittlungen endeten in einer Tragödie. Warum das Ganze, fragte sich Hajo. Vollkommen unerwartet ergriff Korsik als erstes das Wort. Hajo hätte schwören können, Korsik wäre erschossen worden. Die Richtung, in die Steffens zielte, war eindeutig. „Nein, was haben Sie getan? Wer zum Teufel sind Sie überhaupt?" Immer noch gefesselt, wand er sich voller Qualen. Tränen schossen ihm in die Augen. Was um Himmels Willen ging hier vor? Hajo stand völlig auf dem Schlauch. War alles nur ein sehr makaberes Spiel gewesen? Warum hätten sie durch die Maklerin absichtlich die Polizei einschalten sollen? Die Leiche wäre doch niemals gefunden worden. Die Kommissare waren wie versteinert. Endlich löste sich Svenja Kramms Starre. Sie eilte Steffens zu Hilfe, der in sich zusammengesunken auf dem Boden lag. „Tun sie doch etwas!", schrie sie die Polizisten an. Hajo erholte sich schneller als Knut. Er lief auf den Zufahrtsweg der Parzelle. Aus der Ferne hörte er schon die Sirenen heulen. Hoffentlich hatte Siggi geistesgegenwärtig ihren Status durchgegeben. Wild fuchtelte er mit den Armen, bis er endlich den Krankenwagen sah. Als er sicher war, sie würden den Eingang zum Haus finden, sprintete er zurück. Knut hatte schon Korsik seiner Fesseln entledigt. Kramm und Korsik versorgten behelfsmäßig die zwei Einschusslöcher auf Steffens Rücken. Hajo vertraute Korsik dem Mediziner da voll und ganz. Erst jetzt bemerkte Hajo, dass er immer noch seine Pistole in der Hand hielt. Schnell verstaute er sie, um sich dann an Knut zu wenden. Dieser war auf einem Stuhl zusammengesackt. Geistesabwesend schaute er auf die Einschusslöcher, aus denen weiterhin das Blut herausquoll. Hajo fragte ihn: „Alles klar bei dir? Hast du was abbekommen?" Er schüttelte nur den Kopf. Hajo musste sich um die Rettungsassistenten kümmern, die gerade eintrafen. Eigentlich war der blutende Steffens nicht zu übersehen, trotzdem zeigte er ihnen, wer die Hilfe brauchte.

Korsik und Kramm ließen von ihm ab. Beide starrten verstört den beiden Nothelfern zu. Es lag eine bedrückende, erschütternde und zugleich unerklärbare Atmosphäre in der Luft. Hajo blickte sich um, vollkommenes Unverständnis spiegelte sich in seinen Gesichtszügen wider. Es half alles nichts, Steffens kam ins Krankenhaus, die anderen beiden mussten sie mit aufs Präsidium nehmen. Aufgrund der sehr angespannten Situation verzichteten sie auf Handschellen. Nachdem Felix Steffens sicher im Krankenwagen verstaut war, liefen alle vier zu den Autos. Es wimmelte jetzt von Polizisten, die alles weiträumig absperrten. Hajo warf einen letzten Blick über die Schulter, es bestand massiver Erklärungsbedarf.

Kapitel 22

Auf dem Polizeipräsidium angekommen, setzten die Kommissare Kramm und Korsik in zwei verschiedene Verhörräume. So sehr Hajo auch wissen wollte, was hier gespielt wurde, musste er sich zuerst um Knut kümmern. Er war völlig von der Rolle. Kein Wunder, dies waren die ersten Schüsse, die er jemals abgefeuert hatte. Dann kam diese undurchsichtige Situation dazu. Seine Entscheidung war sicherlich die richtige gewesen, doch sah er das genauso? Korsik war vollkommen unverletzt. Wie sich herausstellte, war Steffens Pistole nur mit Platzpatronen geladen gewesen. Das konnte Knut natürlich nicht wissen. „Alles in Ordnung?", fing Hajo vorsichtig an, „du siehst ziemlich mitgenommen aus. Willst du einen Kaffee?"

„Nein danke", erwiderte er so leise, dass Hajo ihn kaum verstehen konnte, „es ging alles so schnell. Woher sollte ich denn wissen, dass die Pistole keine scharfe Munition geladen hatte?"

„Das konntest du nicht wissen. Ich hätte genauso reagiert. Wir waren der festen Überzeugung, Steffens würde Korsik umbringen. Keiner macht dir einen Vorwurf", versuchte Hajo ihn zu stützen. Normalerweise würden Hajo und Knut, jeder für sich, mit einem der Verdächtigen sprechen, was sich heute aber nicht bewerkstelligen ließ. Knut war unter keinen Umständen in der Lage ein Verhör zu führen. Hajo musste sich für einen von beiden entscheiden. Er hatte einiges gegen Svenja Kramm in der Hand, andererseits könnte Korsik eher bereit sein, zu reden, da er in der Opferrolle war. Eine schwierige Entscheidung.

Korsik gewann das Rennen. Hajo brannte darauf, zu erfahren, wie weit er in diese ganze Angelegenheit verstrickt war. „Na schön", sagte er zu Knut, „ich werd dann jetzt mal anfangen. Du kannst ja von draußen mithören, vielleicht fällt dir etwas auf. Ich fang mit Korsik an, Svenja Kramm scheint noch ziemlich mitgenommen zu sein." Knut nickte nur kurz.

Bevor Hajo in den Verhörraum ging, gab er noch einem Kollegen Bescheid, er solle doch bitte auf Knut ein Auge haben. Er nahm sich zwei Tassen Kaffee und ging zu Korsik hinein. „Möchten Sie eine Tasse Kaffee?", fragte er als erstes. Wortlos nahm Franz Korsik die Tasse entgegen. Hajo setzte sich ihm gegenüber hin und stellte seinen Kaffee auf den Tisch. Er gab ihm die Zeit, ein paar Schlückchen zu nehmen. Alle vier schienen mitgenommen zu sein. Dann eröffnete Hajo freundlich das Gespräch: „Wie Sie sich sicher vorstellen können, haben wir einige Fragen an Sie. Wir ermitteln seit letztem Sonntag an diesem Fall. In der Osternburger Straße wurde eine verunstaltete Leiche gefunden. Unseren Ermittlungen weiter folgend, sind wir auf Felix Steffens, Svenja Kramm und Sie gestoßen. Für uns ist noch rätselhaft, wer welche Rolle in diesem Fall gespielt hat. Es wäre gut, wenn Sie ihre Version der Dinge erzählen, auch inwieweit die beiden anderen involviert sind."

„Wie geht es Felix?", war vorerst die einzige Antwort die er erhielt. Hajo war erfahren genug erst einmal darauf einzugehen: „Herr Steffens wird zur Zeit im Klinikum Bremen Mitte versorgt. Nach meinem neuesten Stand, sind seine Verletzungen lebensbedrohlich. Er wird in diesem Moment operiert. Die Ärzte konnten nicht sagen, wie lange die Operation dauern wird." Korsik nickte kurz, seine Augen schienen in eine andere Welt abzudriften.

„Im Augenblick, können Sie nichts für ihn tun. Das Beste wäre, Sie würden mir erzählen, was sich wirklich ereignet hat. Momentan steht Felix Steffens unter Verdacht, einen Mord begangen zu haben, genauso wie einen Mordversuch. Sie könnten seine Situation deutlich verbessern", erklärte ihm Hajo. Er hoffte Franz Korsik sei so intelligent, wie sein Lebenslauf es suggerierte. Eine vollständige Aussage wäre einfach das Logischste, da Hajo inzwischen mitbekommen hatte, dass sich Korsik und Steffens kennen mussten. Er hatte viel zu viel Mitgefühl für seinen vermeintlichen Mörder.

„Es ist alles meine Schuld, ich hab uns in diese missliche Lage gebracht. Felix und Svenja haben nur mitgemacht, ich hatte die Idee", kam es aus ihm heraus. In seinen Augen sammelte sich schon wieder Tränen, doch er schien gewillt weiterzureden, „Alles fing Ende des letzten Jahres an. Mein Forschungsteam hatte einen großen Durchbruch in der Gedächtnisanalyse vollbracht. Wir haben bei Tieren einen minimalen Eingriff am Gehirn vollzogen, der durch Medikation unterstützt wurde. Dadurch ist es uns gelungen, das episodische Gedächtnis zu löschen. Bei Tieren ist es deutlich schwieriger festzustellen, wie groß der Erfolg wirklich war, weil sie ja nicht erzählen können, woran sie sich noch erinnern. Unsere Eingriffe waren erfolgreich, doch wir hatten einen Endpunkt erreicht. Wir mussten den nächsten Schritt wagen, den Eingriff bei einem Menschen. Der Clou an dem ganzen war, nachdem wir die Medikation wieder geändert hatten, schienen die Tiere ihr volles Gedächtnis zurückzubekommen. Wenn dieses Ergebnis auch bei einem Menschen gelänge, wäre das vielleicht der Durchbruch des Jahrhunderts in der Hirnforschung. Doch bevor man eine Genehmigung bekommt, Menschenversuche zu starten, können Jahre, vielleicht Jahrzehnte vergehen.

Ich kenne Felix Steffens schon seit Uni Zeiten, deswegen habe ich mich auch mit ihm über dieses Thema unterhalten. An einem Abend mit viel Wein schmiedeten wir diesen Plan. Felix war nämlich auch interessiert an dem Versuch. Als Psychologe reizte es ihn genauso. Irgendwie verselbstständigte sich diese Idee. Felix entwarf ein Szenario, in dem er selbst die Versuchsperson war. Er wollte wissen, wie ein Mensch ohne Erinnerung reagiert. Welche moralischen Gedanken gibt es? Wie leicht lässt er sich beeinflussen? Welche Instinkte treten hervor? Wie sehr ist die Persönlichkeit vom episodischen Gedächtnis abhängig? Und viele Fragen mehr. So einen Versuch hatte es noch nie gegeben. Amnesie kommt durchaus vor, doch konnte man ihn niemals so extrem durchführen. Für gewöhnlich stellte man Amnesie Patienten, wenn überhaupt, ein paar Fragen und führte gewisse Messungen durch. Das hier war etwas komplett Anderes, etwas Neues, Unerforschtes. Er hat keine schöne Kindheit gehabt und auch niemanden an seiner Seite, weder Familie noch Frau. Das Risiko war es ihm wert, selbst wenn mein Versuch scheitern sollte, ihm sein vollständiges Gedächtnis zurückzugeben.

Dann kam Svenja Kramm ins Spiel. Sie war eine von Felix Studentinnen. Aufgrund ihres, für Studenten, hohen Alters, freundeten die beiden sich an. Wir brauchten eine Aufsichtsperson, die alles überwacht, aufzeichnet und gegebenenfalls Felix in die gewünschte Richtung lenkt. Durch ihre Schauspielkarriere war sie prädestiniert für die Aufgabe. Wir bezahlten gut dafür. Darüber hinaus wollten wir sie an den Erfolgen und daraus resultierenden Ergebnissen teilhaben lassen. Sie hätte nach Abschluss ihres Studiums in den höchsten Bereichen der Forschung einsteigen können. Ein besseres Sprungbrett hätte sie sich nie erträumen können.

Sie unterrichtete mich dann auch noch in der Schauspielkunst. Alles sollte reibungslos funktionieren. Anfang dieses Jahres bekamen wir die passende Leiche herein. Raphael Liebknecht hatte verfügt, seine sterblichen Überreste der Forschung zu übergeben. Normalerweise gingen solche Körper in die Richtung Medizin, für Autopsien. Diesmal sicherten wir uns den Körper und fabrizierten die perfekte Geschichte um Raphael Liebknecht herum. Möglichst viel sollte dem echten Leben entsprechen, falls Felix im Internet forschen sollte, nachdem er sein episodisches Gedächtnis verloren hatte. Alles lief optimal. Wir operierten Felix und implantierten ihm das Medikament, sodass er zwei Wochen lang in diesem Zustand bleiben konnte. Es entwickelte sich hervorragend, die Polizei hatten wir eingeschaltet, um alles so realistisch wie möglich zu halten und zusätzlichen Druck auszuüben. Obwohl wir Felix rund um die Uhr beobachteten, wussten wir erst nach dem ersten Gespräch mit Svenja, wieviel er wirklich noch wusste. Es schien ein Teilerfolg von meiner Seite aus zu sein, das episodische Gedächtnis war vollkommen gelöscht worden, allerdings fehlten ihm auch weite Teile des semantischen Gedächtnisses, was wir so nicht beabsichtigten."

Hajo traute seinen Ohren nicht, er wusste nicht was er denken sollte, doch er wollte es verstehen, weswegen er nachfragte: „Was genau ist ein episodisches und ein semantisches Gedächtnis?"

„Das episodische Gedächtnis, beinhaltet alle Erinnerungen an das selbst Erlebte, wie Mutter und Vater, der erste Schultag, der erste Kuss und so weiter. Das semantische Gedächtnis speichert erlernte Informationen, wie politische oder geschichtliche Inhalte, wer dieses Jahr in den Musikcharts war oder die Ergebnisse der letzten Fußballweltmeisterschaft.

Wir wollten sozusagen die eigene Lebensgeschichte löschen, sonst nichts. Es ist trotzdem ein bahnbrechendes Ergebnis, nicht makellos, aber sehr gut. Erste Versuche verlaufen häufig in totalem Misserfolg. Felix schien es gut zu gehen, deswegen fuhren wir dann mit seinen Tests fort. Wir hatten viele Vorsichtsmaßnahmen getroffen, doch hatten nicht damit gerechnet, dass die Polizei uns so schnell auf die Spur kommen würde. Wir mussten den Ablauf etwas beschleunigen, was weniger Forschungsergebnisse bedeutete und ein größeres Risiko, das gewünschte Ziel nicht zu erreichen. Felix sollte mich umbringen, die Pistole war präpariert. Es war nicht geplant, dass er mich alleine als Geisel nahm. Deswegen musste ich auf Zeit spielen, falls er in seiner Wut nicht die Pistole genommen hätte, sondern mich beispielsweise erschlug. Ich wusste, die Hütte war mit Kameras ausgestattet, darum hoffte ich auf Svenja. Es dauerte sehr lange bis sie endlich vor Ort war. Warum weiß ich nicht. Als sie kam, fühlte ich mich wieder sicher und die letzte Stufe konnte gezündet werden. Wenn Sie ihn nicht angeschossen hätten, wäre alles perfekt gewesen. Ich hoffe Felix kommt durch, dieser Preis wäre einfach zu hoch."

Ja dieser Preis wäre viel zu hoch, dachte Hajo bei sich. Er war sprachlos, hier gab es anscheinend wirklich keinen Mord. Die Aussage erschien ihm sehr aufrichtig, es passte alles zusammen. Durch ihre Ergebnisse und Aufzeichnungen wäre alles gut belegt. Der Status von Raphael Liebknechts Leichnam konnten sie überprüfen lassen. Was für Straftaten hier im einzelnen vorlagen, konnte er gar nicht überblicken. Das musste er morgen ausführlich mit dem Staatsanwalt klären. Ein verrücktes Forscher Trio hatte sie die ganze Zeit an der Nase herumgeführt. Er hatte schon von den übelsten

Wissenschaftlern gehört, aber doch nicht mehr heutzutage, oder? Wusste man vielleicht viel zu wenig, was so in den Forschungslaboren getrieben wurde? Ja ok, in Russland, China oder Afrika gab es vielleicht skrupellose Menschen, die um jeden Preis forschten, aber doch nicht hier? In Bremen? In diesem Moment wurde ihm schlagartig klar, welche Wellen dieser Fall auslösen würde. Es würde ein Tsunami über sie hereinbrechen. Er schaute Korsik in die Augen. Franz Korsik hatte keine Ahnung, was er falsch gemacht hatte. In seinem genialen Forscherhirn hätte nur die Polizei etwas später kommen sollen, dann wäre es ein voller Erfolg gewesen. Hajo konnte nur den Kopf schütteln. Ohne ein weiteres Wort zu verlieren, verließ er den Raum.

Knuts und Hajos Blicke trafen sich, sie konnten es beide nicht glauben. „Jetzt brauchst du dir wenigstens keine Sorgen um Felix Steffens machen. Der Kerl ist selber schuld. Geh einfach nach Hause, es ist schon nach 0 Uhr. Morgen ist ein neuer Tag", versuchte er Knut aufzumuntern. Dann befahl er dem diensthabenden Beamten, Svenja Kramm und Franz Korsik in die Arrestzelle zu bringen. Die beiden würden bis morgen inhaftiert bleiben. Da würde ein langes schriftliches Geständnis auf sie zukommen. Das konnte der Staatsanwalt besser machen. Hajo verabschiedete sich von Knut und den restlichen Kollegen. Heute wandelte er in zwei verschiedenen Welten. Die verrückte, seine Vorstellungskraft sprengende Welt schloss hinter ihm die Pforten. Ab jetzt war er wieder in der normalen Welt. Er nahm das Fahrrad und sehnte sich nach der zärtlichen Umarmung seiner Frau. Wie in Trance radelte er zurück ins traute Heim.